BASTEI
LÜBBE

© Ernest Hauer

Über die Autorin:

Eva Rossmann, geboren in Graz, lebt heute im niederösterreichischen Weinviertel. Zuerst war sie Verfassungsjuristin, dann arbeitete sie als Journalistin u. a. beim ORF und bei der NZZ. Seit 1994 ist sie Autorin und freie Journalistin.

Von Eva Rossmann sind bisher außerdem als Bastei Lübbe Taschenbücher erschienen:
Ausgejodelt (14815),
Freudsche Verbrechen (15049),
Kaltes Fleisch (15227) und
Ausgekocht (15447).

»Die Mira-Valensky-Romane von Eva Rossmann gehören zur Subspezies der Unbefugten-Krimis. Darin pfuscht eine Frau, eben Mira Valensky, der Polizei ins Ermittlungshandwerk, sehr zu deren Groll …«
Sigrid Löffler, Literaturen

Eva Rossmann

Mörderisches Idyll

Ein
Mira
Valensky
Krimi

BASTEI
LÜBBE

BASTEI LÜBBE TASCHENBUCH
Band 15 621

1. Auflage: Januar 2007
2. Auflage: Februar 2007

Vollständige Taschenbuchausgabe
der im FOLIO-Verlag unter dem Titel
KARIBIK ALL INCLUSIVE
erschienenen Hardcoverausgabe

Bastei Lübbe Taschenbücher in der Verlagsgruppe Lübbe

Lizenzausgabe mit Genehmigung des FOLIO Verlag, Wien Bozen.

Für die Taschenbuchausgabe wurden einige
geringfügige Änderungen vorgenommen.
Lizenzausgabe 2007 by Verlagsgruppe Lübbe GmbH & Co. KG,
Bergisch Gladbach
Umschlaggestaltung: Gisela Kullowatz
Titelabbildung: getty-images/Paul Vozdie
Satz: hanseatenSatz-bremen, Bremen
Druck und Verarbeitung: Nørhaven Paperback
Printed in Denmark
ISBN 978-3-404-15621-4

Gewidmet St. Kitts und allen, die auf dieser Insel leben.

[1.]

Ich starre auf schwarze Leinenhosen. Ich sollte Oskars Schrank ausräumen, den Inhalt in zwei Koffer packen und sie vor seine Wohnungstür stellen.

Computersignal. E-Mail. Schneller, als ich denken kann, bin ich am Schreibtisch. Enttäuschung, als ich die Absenderadresse lese: »Daphnes Sunshine«. Da will mir schon wieder jemand eine Penisverlängerung anbieten (danke, ich bin gerne eine Frau), oder man möchte mir dringend zu Investitionen in afrikanische Goldgruben raten (danke, ich hab kein überflüssiges Geld, und so wird es, fürchte ich, bleiben).

Schon will ich die Botschaft ungelesen löschen, als ich im Betreff »Karibische Gruesse« lese. Vesna ist in der Karibik. Sie hat tatsächlich ein Preisausschreiben gewonnen. Eigentlich wollten die Organisatoren sie ja zu zweit auf die Reise schicken, bloß: Der zweite Platz wäre nicht gratis gewesen, sondern hätte ungefähr so viel gekostet wie üblicherweise eine Karibikreise für zwei Personen. Aber Vesna hat sich durchgesetzt und durfte allein und tatsächlich gratis fliegen. Oskar hat mit einem bösen Anwaltsbrief nachgeholfen. Oskar: Ob er sich wieder meldet? Jedenfalls liegt es an ihm, sich zu rühren, ich werde es nicht tun, auch wenn meine Gedanken im Kreis rennen, ob ich will oder nicht, immer um einen Mittelpunkt: Oskar.

Ich öffne die Nachricht. Sie ist tatsächlich von Vesna, meiner Putzfrau und Freundin in vielen Lebenslagen. Ich wünschte, sie wäre da. Ihre Art, die Welt praktisch zu betrachten, könnte mir momentan besonders gut tun. Stattdessen sonnt sie sich auf einer kleinen Karibikinsel mit dem Namen St. Jacobs.

»Liebe Mira Valensky,

ich sitze in Internetcafé und schicke Gruesse. Hier ist es sonnig und warm, das Meer ist Traum. Aber nicht lange reden: Vor unsere Apartmenthotel ist Luxushotel, das uns Blick aufs Meer nimmt. Großer Streit. Jetzt ist Mick, Wache von Luxushotel, erschossen. Und wer von meinem Hotel ist beschuldigt. Mein Englisch ist leider ›bad‹, aber ich werde mich kuemmern. Der junge Oeko war es nicht, ist Amerikaner und protestiert mit Freunden gegen Luxushotel. Was sehr schoen ist. Hotel meine ich, aber Mafia. Melde mich wieder,

herzliche Gruesse auch an Gismo und Oskar

Vesna Krajner.«

Ich klicke auf »Antworten«, vielleicht erwische ich Vesna noch im Internetcafé. Woher kann sie überhaupt mit Computern umgehen?

»Liebe Vesna,

geniesse die Sonne und das Meer, und lass dich in nichts hineintheatern, du kennst weder die Sprache noch die Mentalitaet. HALTE DICH BITTE HERAUS. Ich brauch dich noch, oder willst du, dass ich im Dreck ersticke? Ausserdem gibt es sicher auch auf St. Jacobs Polizei. Seit wann kannst du mailen? Gismo gruesst zurueck, erhole dich gut, und lass wieder von dir hoeren, hier hat es drei Grad, und es will nicht Fruehling werden, ciao

Mira.«

Vesna neigt dazu, ihre Nase in fremde Angelegenheiten zu stecken. Es gibt Menschen, die behaupten, ich wäre da ähnlich. Aber sich einen Karibikurlaub durch den Streit zwischen zwei Hotels vermiesen zu lassen – sicher nicht. Gismo drückt ihren Kopf an mein Knie, solche Zärtlichkeitsanfälle hat meine Schildpattkatze vor allem, wenn sie hungrig ist. Oder spürt sie tatsächlich, dass es mir nicht besonders gut geht? Der flammend orangerote Streifen auf ihrer Brust leuchtet, sie sieht mich mit kreisrund aufgerissenen Augen an. Ich streichle sie und seufze. Mit ihr bin ich deutlich länger zusammen als mit Oskar. Als ich es mit Oskar war, verbessere ich mich.

Wieder eine Mail.

»Erstens kann ich nicht ganzen Tag in Sonne liegen, und zweitens habe ich Erfahrung mit so Dingen. Leider kannst du nicht mit mir sein, Mira Valensky. Menschen sind ueberall gleich, im Prinzip. Weiss ich von Bosnien und Wien. Sonst sperren sie Bata und Michel das

Hotel, ist zwar mehr Bruchbude, aber ihres. Werde nur etwas nachsehen. Warum gruesst Oskar nicht zurueck? Mailen haben mir meine Zwillinge gelernt, und ausserdem ist Oeko mit, nicht Verdaechtiger, anderer, der hilft. Amerikanische Aktivisten. Jetzt gehe ich mit ihm auf Polizei.

Herzliche Gruesse

Vesna Krajner.«

Wenn sie sich etwas in den Kopf gesetzt hat, kann sie niemand aufhalten. Ich hätte kein Problem, nur in der Sonne zu liegen, zu schwimmen und zu lesen. Vor Jahren war ich zwei Wochen auf Antigua. Aber momentan lässt meine Kasse solche Sprünge nicht zu. Oskar wollte mit mir in die Karibik fliegen. Stattdessen hockt er jetzt schon Monate bei seinem großen Wirtschaftsprozess in Frankfurt und turtelt mit einer deutschen Kollegin. Ich hätte besser auf ihn aufpassen müssen. Wie? Ich hätte, wie er es wollte, mit ihm nach Frankfurt gehen sollen. Höhere Hausfrau spielen? Ist nichts für mich. Und da war die Sache mit dem »Apfelbaum«, dem Restaurant, in das ich mich verliebt hatte. Eine andere Art von Liebe, wenn auch gleichermaßen zeitaufwändig. Inzwischen ist alles anders dort. Meine Freundin Billy hat in Daniels Lokal gewechselt, gemeinsam sind sie hinter dem dritten Stern her. Kein Platz für eine Amateurin. Manninger ist mitsamt seiner amerikanischen Frau aus New York in den »Apfelbaum« zurückgekehrt. Ich mag ihn, aber es ist nicht mehr so wie mit Billy. Vielleicht gehe ich heute zu Billy und Daniel ins »Offen« essen. Vor 23 Uhr werde ich allerdings wohl keinen Platz bekommen, gut für sie.

Wie konnte sich Oskar nur in so eine dämliche Anwaltsziege verschauen? Sicher, sie ist schlank und irgendwie ganz hübsch. Okay, sie ist schlanker als ich und wohl auch hübscher, viel hab ich von ihr ja nicht gesehen, wahrscheinlich trägt sie diese teuren Kostüme, und karrieregeil ist sie auf alle Fälle. 34 und schon Teilhaberin einer Anwaltsfirma. Wer weiß, wie sie dazu gekommen ist.

Ich versuche mich einzubremsen, aber es geht eben doch tiefer als gedacht. Ich hätte mit ihm zusammenziehen sollen, als er es wollte, ihn heiraten. Dämlicher Freiheitsdrang. Jetzt bin ich unabhängig, und wie. Tolle Sache, Mira Valensky. Unabhängig, allein, einundvierzig. Ausgespielt.

Gismo kratzt mich, für ihre Verhältnisse vorsichtig, am Schienbein, ich zucke zusammen. Keine Tränen, die sieht ohnehin niemand. Hühnerkrägen für die Katze und für mich einen irischen Whiskey. Es ist erst drei am Nachmittag. Na und? Sieht mich ja keiner. Selbst in der Redaktion werde ich heute nicht gebraucht. Eigentlich sollte ich noch in Frankfurt sein ... Was hat Vesna mit den amerikanischen Aktivisten, den Ökos gemeint? Sie kann nicht »bad« Englisch, soviel ich weiß, kann sie gar nicht Englisch. Das Hotel, in dem sie wohnt, ist unter europäischer Führung – so steht es jedenfalls im Prospekt. Ein kleines Apartmenthotel, allein gelegen, davor ein Garten und vor dem der weitläufige Sandstrand. Irgendwo muss der Prospekt sein, ich krame auf meinem großen Mehrzwecktisch und finde ihn: »Golden Sand«, rechts eine Palme. Französische Küche, französischer Küchenchef und Besitzer. Er sieht freundlich und gutmütig aus, seine Frau wirkt wie in der Sonne eingedörrt: klein und dünn, aber sehr elegant in dem einfach geschnittenen weißen Kleid. Nichts zu sehen von einem zweiten Hotel. Vielleicht sollte ich ... Vergiss es, Mira, du hast kein Geld. Genauer gesagt weniger als keines, das Konto ist im Minus. Nichts habe ich.

Durch das Küchenfenster sehe ich, wie die Regentropfen langsam in patzige Schneeflocken übergehen. Feuchtkaltes Wetter, jetzt schon die dritte Woche, dabei ist es Anfang März. Ich brauche Sonne und Wärme, um mich gut zu fühlen. Die Welt hat sich gegen mich verschworen.

Wieder das Computersignal, wieder hetze ich hin. Diesmal bieten sie mir eine Tablettenkur an, die mein bestes Stück länger, leistungsfähiger und überhaupt viel besser machen soll – ansonsten Geld zurück. Üblicherweise werfe ich so was gleich in den Papierkorb, aber heute antworte ich einem gewissen Jack Daniel. »Ich habe keinen Penis und will auch keinen, egal, mit welchen Dimensionen, mit freundlichen Grüßen.« Ich kann mir nicht vorstellen, dass es jemanden gibt, der so was bestellt. Aber was ist bei Männern schon auszuschließen.

Noch einen Whiskey.

Ob man wirklich genau vor das idyllische Apartmenthotel ein anderes Hotel hingebaut hat? Vielleicht sollte ich Oskar eine Mail schicken, immerhin habe ich ihn ganz schön beschimpft und ihm befohlen, dass er mich in Ruhe lässt. Aber er müsste ja nicht tun, was ich will. Warum bin ich auch unangemeldet nach Frankfurt gefahren? Warum hat mich der Rezeptionist einfach so in sein Apartment gelassen? Okay, ich kannte den Code und seine Zimmernummer. Aber ein aufmerksamer Rezeptionist hätte gewusst, dass Oskar nicht allein war. Dann bin ich dagestanden: mit dem Zweitschlüssel und einem bunten Strauß Rosen in der Hand, voller Vorfreude. Sie trug Unterwäsche, lila Spitze, eher fliederfarben sogar, nicht mein Geschmack, jedenfalls eine eindeutige Sache. So bespricht man keine Akten. Gut, er ist hinter mir hergelaufen. Gut, er hat gesagt, dass das nur ein Ausrutscher gewesen sei und dass es eigentlich schon zu Ende wäre. Wer's glaubt. Wäre es ihm ernst mit mir, würde er sich melden. Ich habe ihn für so verlässlich gehalten. Ein Fixpunkt in meinem Leben, groß und schwer, und wenn's sein muss, auch was zum Anlehnen. Ich habe ihn unterschätzt. Oder überschätzt?

Ich könnte mich still besaufen. Aber wer hat etwas davon, wenn ich in die Klomuschel kotze? Manchmal hasse ich mich für die Fähigkeit, trotz allem weiterzumachen, nach vorne zu schauen. Aber im Überleben bin ich ganz schön gut. Ich fahre in die Redaktion. Irgendetwas wird es schon zu tun geben. Und später gehe ich zu Billy und Daniel. Und danach schlafe ich lange. Zuallererst aber drehe ich den Computer ab, am besten auch das Mobiltelefon. Er könnte eine SMS senden. Natürlich muss ich zuerst nachsehen, ob sich nicht irgendeine Nachricht still und heimlich in den Posteingang verkrochen hat. Aber da ist nichts. Gar nichts.

Den Regenschirm habe ich vergessen, ich lasse die Schneeregenflocken auf mein Gesicht klatschen, sie passen zu meiner Stimmung. Dicke Tränen vom Himmel – liebe Güte, Mira, jetzt werde nicht auch noch kitschig. Was dir passiert ist, kommt jeden Tag vor, das ist kein Rosamunde-Pilcher-Film mit sattgrünen Wiesen und dubiosen Leidenschaften, das ist Wien mit Matsch an den Straßenrändern und Autos, die einen von oben bis unten nass spritzen. Ich zeige einem BMW-Fahrer den Stinkefinger, steige fauchend in meinen kleinen Fiat und habe das Gefühl, dass es mir schon etwas besser geht.

Am Bürohochhaus prangt in riesigen Lettern das Motto: »Lesen Sie DAS!« Etwas aufdringlich für meinen Geschmack, aber das passt zum Stil des »Magazins«. Es gibt Schlimmeres, als hier zu arbeiten. Zum Beispiel, in der Rechtsabteilung einer Versicherung zu versauern. Oder als Anwältin darauf zu warten, dass einen der große Wirtschaftsanwalt Oskar … Stopp, nicht schon wieder Oskar.

Zum Glück ist der Kollege, mit dem ich den Doppelschreibtisch teile, unterwegs. Ein paar Leute nicken mir zu, heute ist in unserer Wochenzeitung Redaktionsschluss, entsprechend konzentriert wird im Großraumbüro gearbeitet. Ich blättere die Post durch, keine interessanten Einladungen, ich gebe mein Passwort ein und warte, bis der Computer hochfährt. Höchste Zeit, dass wir schnellere Geräte bekommen. Der Ficus braucht dringend Wasser, das fällt sogar mir auf, dabei bin ich nicht gerade berühmt für meinen grünen Daumen.

»Warum bist du nicht in Frankfurt?« Droch ist es gewohnt, präzise Fragen zu stellen. Er ist einer der wenigen ernst zu nehmenden Journalisten im »Magazin« und leitet das politische Ressort. Seine Kommentare sind gefürchtet.

Ich drehe mich zu ihm um. »Weil ich Sehnsucht nach der Redaktion hatte.«

»Was ist los? Wenn du erlaubst: Du hast schon besser ausgesehen.«

»Danke.«

»Wir gehen in mein Büro.«

Droch bewegt sich im Rollstuhl geschickt zwischen Schreibtischen, Sesseln, Grünpflanzen, Papierkörben, Taschen und Zeitungen. Ich stolpere hinter ihm her. Er ist ein Freund. Ein guter Freund sogar, fast wäre er einmal noch mehr geworden. Aber das ist Jahre her. Es ist nicht daran gescheitert, dass er seit einem sagenumwobenen Einsatz als

Kriegsberichterstatter in Vietnam querschnittgelähmt ist. Es ist auch nicht daran gescheitert, dass er sechzehn Jahre älter ist als ich, selbst am Umstand, dass er verheiratet ist, hat es nicht gelegen. Woran dann? Wir sind zu verschieden. Ich nenne ihn bisweilen einen konservativ-reaktionären zynischen Macho, und er weiß, was er von einer zu halten hat, die ausgerechnet im Ressort Lifestyle arbeitet. Wir mögen uns. Punkt. Zudem sieht er verdammt gut aus, wie ein Schauspieler aus der Zeit, in der sich Gesichter noch nicht während einer Saison abgenutzt haben. So irgendwas zwischen Paul Newman und Richard Gere.

Er schließt die Türe, zieht den Besuchersessel näher zu sich und deutet darauf. Brav setze ich mich nieder.

»Also?«

Ich will nichts erzählen. Droch war immer etwas eifersüchtig auf Oskar. Ich könnte es nicht ertragen, wenn er auch nur einen Hauch von Triumph angesichts meiner Misere zeigte. Oder wenn er über Oskar schimpfen würde. Das darf nur ich. »Oskar hatte zu viel zu tun«, sage ich nach einer viel zu langen Pause.

»Red schon, ich muss meinen Leitartikel fertig schreiben.«

Ich beginne wie ein kleines Mädchen, das sich das Knie angeschlagen hat, alles, was mir wehtut, herauszusprudeln. Ich sollte lernen, meine Emotionen zu beherrschen. Melodramatisch, auch wenn ich versuche, über die fliederfarbene Unterwäsche zu lästern. Von St. Jacobs, dem Golden Sand und Vesna erzähle ich auch. Und von Oskars Kasten. Zum Schluss entkommen mir gar noch ein paar Tränen. Droch markiert zwar gerne den Zyniker, aber er hält es nicht aus, wenn jemand weint.

»Ich weine nur aus Wut, weil ich so blöd gewesen bin«, krächze ich.

Droch sieht mich nicht an. »Wir gehen heute Abend essen. Wenn du willst, sogar in den Nobelschuppen deiner Freunde. Okay?«

Ich nicke und krame nach einem Taschentuch. Ausgerechnet in dieser Hose habe ich keines. Dafür finde ich den Zettel mit dem Code zu Oskars Zimmer.

»Oder ...« Er zögert und reibt sich nachdenklich die Nase. »Wo, hast du gesagt, ist Vesna? St. Jacobs?«

Ich nicke.

»Oder mir fällt noch etwas Besseres ein. Zahlt sich nicht aus, wegen irgendeines Mannes so am Sand zu sein.«

Ich versuche zu grinsen. »Das sagst ausgerechnet du, du alter Macho?«

»Eben, ich weiß, wovon ich rede.«

Ich stehe auf und küsse ihn auf die Wange. Liebesbeweise sind bei Droch so eine Sache.

»Ich muss schreiben. Bis später.«

Ich wische mir mit dem Ärmel meines Sweatshirts über die Augen, hoffentlich sind sie nicht rot. Aber zum Glück haben meine Kollegen im Großraumbüro zu viel zu tun, um sich für mich zu interessieren.

Ich rufe am Computer die neuesten Meldungen der Nachrichtenagentur auf, nichts, was mich interessieren könnte. Die Regierung behauptet wieder einmal, »einen großen Wurf« getan zu haben. Womit wirft sie? Und wen oder was trifft sie? Ich sehe auf die Uhr, erst eine halbe Stunde vergangen, es dauert sicher noch, bis Droch fertig ist. Ob ich das Mobiltelefon wieder einschalten sollte? Nein. Mach dich nicht verrückt. Ich überfliege die Beiträge unseres Ressorts für das nächste Heft, wieder zwanzig Minuten totgeschlagen. Meine Reportage über die Gewinnerin des Starmania-Finales habe ich schon vor vier Tagen abgeliefert. Neunzehn und plötzlich ein Popstar. Ich wünsche ihr alles Gute. Und keine Anwälte, die …

Mein Telefon läutet. Ich soll zum Chefredakteur kommen. Woher weiß der überhaupt, dass ich da bin?

Unser Chefredakteur ist etwas jünger und etwas kleiner als ich. Und er verwechselt natürliche Autorität mit dem Unsinn, den sie ihm in Managementseminaren eingetrichtert haben. Aber unsere Auflage steigt ständig, und so lange wird er wohl auf seinem Posten bleiben.

»Mira Valensky«, sagt er überrascht, so, als ob nicht er mich hergebeten hätte. »Sie sehen gut aus.«

Ein Zeichen mehr für seine Sensibilität. Ich warte ab und sage nichts. Vielleicht will er mich feuern. Dazu braucht es bei einer ständigen freien Mitarbeiterin nicht viel. Es würde zum heutigen Tag passen. Und zum gestrigen. Ich überlege, was ich in der letzten Zeit angestellt habe. Okay, die Story über die Hochzeit von Claudia, der Schnulzenkönigin, war schon etwas böse. Oder vielleicht hat sich der neue TV-Koch beschwert, weil ich recherchiert habe, dass er bei der Lehrabschlussprüfung durchgefallen ist.

»Ich hab Ihnen einmal einen Bonus versprochen«, beginnt der Chefredakteur feierlich.

Oh ja, Geld könnte ich brauchen.

»Jetzt ist es so weit. Momentan ist ohnehin nicht viel los. Zwei Wochen Pleasures – ein Hotel in der Karibik. Der Pleasures-Konzern übernimmt die Übernachtungskosten, vorausgesetzt, Sie liefern eine nette Reportage. Aber wirklich nett. Und der Flug ist ein Gegengeschäft, die Fluglinie hat bei uns eine Menge Inserate geschaltet. Die Zeit ist natürlich unbezahlt, und die Reportage ist quasi Ihre Gegenleistung. Na, ist das was?«

Meine Gedanken spielen mit mir Abfangen. Vesna in der Karibik und ich jetzt plötzlich auch, aber die Karibik ist groß. Pleasures klingt herrlich, aber mein Konto ist im Minus, kann ich mir drei Wochen ohne Einkommen leisten? Dumme Frage, natürlich nicht. Und so ein Karibikaufenthalt kostet nebenher auch noch einiges. Kühle Drinks an der Strandbar und so. Großartig. Ich strahle. »Auf welcher Insel?«

»St. Jacobs.«

Ich werde misstrauisch. So viel Zufall gibt es nicht. »Warum?«

»Droch hat gemeint, Sie brauchten Abwechslung.«

Wenn er dem Chefredakteur von meinen privaten Problemen erzählt hat, bringe ich ihn um.

»Er hat mit der Reiseredaktion geredet, und die haben ohnehin im neu eröffneten Pleasures noch eine Einladung offen. Wie es ihm gelungen ist, gleich zwei Wochen herauszuschlagen …«

»Eine Journalisten-Gruppenreise?« Das heißt, mit betrunkenen, schwitzenden Kollegen in einem überklimatisierten Bus zu angeblichen Sehenswürdigkeiten gekarrt zu werden. Danke.

»Sie allein. Einfach Urlaub machen und darüber schreiben. Wenn Sie noch länger zögern, dann fahre ich selbst.«

»Okay!« Ich schreie es fast. Vesna wird staunen. Ich drehe mich noch einmal um. »Danke.«

Als ich die Tür zu Drochs Zimmer aufmache, sagt er: »Das Ticket liegt am Flughafenschalter, Last Minute. Du fliegst morgen um sechs Uhr dreißig nach Amsterdam, von dort nach St. Maarten und von dort weiter nach St. Jacobs.«

»Woher hast du gewusst, dass ich zusage?«

»Du bist doch nicht ganz verrückt.«

»Danke für das ›nicht ganz‹.«

»Gern geschehen.«

»Und für den Rest auch.«

»Selbstschutz, damit du mir nicht die Bude unter Wasser setzt, das kann ich nicht brauchen.«

»Du solltest mitkommen.«

»Ist mir viel zu heiß.«

Verrückt. Morgen soll ich in die Karibik. Weg vom Regenwetter und weg von trüben Gedanken.

»Das Pleasures liegt übrigens direkt vor dem Apartmenthotel, in dem deine Vesna wohnt. Luxus. Fünf Sterne.«

»Dann war der Wächter, der ermordet worden ist, vom Pleasures?«

»Du sollst Urlaub machen. Tu das, was du Vesna geraten hat: Misch dich nicht ein.«

»Ich werde in der Sonne liegen und lesen und schwimmen und knackig braun werden. Recht so?«

»Sehr recht. Und wenn du zurückkommst, gehen wir aus. Ich werde eine Menge von dem überkandidelten Luxuszeug essen, das du so liebst, und du wirst erzählen.«

Er will mich von Oskar trennen. Daher weht der Wind. Und wenn schon. Außerdem: Sind wir nicht ohnehin schon getrennt? In St. Jacobs gibt es ein Internetcafé. Außerdem werde ich Oskar heute noch eine Mail schicken, dass ich verreise. In die Karibik. Ich brauche ihn nicht, um in die Karibik zu fahren. Und das Beste: Vesna ist auch dort. Wenn ich richtig rechne, fliegt sie erst drei Tage vor mir zurück.

Ich muss heim. Packen. Dann schau ich noch zu Billy, ich werde die Nacht durchmachen, ich könnte ohnehin nicht schlafen, und so schlafe ich im Flieger wenigstens gut. Gismo. Verdammt, was mache ich mit meiner Katze? Ich kann sie schlecht einpacken.

»Was murmelst du?«, fragt Droch.

Ich schaue irritiert auf. »Gismo. Meine Katze. Kannst du sie nehmen?«

»Geht nicht, meine Frau hat eine Katzenallergie.«

»Es gibt eine alte Dame in meinem Haus, hoffentlich ist sie da, eigentlich ist sie immer da, aber sie geht früh schlafen. Bei ihr war Gismo schon. Sie füttert Gismo mit Schokoladekeksen, aber was soll's.«

»Na also, dann los, und schönen Urlaub und lass einmal etwas von dir hören.« Droch sieht drein wie der Weihnachtsmann persönlich. Ist er ja beinahe auch. Und was für ein nettes Exemplar.

Zum zweiten Mal am heutigen Tag wird er von mir geküsst, diesmal deutlich inniger, dann renne ich davon. Am Computer noch schnell die Abwesenheitsnotiz aktualisieren und aktivieren. St. Jacobs – ich kann es einfach nicht glauben.

[2.]

Ich bücke mich und klettere in den kleinen Flieger der Surf Air, achtzehn Plätze zur freien Wahl, Sitze, deren Rückenlehnen nur durch das Gewicht der Passagiere aufrecht gehalten werden. Ich zwänge mich zu einem freien Platz in der dritten Reihe durch, klappe die Lehne nach oben, schnalle mich an. Das soll fliegen? Ich sehe mich um, fünf Weiße, elf Schwarze, die Kinder mit eingerechnet, alle scheinen daran zu glauben. Warum auch nicht? Dieses Flugzeug hat wenigstens so etwas wie … eine menschliche Dimension, es wirkt, als könnten die beiden Piloten tatsächlich noch etwas unternehmen, wenn der Motor versagt. In diesen supertechnisierten und voll computerisierten Riesenjets fühle ich mich ausgeliefert.

Der Motor hat nicht versagt.

Karibischer Wind, warm und kräftig. Das T-Shirt klebt an mir, alles klebt. Ich halte die Nase in die Luft, schnuppere Sonne und Sand und Meer und etwas Kerosin. Eigentlich überwiegt der Kerosingeruch, aber wo wären wir ohne unsere Fantasie? Mit Zwischenaufenthalten fünfzehn Stunden Reise. Jetzt bin ich gelandet. Aus dem Reiseführer weiß ich, dass der Vulkankegel in der Inselmitte immerhin 1300 Meter hoch ist. St. Jacobs wird von den Einheimischen auch St. Jack genannt. Bevölkerung: zirka dreißigtausend. Das Rollfeld backt vor Hitze. Ich stelle mich auf die Zehenspitzen, und mir kommt es vor, als könnte ich hinter der Straße und einem Stück Wiese das Meer sehen.

Wir traben auf ein lang gestrecktes Flughafengebäude zu. Es ist nicht groß, aber mit einem Buschflughafen hat es auch nichts zu tun. Stahl und Glas. Eine dunkle Frau mit zwei kleinen Kindern überholt mich. Sie bewegen sich selbstbewusst, die vielen schwarzen Zöpfchen wippen, sie lachen. Weniger Drill und Druck als bei uns zu Hause.

Der hoch gewachsene Mann vor mir könnte Anwalt sein: leichter Sommeranzug, gute Schuhe, Brille mit feinem Goldrand, Aktenkoffer. Für einen Moment hab ich bei »Anwalt« nicht an Oskar gedacht. Ich bin auf dem Weg der Besserung. Drei dicke Touristinnen reden in einer Sprache aufeinander ein, die ich für Holländisch halte. Ihre Kniekehlen sind knallrot. Zu viel Sonne. Ich werde aufpassen.

Die Glastür geht auf. Drinnen ist es mehr als gut klimatisiert, ein Temperatursprung von mindestens zehn Grad. Zum Glück bin ich nicht empfindlich. Vor uns muss noch ein Flieger gelandet sein, vor den beiden Einreiseschaltern hat sich eine lange Schlange gebildet. Ich bin übermüdet und aufgedreht zur gleichen Zeit.

»Yes?«, sagt die Beamtin eine halbe Stunde später und sieht mich würdevoll an. Sie muss um die hundert Kilo wiegen, ihre Frisur ist kunstvoll: Ihr Haar besteht aus vielen dünnen Strähnen, die am Hinterkopf möglichst glatt zu einer Rolle gelegt wurden.

Ich lächle freundlich. Man lässt sich hier Zeit, das habe ich schon begriffen.

Sie beäugt meinen Pass, als könne etwas daran nicht stimmen. Langsam werde ich nervös. Sie liest Wort für Wort, was im Einreiseformular steht. Was ist los?

Warum ich da bin? Seltsame Frage. »Holiday«, sage ich und »I am a newspaper editor«. Ob ich zum ersten Mal da sei. Ja, warum? Dann plötzlich nimmt sie den Stempel und drückt ihn sorgfältig in den Pass.

»Next please.«

Meine Reisetasche steht schon neben dem Förderband, keiner von den paar Menschen hier scheint darauf aus zu sein, sie oder die wenigen anderen Taschen und fest verschnürten Kartons zu klauen. Ich gehe an den beiden Zollbeamten vorbei, habe nichts zu verzollen, aber wie immer trotzdem ein schlechtes Gewissen.

»Stop!«, befiehlt die Beamtin und deutet mir, die Tasche auf den Tisch zu legen. Sie drückt mir ein Formular in die Hand. Auch wenn ich nichts zu verzollen habe, das muss ausgefüllt werden. Also trage ich wie schon in das Einreiseformular Namen und Anschrift und

Grund meines Besuchs und Urlaubsadresse ein und streiche, was ich alles nicht mithabe: weder größere Geldbeträge noch Pflanzen, noch Waffen, noch Drogen. Sie liest es, nickt befriedigt und lässt mich durch. Was auf dem Papier steht, unterschrieben und gestempelt, dem glaubt man hier. So scheint es mir jedenfalls.

Eine automatische Tür, und ich stehe im Freien, einige Männer in bunten Hemden halten Schilder hoch, drei, vier Taxifahrer bieten ihre Dienste an, Touristen suchen, versperren einem den Weg, die Sonne steht knapp über dem Horizont, blendet mich, wie ein alter Indianer schirme ich die Augen mit der Hand ab, und ich sehe nun tatsächlich aufs Meer. Tief durchatmen. Karibik. Grün und gelb und blau, vor allem hell. Die meisten Touristen sind bereits zugeordnet, eingefangen und verstaut, als ich einen dünnen Schwarzen in dunkelblauem Hemd sehe, der verzweifelt ein Schild hochhält, auf dem »Miss Valensky« zu lesen ist. Ich gehe auf ihn zu, er nimmt mir erleichtert die Reisetasche aus der Hand. Jetzt erst fällt mir auf, wie schwer sie ist. Der Bus des Pleasures ist mit einer fröhlich lachenden gelben Sonne bemalt, als ob man hier so etwas zusätzlich brauchte. Der Fahrer redet in einem Dialekt auf mich ein, den ich kaum verstehe. Ich hab mehr als ein Jahr in New York gelebt, eigentlich kann ich ganz gut Englisch. Aber viel an Konversation wird von mir ohnehin nicht erwartet. Ja, ich sei aus Österreich, ja, Schwarzenegger sei auch aus Österreich, nein, nicht alle Männer bei uns sähen so aus. Zum Glück, füge ich im Geist hinzu. Die Straße ist überraschend gut, wir fahren an einer Siedlung mit kleinen, kastenförmigen und einheitlich gestalteten Häusern vorbei. Ich verstehe den Fahrer, als er mir erzählt, dass es sich um Sozialbauten für die Ärmeren handelt, man wolle sie aus ihren armseligen Hütten herausholen, erklärt er stolz, das hier sei ein aufstrebendes Land. Sozialwohnungen mit Garten und Blick aufs Meer, gar nicht übel. Der riesige Stein, der am Straßenrand liegt, entpuppt sich als schwarze Kuh. Auf ihr sitzt ein weißer Vogel, sie scheint ihn einfach zu ignorieren. Zu heiß. Was in den schmalen Feldern wächst, kann ich nicht sehen, zu schnell sind wir unterwegs, eine süßliche Duftschwade nimmt mir fast den Atem. Ein Pick-up überholt uns in einer halsbrecherischen Aktion, auf der Ladefläche stehen sechs jüngere Männer und reden aufeinander ein. Sie tragen Shorts und Tanktops, jede Menge Muskeln, ihre dunkle Haut ist grau vor Staub.

»Sugar workers«, Zuckerarbeiter, erklärt mein Fahrer. Eine Rechtskurve, dann führt die Straße mitten durch ein Zuckerrohrfeld: grüne Stangen, gut zweieinhalb Meter hoch, ein grün-strohiges Meer, in dem man sich klein vorkommt. Eine Maschine, ähnlich unseren Mähdreschern, frisst eine Schneise ins überhohe Gras. Das habe ich im Reiseführer gelesen: St. Jacobs ist eine der letzten Inseln, auf denen es tatsächlich noch jede Menge Zuckerrohr gibt. Auch wenn Anbau, Ernte und Verarbeitung inzwischen schwer defizitär sind. Die Zuckerindustrie ist staatlich, und sie ist der wichtigste Arbeitgeber.

Die Hotelhalle glänzt vor weißem Marmor, man hat Angst, auf dem spiegelnd glatten Boden auszurutschen. Die Temperatur ist für mich um fünf Grad zu niedrig eingestellt, aber das gehört hier wohl zum Luxus. Hohe Stromkosten. Die Rezeptionistin lächelt fröhlich, wie aus einem Karibik-Reiseprospekt: »Freundliche Einheimische heißen Sie willkommen.«

Mein Zimmer erweist sich als Suite. Der Wohnraum mit leichten Rattanmöbeln hat eine kleine Terrasse auf das Meer hinaus, das Schlafzimmer mit Himmelbett bietet einen Blick auf das Landesinnere, üppig grün, schon wieder Zuckerrohr und dahinter der Vulkankegel mit einem weißen Wölkchen um den Gipfel. Fast hätte ich das lang gestreckte, niedere Haus hinter dem Pleasures übersehen, es wirkt wie ein Wirtschaftsgebäude, ein übergroßer Schuppen für Geräte oder für mindere Angestellte. Um Ähnlichkeiten mit dem Bild auf dem Prospekt zu erkennen, muss man schon sehr genau hinsehen. Aber zweifellos: Das ist das Apartmenthotel Golden Sand. Wenn man mir diesen Kasten vor die Nase gesetzt hätte, ich wäre auch sauer. Ich will Vesna überraschen, aber vorher muss ich noch duschen. Das Badezimmer: ein Traum in rosafarbenem Marmor. Hier lässt sich's leben. Allerdings nur, wenn man nicht selbst dafür zahlen muss.

Mit feuchten Haaren gehe ich auf meine kleine Terrasse, das Meer ist aquamarinblau, eine lang gezogene Welle nach der anderen rollt heran, träge Bewegung, als sei hier selbst das Meer auf Urlaub, weiße Schaumkrönchen, eine Mischung aus Geruch nach Salz und Sand und etwas, das ich für Hühnersuppe halten würde. Ich zähle vierzehn Gäste in Liegestühlen, ausgebucht dürfte das Hotel nicht sein, es hat zweihundertsechzig Zimmer. Aber März ist wohl schon Nebensaison. Es wird mir nicht schwer fallen, über das Pleasures einen euphorischen Bericht zu liefern. Ganz wie es der Presseabteilung des Konzerns gefallen wird. Um halb acht habe ich einen Termin mit dem General Manager und der Resident Managerin. Entweder haben sie nicht viel zu tun, oder ich bin hier tatsächlich eine VIP. Kein übles Gefühl.

Hoffentlich ist Vesna da. Ich widerstehe der Versuchung, mich aufs Bett zu legen und mich von der Melodie der Wellen einschläfern zu lassen, schlüpfe in Shorts und Top. Ich sollte dringend fünf Kilo abnehmen, vielleicht auch acht. Aber was soll's: Ich habe Urlaub und werde es mir gut gehen lassen. Außerdem: Ich bin alleine da, keine Notwendigkeit, bei irgendjemandem Eindruck zu schinden. Mein Bedarf ist gedeckt. Danke.

Ich gehe Richtung Garten, überall üppiges Grün, die Bewässerungsanlage macht klar, warum das Gras hier nicht so bräunlich ist wie am Straßenrand. Der Pool ist mindestens fünfundzwanzig Meter lang, das Dach der rundum offenen Bar hat man – als ob jemand vergessen könnte, wo sie sich befindet – mit Palmwedeln gedeckt. Hier sind die meisten der Liegestühle besetzt. Offenbar ziehen die Gäste Garten und Pool dem Sand und dem Meer vor. Meine Anwesenheit senkt das Durchschnittsalter beträchtlich, der Großteil der überwiegend älteren Herrschaften ist gebräunt, wirkt fit und reich genug, um sich den Luxus hier und auch überall sonst leisten zu können. Englische Wortfetzen, ein paar deutsche Worte. Ich gehe weiter, Hibiskusbüsche mit strahlend roten und orangen Blüten, dann endet der gepflegte Kiespfad, aber man kann ja auch übers Gras gehen. Büsche ohne Blüten und zwei niedrige Wirtschaftsgebäude. Was ich von meinem Zimmer aus nicht gesehen habe: Das Gelände des

Hotels wird auf der rückwärtigen Seite von einem hohen Maschendrahtzaun begrenzt. Drei Meter hinter dem Zaun sind die Terrassen der Apartments, die zum Golden Sand gehören. Auf keiner ist jemand zu sehen. Kein Wunder. Wer will schon direkt auf einen hohen Zaun, auf garagenartige Nebengebäude mit Mülleimern davor und auf die Rückseite eines immerhin drei Stock hohen Hotelkomplexes schauen? Die Apartments wirken unbewohnt, das Haus geschlossen. Sieht so aus, als müsste ich noch einmal durch den Garten, dann durch die Hotellobby, die großzügige Auffahrt entlang, hinaus auf die Straße, um von dort zum Golden Sand einzubiegen. Ich spüre jeden Knochen, der Rücken schmerzt. Besonders gut habe ich im Flieger nicht geschlafen. Zwischen Amsterdam und St. Maarten saß ein schwitzender Araber neben mir, der entsetzliche Angst gehabt hat. Und dann hat der mitreisende Polizeimann bei ihm auch noch einen Extra-Security-Check gemacht. Denn seit dem 11. September sind ja angeblich alle Araber Terroristen. Ich hätte die Nacht zuvor nicht durchmachen sollen, aber ich war völlig aufgedreht, zu viel auf einmal, und außerdem musste ich ohnehin schon um halb sechs in der Früh am Flughafen sein. Billy hat mich hingefahren. Diese Restaurantleute halten was aus. Sie und Daniel wollen heiraten.

Ich gehe mit sinkender Hoffnung am zweiten Wirtschaftsgebäude des Hotels vorbei, immer am Zaun entlang wie eine müde Tigerin. Im letzten Eck fehlt ein Stück Zaun. Ich sehe mich um. Hierher verirrt sich kein Tourist des Pleasures, und vom Personal ist auch niemand zu sehen. Ich schiebe mich durch das Loch. Schlimmstenfalls werde ich mich auf Vesna ausreden. Ich gehe um das Apartmenthaus herum und stelle fest, dass der Außenanstrich dringend erneuert werden müsste, aber vielleicht wirkt das verblichene Gelb auch nur im Vergleich zum neuen, strahlenden Weiß des Luxushotels so schäbig.

Die Vorderfront des Golden Sand ist landeinwärts gerichtet. An der einen Seite des Hauses schließt eine Terrasse mit Tischen und Sesseln aus weißem Plastik an. Sie könnte zum französischen Restaurant gehören, aber auch sie wirkt wie längst verlassen. Vielleicht öffnet das Lokal erst am Abend.

Ich gehe unschlüssig in Richtung Eingang, als mir eine zierliche

Frau in einem weich fließenden schwarzen Kleid entgegenkommt. Ich kenne sie vom Prospekt.

Sie strahlt mich an, ihr gebräuntes Gesicht scheint bloß aus Falten zu bestehen, die Lippen sind mit einem dunkelroten Stift nachgezogen, die Augen dezent geschminkt. Apart, auch wenn sie … Wie alt kann sie sein? Fünfzig? Sechzig? Siebzig?

»You want a room?«, sagt sie mit heiserer, tiefer Stimme, die besser zu einem alten Matrosen passen würde. Ihr Englisch ist gebrochen, schwer zu sagen, woher sie ursprünglich stammt. Französisch hört sich der Akzent nicht an.

Ich sage ihr, dass ich Vesna Krajner suche, und sie wechselt sofort in die deutsche Sprache. Sie spricht nahezu perfekt Deutsch, aber nun erkenne ich die ungarische Färbung.

»Sie haben Glück, Vesna ist im Apartment. Soll ich Sie melden?«

Ich habe etwas Herzklopfen. »Ja, sagen Sie bitte, Mira Valensky ist da. Sie sprechen großartig Deutsch, aber Sie stammen aus Ungarn, nicht wahr?«

»Bin schon viele Jahrzehnte weg aus meinem Land, ich habe in Wien gelebt ein paar Jahre, mein erster Mann war ein Wiener, Gott hab ihn selig.« Sie wedelt mit der Hand, einige dünne Armreifen klirren. »Eine anderes Jahrhundert«, sagt sie und lächelt kokett.

Wir gehen an zwei Türen vorbei, als Vesna aus der dritten kommt: Ihr stehen Shorts deutlich besser als mir. Vesna schaut, als hätte sie eine Erscheinung.

»Glaube ich nicht, glaube ich nicht«, schreit sie und rennt her zu mir und umarmt mich und küsst mich, um dann, etwas erschrocken über die seltene Vertraulichkeit, wieder einen Schritt zurückzuweichen.

Ich grinse über das ganze Gesicht. »Da schaust du, was?« Etwas Besseres fällt mir im Moment nicht ein. Ich klopfe ihr begeistert auf den Rücken. Vesna ist dunkelbraun, jetzt fällt erst so richtig auf, dass sie aus einem südlichen Land stammt.

»Wie geht das?«, will sie wissen.

»Per Flugzeug, meine Liebe. Man hat mir sogar das Ticket gezahlt. Und das Hotel wird auch gezahlt, vom Pleasures-Konzern.«

»Warum von denen? Was wollen die?« Stirnrunzeln.

»Hotelzimmer im Pleasures vermieten natürlich. Ich soll über ihre wunderschöne Anlage berichten.«

Vesnas Blick verfinstert sich zusehends: »Schöne Anlage? Wenn du wüsstest, Mira Valensky. Früher war das da schöne Anlage, einzige da. Und jetzt: Geldsäcke machen alles kaputt, nicht nur Geschäft von Bata und Michel, auch Umwelt, auch Insel.«

Ersteres glaube ich, Zweiteres scheint mir ein wenig übertrieben.

»Aber wann bist du gekommen? Kein Wunder, dass ich dich nicht habe erreicht über Internet.« Wenn Vesna aufgeregt ist, verschiebt sie die deutsche Grammatik.

»Vor einer Stunde. Irgendwann werde ich einfach in einer Ecke einschlafen.«

»Nix mit Schlafen, man muss Jetlag gleich überwinden, indem man Normalzeit annimmt.«

Vesna redet, als würde sie jeden Monat rund um die Welt fliegen. Dabei weiß ich zufällig genau, dass sie vor dieser Reise noch nie eine größere Entfernung zurückgelegt hat als die zwischen Bosnien und Wien. Als ich ihr das sage, lacht sie: »Manche lernen schnell, und es gibt Bücher. Jedenfalls wird nicht geschlafen, Michel ist ein Koch, den du wirst lieben. Französische Küche. Für mich etwas viel, aber unstehlich.«

»Unwiderstehlich.«

»Natürlich. Und Bata ist seine Frau, kommt aus Ungarn, aber ist schon lange in Karibik.«

»Michel wird für Sie etwas ganz Besonderes kochen«, verspricht Bata mit ihrer Reibeisenstimme. Um mich zu gutem Essen zu überreden, braucht es nicht viel. Aber um halb acht habe ich mein Treffen mit dem General Manager des Hotels.

»Nicht sagen, dass du bei uns gewesen bist«, ruft Vesna aufgeregt. »Man muss ihn ausfragen. Über Mord, den sie Öko-Freunden in Schuhe schieben wollen. Und über Bestechung, davon reden alle auf der Insel.«

»Wie stellst du dir das vor? Da kommt eine Journalistin aus Wien und sagt: ›Guten Abend, herzlichen Dank, dass ich in Ihrer Suite wohnen darf, sehr nett, aber haben Sie den Wächter eigenhändig erwürgt? Und außerdem: Wen haben Sie alles bestochen, dass Sie hier bauen durften?‹«

Vesna seufzt. »Du wirst es eleganter machen, Mira Valensky, weiß ich. Aber besser nichts sagen, dass du uns kennst. Wir sind Feinde. Man will uns schließen.« Vesna weiß offenbar schon ganz genau, wohin sie gehört. Mir klingt es etwas zu melodramatisch. Vielleicht macht das die Sonne.

Bata nickt. »Der Manager ist Schweizer. Nichts als Zahlen im Kopf.« Sie wedelt mit ihrem Arm durch die Luft, Geklimper der Armreifen. »Herz aus Stein.«

Die beiden stehen schon an der Hotelbar, als ich komme. Ich hätte mich umziehen sollen. Der General Manager ist um die fünfzig, schlank und trägt einen der leichten Sommeranzüge, die aussehen, als würde es ihren Trägern nie zu heiß und nie zu kalt, Luxusqualität. Seine Haare sind weißblond – oder doch schon weiß mit einem Stich ins Gelbliche? Die Augen kühl und grün, er gibt mir die Hand und sagt mit Schweizer Akzent: »Peter Hoffmann. Willkommen an der Sonne. Und das ist meine Resident Managerin Angela la Croix.«

Der Name passt. Seine Begleiterin ist dunkel und schön. Maximal Anfang dreißig, groß gewachsen, schmal, mit endlos langen Beinen. Sie trägt ein gut geschnittenes beiges Leinenkostüm und lächelt mich an, als hätte sie noch nie verloren.

»Mira Valensky«, antworte ich und versuche ebenso strahlend zurückzulächeln. Wahrscheinlich bin ich von oben bis unten voll Staub. Ich versuche den Bauch einzuziehen.

Der General Manager lässt rum punch mixen, Angela la Croix will bloß ein Perrier. Auch das noch. Die Karrierefrauen Anfang dreißig gehen mir zunehmend auf die Nerven. Man sieht neben ihnen so alt und fett und undiszipliniert aus. Oder fühlt sich zumindest so. Ich nippe am rum punch, während Hoffmann über die Philosophie des Konzerns und dieses Hauses erzählt. Es scheint die Einheitsphilosophie internationaler Luxushotels zu sein: Man soll sich umsorgt, aber privat fühlen, besser als zu Hause, aber doch wie daheim. Ich will mich nicht wie daheim fühlen, momentan schon gar nicht.

»Karibisches Flair, aber nicht zu viel Exotik, wenn Sie verstehen, was ich meine«, doziert Hoffmann weiter.

Ich verstehe es nicht ganz.

»Unsere deutsch-amerikanischen Eigentümer achten darauf, dass es im Management und bei den Angestellten die richtige Mischung aus lokalem und internationalem Personal gibt.«

La Croix scheint unserem Gespräch auf Deutsch folgen zu können, spricht dann aber englisch mit mir. Es ist Oststaaten-Englisch, vom Inseldialekt des Fahrers ist nichts zu merken.

»Für die Insel ist das Hotel ein Segen«, sagt sie, »es gibt viel zu wenig feste Arbeitsplätze hier. Außerdem haben wir seit der Eröffnung des Hotels wöchentlich einen direkten Flug nach London-Gatwick, von der Umwegrentabilität des Betriebes gar nicht zu reden: Wo immer es geht, versuchen wir, lokal einzukaufen. Das erzieht auch die Einheimischen. Noch wird zu wenig Gemüse angebaut, als dass unser Bedarf gedeckt wäre. Absurd, aber die Leute sind sich zu gut, um in der Erde zu wühlen, dabei wäre das eine regelmäßige Einnahmequelle.«

»Woher stammen Sie?«

Sie sieht mich erstaunt aus ihren geschickt geschminkten großen dunklen Augen an: »Von hier, ich bin hier geboren und aufgewachsen. Allerdings war ich zum Glück jahrelang in den Staaten, ich habe in Cambridge Rechtswissenschaften studiert, da bekommt man einen anderen Blick.«

Sieh an, eine Kollegin – nur mit größerem Blick.

Peter Hoffmann legt Angela la Croix besitzergreifend die Hand auf ihren langgliedrigen Arm. »Sie ist auch für die juristischen Angelegenheiten unseres Hauses zuständig.«

Klug, für den Umgang mit den Behörden eine Einheimische zu nehmen – auch wenn sie sich gibt, als hätte sie mit den Bewohnern von St. Jacobs weniger gemeinsam als ein Eskimo.

Die Cocktails sind ausgetrunken.

Hoffmann räuspert sich: »Wann immer Sie Wünsche oder Fragen haben …«

»Eine Frage habe ich noch: Wie steht es um die Sicherheit? Ich habe gehört, ein Mitglied Ihrer Wachmannschaft ist erschossen worden.«

La Croix antwortet hastig. »Unsere Insel ist sehr, sehr sicher. Es gibt fast keine Kriminalität, dazu ist sie einfach zu klein.« Sie versucht zu lachen. »Wir kennen einander, das macht das Bösesein und das Nicht-erwischt-werden schwierig.«

»Trotzdem …«

Hoffmann schüttelt den Kopf, seine Augen erinnern mich an Frozen Daiquiri. »Eine Privatfehde.«

»Ist nicht ein junger Amerikaner in Haft? Er soll gegen das Hotel protestiert haben.«

La Croix sieht mich spöttisch an: »Sie sind gut informiert. Wir haben hier leider ein kleines Problem mit Radikalen aus den USA. Aber es ist so gut wie gelöst. Ein entsprechendes Verfahren zu ihrer Ausweisung ist eingeleitet. Leider ist man hierzulande sehr tolerant, und die Bürokratie ist, nun ja, karibisch. In den USA wären diese Nichtstuer sicher längst …«

»Wir wollen Frau Valensky nicht langweilen. Ich bin überzeugt, dass Sie sich hier bei uns sehr wohl und sicher fühlen werden. Das Areal ist zudem bewacht. Und ich freue mich schon auf Ihren Bericht.« Frozen Hoffmann gibt mir mit Nachdruck die Hand, dann dirigiert er seine schöne Resident Managerin in Richtung Ausgang.

Ich mag Areale, die nicht bewacht werden müssen.

Das Restaurant des Golden Sand hat sich zu zwei Dritteln gefüllt. Der Großteil der Gäste hat weiße Hautfarbe. Bata schwirrt zwischen den jetzt blendend gelb gedeckten Tischen herum, redet deutsch und englisch und französisch – alles mit ungarischem Akzent. Sie bildet einen hinreißenden Kontrast zu den beiden Schwarzen, die servieren: Die jungen Frauen sind, vornehm ausgedrückt, üppig, wenn auch kaum weniger schnell als ihre Chefin. Und sie scheinen sich für ihre Leibesfülle nicht im Geringsten zu genieren. Stolz schieben sie Hintern und Busen an den Touristen und der heimischen Upperclass vorbei. Glückliches Land.

Vesna winkt mir zu, sie sitzt an einem Tisch am Rand der Terrasse, hinter ihr leuchtet eine Bougainvillea in Orange und Rosa.

»Michel ist auf der ganzen Insel berühmt«, erzählt mir Vesna, als ob sie hier leben würde. »Franzose und ein echter Koch. Hat in gute Häuser gekocht. Ist um zwölf Jahre jünger als Bata. Aber das passt.«

Ohne bestellt zu haben, bekommen wir jeweils einen großen ovalen Teller voll mit Avocadospalten, etwas, das wie Mayonnaise aussieht, Garnelen und einem knusprig braun panierten Laibchen, das sich später als frittierter cremiger Ziegenkäse herausstellt. Köstlich, Avocados von dieser Qualität habe ich noch nie gegessen. Und die Mayonnaise ist natürlich hausgemacht, versichert Bata. Nie, nie würde ihr Michel in den Supermarkt gehen und Mayonnaise aus dem Glas ... Verrat an Frankreich und seiner Tradition! Vielleicht bin ich einfach zu müde, aber eigentlich hätte ich nach dem grandiosen Vorspeisenteller genug gegessen.

Vesna sieht so zufrieden drein, als hätte sie höchstpersönlich die Insel entdeckt. »Ökos sind protestieren vor Gefängnis, für ihren Kollegen, aber später kannst du mit ihnen reden. Sie wollen, dass das Hotel weg muss.«

»Das ist doch Quatsch.«

»Nicht sehr praktisch, glaube ich auch. Aber was ist, wenn Protest aufhört? Dann haben die gewonnen.«

»Wie konnte Pleasures so nah am Golden Sand bauen?«

»Weiß niemand, hat mit Bestechung zu tun. Und Vater von diese Resident Manager ist Minister. Die ist die Schlimmste.«

Ich nicke befriedigt. Das jedenfalls passt in mein Weltbild. Vielleicht bin ich auch ein wenig kleinlich.

Vesna kommt in Fahrt: »Ökos sind schon vor Bau gekommen, weil da hat es Schildkröten gegeben in der Bucht, muss man schützen. Zwei studieren Biologie. Ökos, meine ich. Und überhaupt: Zu viel Tourismus macht alles kaputt.«

»Viel andere Möglichkeiten haben die Leute hier wohl nicht.«

»Aber fragt sich: Wo geht Geld und Arbeit hin, wenn internationaler Konzern kommt?«

Da ist schon was dran.

»Wie können es sich die Ökos leisten, hier zu wohnen?«

»Hotel ist billig, und sie kriegen Rabatt. In den USA, wer weiß, ob Eltern wissen, wo sie sind. Aber Verbrecher sind das nicht. Manchmal etwas anstrengend, das schon.«

Der nächste Gang wird von Michel selbst aufgetischt. Er strahlt über das ganze Gesicht, das Doppelkinn zittert vor Stolz. Kaum vorstellbar, dass er um so viel jünger ist als seine Frau.

»Michel kann nur Französisch«, zischt mir Mira auf Deutsch zu.

»Oui«, antwortet er und es folgt ein französischer Wortschwall. Ich verstehe nur Bruchteile, meine Französischkenntnisse sind seit der Schulzeit selig entschlafen, einiges kommt mir bekannt vor, aber mehr auch nicht. Ich stottere etwas von »bitte langsamer«, aber da ist Bata schon bei uns und übersetzt mit Reibeisenstimme.

»Mein Michel will Freundin und Chefin von Vesna mit einer besonderen Kreation begrüßen: Mahi-Mahi-Fisch in einer Sauce aus Papaya, dazu Rice and Beans mit Kokosmilch und gebratene Kochbananen. Ob Sie danach noch etwas Fleisch wollen?«

Ich schüttle etwas zu entsetzt den Kopf. Der Fischgang sieht großartig aus, aber wieder ist ein ovaler Teller, eigentlich schon fast eine Servierplatte, dekorativ so befüllt, dass nur noch der Tellerrand zu sehen ist.

Michel sagt aufgeregt etwas zu Bata, ich mische mich auf Französisch ein und sage, das sehe »fantastique« aus, aber ich hätte eine lange Reise gehabt. Das akzeptiert er gnädig und wandert unter Lobesrufen der Gäste wieder Richtung Küche.

»Es ist großartig, aber können Sie das alles essen?«, frage ich Bata.

Bata schüttelt den Kopf und lacht. »Bin ich kleiner Vogel, und außerdem: Während der Arbeit esse ich nicht.«

»Michel versucht sie spät in der Nacht mit Früchten und etwas Toast zu füttern, vor allem aber sie lebt von Cola-Rum und Zigarillos, inhaliert«, ergänzt Vesna.

»Cola mit ein wenig Rum gibt Kraft. Ich bin alt«, strahlt Bata, »muss zäh sein, um den Mann zu behalten. Aber vier habe ich schon überlebt, Schätzchen. Und Zigarettenrauchen habe ich aufgegeben, Zigarillos sind viel gesünder, sagt man.«

»Gesünder nur, wenn man sie nicht inhaliert.«

»Weiß ich nicht, wie das geht. Muss man sich keine Sorgen machen um mich, ich werde ohnehin bald sterben. Nur« – sie blickt Richtung Pleasures, das wie ein Schlachtschiff vor ihrem Hotel aufragt –, »die werden mich nicht ins Grab bringen, die nicht!« Eine Rachegöttin von einem Meter fünfzig in elegantem Schwarz.

Michel sieht nicht so aus, als wollte er ihr davonlaufen. Aber bekanntlich kann man sich täuschen. Zum ersten Mal seit Stunden denke ich wieder an Oskar. Dann konzentriere ich mich auf den Fisch mit einer der köstlichsten Fruchtsaucen, die ich je gegessen habe. Es fällt gar nicht schwer.

Endlich schlafen. Von all den Eindrücken und dem chilenischen Rotwein schwirrt mir der Kopf. Ich habe es geschafft, die Klimaanlage auszuschalten, und stattdessen sowohl das Schlafzimmerfenster als auch die Terrassentür geöffnet. Man kann das Meer hören, lauter aber sind die Grillen und noch lauter die Baumfrösche. Es ziept und zirpt und rauscht, immer wiederkehrender Rhythmus der Karibik, aufregend und einschläfernd zugleich.

Ich träume von einer riesigen Blume mit orangefarbigen Blüten, sie wird zu Angela la Croix und hat auf einmal Zacken an allen Blatträndern wie eine Venusfliegenfalle. Wen hat sie gefangen? Irgendetwas zappelt. Ich schwebe über dem Meer, ganz losgelöst, alles duftet nach Papayasauce. Der Duft ändert sich, wird rauchig, Bata lacht mit ihrer Reibeisenstimme, aber der Rauch geht nicht weg. Ich schlage die Augen auf, rieche immer noch Rauch, stehe benommen auf, gehe auf die Terrasse. Hier ist der Geruch kaum wahrnehmbar. Ich will schon wieder ins Bett kriechen, spähe aber doch noch aus dem Schlafzimmerfenster. Jetzt kann ich den Rauch auch sehen: Er kommt vom Golden Sand, aus der Tür zur Terrasse, die am Eck des Gebäudes und meinem Zimmer am nächsten liegt. Verdammter Mist, dass hier mein Mobiltelefon nicht geht. Das heißt, ein Telefon hätte ich ja im Zimmer, aber keine Nummer vom Golden Sand. Ich sehe mich gehetzt um. Der Prospekt. Ich hab ihn mitgenommen, aber wo ist er? Ich drehe den

Rucksack einfach um, jede Menge Müll und Kleinkram, aber kein Prospekt. Ich zwänge mich in die Shorts, greife nach dem erstbesten T-Shirt, Sandalen, renne los. Durch den Garten, am Pool vorbei, den Zaun entlang. Vielleicht hält man mich für eine nächtliche Joggerin. Obwohl: Es ist ohnehin niemand zu sehen. Das Loch im Zaun. Ich keuche, zwänge mich durch. Keine Ahnung, wie spät es ist. Alles ist finster, ich stolpere über einen Müllsack. Sauberer ist es im Pleasures allemal. Aber die können sich auch mehr Personal leisten. Wie schlage ich Alarm? Die Tür zum Restaurant steht offen. Wo wohnen Michel und Bata? Keine Ahnung, ich renne weiter Richtung Vesnas Apartment, als drei verschlafene junge Männer aus einer Tür spähen.

»Rauch«, rufe ich, »Feuer! Fire!«, und deute in die entsprechende Richtung.

Sie schreien durcheinander, Vesna reißt die Tür auf, sie trägt bloß ein Longshirt, ist die Erste, die daran denkt, die Außenbeleuchtung anzudrehen. Feuerlöscher, wir brauchen Feuerlöscher. Der Qualm wird immer dichter.

Die Amerikaner streiten, ob sie die Tür zum brennenden Apartment auftreten sollen.

»Ist wer drinnen?«, schreie ich Vesna zu.

»Michel, Bata!«

Ich befehle den Männern, endlich die Tür einzutreten. Flammen schlagen heraus, gemeinsam mit Vesna renne ich um das Haus herum, Richtung Terrasse. Die Tür steht offen, aber von Michel und Bata keine Spur, ich bekomme keine Luft mehr, auch Vesna hustet.

»Halte Shirt vors Gesicht«, krächzt sie.

Ich hab keinen BH an. Vesna auch nicht, aber das ist ihr egal. Ist ja auch wirklich egal, ich ziehe mein Shirt über Mund und Nase.

»Du darfst nicht hinein«, schreie ich Vesna zu, sie wehrt sich mit heftigen Handbewegungen gegen den Rauch und ist schon im Raum, ich folge ihr. Kochende Hölle. Ohrenbetäubendes Krachen, bullernd lodern die Flammen, wir müssen raus, mir wird schwindlig, eine Hand zieht mich weg. Dann ein neues Geräusch, Zischen und Schreien, Michel hält mit einem Feuerlöscher auf die Flammen, Bata ist neben ihm und ringt die Hände, die Ökos stehen eher hilflos herum. Vesna kommt mit dem nächsten Feuerlöscher angelaufen, jetzt verstehen es auch die Aktivisten und sprinten los. Eine halbe Stunde später ist das Feuer gelöscht. Es raucht und glost, und Bata stößt auf Ungarisch Verwünschungen aus, die sie nicht übersetzen will. Michel sitzt erschöpft auf einer Tonne und beobachtet den Rauch. Einer der Ökos hat den Gartenschlauch gefunden und versucht das Apartment mit Wasser zu kühlen.

Niemand spricht, man hört Meer und Zikaden und Baumfrösche, man schmeckt den Rauch.

»Gibt es hier eigentlich so was wie eine Feuerwehr?«, frage ich, um irgendetwas zu sagen. Die Worte kratzen im Hals.

»Gibt es«, antwortet Bata, »aber in der Hauptstadt. Und in der Nacht ... Ich weiß nicht ...«

Ein neuer Tag kündigt sich an. Der Himmel wird heller, rosa, geht über in leuchtendes Orange und flammendes Rot und Lila, und dann taucht die Sonne auf, langsam. Gleichgültig gegenüber allem, was geschieht.

»So schön ist es nicht immer«, flüstert Bata. Michel schaut bloß auf den Rauch.

Eigentlich hätte jemand vom Personal des Pleasures zu Hilfe kommen können. Als ich am Abend den ordnungsgemäßen Weg Richtung Golden Sand genommen habe, sind mir zwei große, gut gebaute junge Männer in hellen Kakihemden begegnet, die entlang der Auffahrt patrouillierten.

»Wie konnte das Feuer entstehen?«

Batas Stimme ist noch tiefer als sonst. »Das ist gelegt worden.«

»Wer hat in dem Apartment gewohnt?«

»Momentan niemand, Michel und ich haben einige Wochen dort geschlafen, wir schlafen immer wieder in einem der leeren Zimmer, damit kein Geruch von Unbewohntheit entsteht.«

»Keine Gäste?«

Vesna mischt sich ein. »Wenn die Touristen sehen, wie die Lage ist, dann gehen sie wieder. Ich bin gratis da, und ich bin gern da, aber Geschäftsmacher von Preisausschreiben gehört verklagt.«

Bata nickt. »Die Prospekte haben wir weggeworfen, wir geben sie nicht mehr her. Was haben wir davon, wenn Leute kommen und wütend umdrehen, weil man nicht auf Meer sieht, sondern nur den Dreck der Hotelhinterseite? Eine Zeit lang haben sie extra ihren Müll an die Grundstücksgrenze gestellt und zwei Tage stinken lassen. Müll nach zwei Tagen karibischer Sonne, das haltet niemand aus.«

»Wer soll den Brand gelegt haben?«

»Na die«, erwidert Bata ungeduldig und deutet auf das Pleasures.

Ich habe keine Ahnung, warum sie das tun sollten.

Die Ökos versprechen, Rache zu nehmen. Auch das noch.

Meine Haare stinken nach Rauch, es ist mir egal, ich kann nicht mehr. Ich schlafe ein, während das Hotel erwacht. Als ich benommen wach werde, geht die Sonne auf. Ich hab den Brandanschlag nur geträumt, denke ich verwirrt, aber der Rauch – ich kann Rauch riechen. Und dann registriere ich, dass die Sonne dabei ist, unterzugehen. Schlagartig hebt das Nachtkonzert an, geleitet von den bliependen Baumfröschen. Ich dusche mindestens eine halbe Stunde, so als könnte man die gestrige Nacht dadurch doch noch als bösen Traum abtun. Hunger. Frühstück werde ich jetzt wohl keines mehr bekommen, doch Michels Kreationen scheinen mir nach dem Aufwachen nicht das Richtige zu sein. Inzwischen ist es finster geworden, aber die Uhr zeigt erst kurz nach sieben. Tag und Nacht sind in den Tropen beinahe gleich lang, die Übergänge sind kurz, dafür dramatisch und voller Farben.

Auf der Hotelterrasse wird gerade für das Abendessen gedeckt. Interessiert lese ich die beim Eingang präsentierte Speisekarte: Internationale Küche mit lokalen Anklängen. Wie hat Hoffmann gesagt: Karibisches Flair, aber nicht zu viel davon, das mögen die wohlhabenden Amerikaner und Deutschen nicht. Weder Steak in Pfeffersauce noch das Hühnerbrustfilet auf Salat können mich reizen. Abgesehen davon ist beides enorm teuer. Die Spaghetti mit Meeresfrüchten sind mir schon eher sympathisch, aber als Frühstück?

Ein Kellner kommt beinahe lautlos und fragt höflich, ob er mir helfen kann.

»Ich habe das Frühstück verschlafen«, murmle ich verlegen.

Er lächelt, als gäbe es nichts Normaleres auf der Welt. »Frühstück gibt es bei uns rund um die Uhr. Wir sind ein Fünfsternehotel.«

Nach seinem Aussehen könnte er aus St. Jacobs stammen. Er ist stolz auf das Hotel und seinen Job. Gut möglich, dass Bata, Michel und die Ökos mit ihrer Kritik ziemlich allein dastehen.

Ich bekomme auf der überdachten Terrasse einen Tisch mit Meerblick zugewiesen und ein königliches Frühstück serviert: Eier und knusprigen Speck und Baked Beans und frische Früchte und Marmelade. Ich esse, als wäre ich wochenlang schiffbrüchig auf dem Meer getrieben. Selbst der Kaffee schmeckt gut, vielleicht die größte Sensation.

Inzwischen haben sich die ersten Gäste zum Abendessen eingefunden: Fast alle Männer tragen ein Sakko, viel zu warm dafür, denke ich. Nur der Dicke im Eck hat sich in ein Hawaii-Hemd gezwängt, sein Kopf ist rot, er wirkt, als wäre er knapp vor der Explosion. Installateur aus dem Mittelwesten mit zu viel Geld, tippe ich. Seine Begleiterin ist beinahe ebenso üppig und trägt ein wallendes pinkfarbenes Zelt. Die Aufmachung der restlichen Damen variiert zwischen bemüht karibisch – schreiend bunte Farben und für die Anzahl der Falten viel zu viel nackte Haut – und dezenter Eleganz. Sehr viel Anschluss werde ich hier nicht finden. Brauche ich auch nicht.

Gerade als ich mit einem zufriedenen Seufzer die Serviette weglege, steuert Angela la Croix auf mich zu. Heute trägt sie einen marinefarbenen Hosenanzug, sie sieht zugleich hinreißend und kompetent aus. Die Blicke der männlichen Gäste folgen ihr. Gleich wird der alternde Installateur zu sabbern beginnen. Aber träumen wird man ja noch dürfen, denke ich mir, ein ausgiebiges Frühstück macht mich tolerant und großzügig. Nicht alle Begleiterinnen scheinen meiner Meinung zu sein. La Croix ist sich ihrer Wirkung bewusst. Sie nickt mir beinahe hoheitsvoll zu und fragt, ob sie für einen Moment Platz nehmen dürfe.

Ich deute auf den Sessel vis-a-vis.

»Sie hatten heute in der Nacht … Unannehmlichkeiten?«

Ich sehe ihr ins Gesicht. »Ich habe heute Nacht geholfen einen

Brand zu bekämpfen. Außer mir scheint niemandem im Hotel aufgefallen zu sein, dass es bei den Nachbarn gebrannt hat.«

Angela la Croix nickt, als hätte ich ein Geständnis abgelegt. »Seien Sie vorsichtig, dort drüben wimmelt es von Ungeziefer und Spinnen.«

»Davor hab ich keine Angst. Außerdem: So was verläuft sich zuallererst bei einem Brand.«

»Um es klar zu sagen: Sie sollten wissen, auf welcher Seite Sie stehen. Sie sind unser Gast – Ihren Teil des Vertrages müssen Sie noch erfüllen.«

Ich sehe sie so gelassen wie möglich an. »Ich bin ebenfalls Juristin, auch wenn ich nicht in Cambridge, sondern in Wien studiert habe. Sie bekommen Ihre Story.«

»Es ist Ihnen hoffentlich bewusst, dass es unsinnig wäre, etwas über die Störenfriede zu schreiben. Bis Ihr Artikel in Druck geht, sind die längst weg, und das so genannte Hotel ist geschlossen.«

»Was hat Ihnen das Golden Sand getan?«

Angela reißt in gespielter Unschuld ihre Augen auf. Das mag bei Männern reingehen, aber nicht bei mir, meine Süße.

»Also?«

»Sie geben diesen Radikalen Unterschlupf, und die belästigen widerrechtlich unsere Gäste. Außerdem ist das Anwesen feuergefährlich – hat man ja erst gestern gesehen, von der Hygiene gar nicht zu reden.«

»Das Restaurant war blitzsauber, und wenn ich recht gesehen habe, so haben einige der Gäste des Pleasures bei Michel gegessen.«

»Michel ist naiv, seine Frau macht mit ihm, was sie will. Dabei ist sie viel älter als er.« Sie zieht ein Gesicht, als wäre das das schlimmste Verbrechen überhaupt. »Wir haben Michel angeboten, bei uns Küchenchef zu werden, mit einem wirklich guten Gehalt, höher als das, was er in der besten Zeit des Golden Sand je verdient hat. Aber er hat abgelehnt. Wissen Sie, wie man auf der Insel das Golden Sand nennt? Golden Sad.«

Goldene Traurigkeit. Ich finde irgendwie, dass das ein sehr schöner Name ist.

[3.]

Michel versteht nicht, dass ich heute Abend wirklich nur ein wenig Fisch möchte. Wenn es ums Essen geht, kann er etwas anstrengend sein. Aber ich kann ihn damit versöhnen, dass ich ihn um das Rezept für die Papayasauce anflehe. Zuerst hat er keine Zeit, dann meint er, es gebe dafür kein wirkliches Rezept, man nehme nur so dies und das, aber er werde überlegen. Weg ist er wieder.

Ich hole Bata zu Hilfe. Auch sie will uns noch etwas Gutes tun und bringt Rum. Die meisten harten Getränke mag ich nicht, abgesehen von irischem Whiskey oder hie und da einem guten Grappa. Rum gibt man bestenfalls in den Tee oder in die Schokoglasur. Natürlich weiß ich, dass der echte karibische Rum besser ist als die Massenexportprodukte, die es auch in Wien und Umgebung zu kaufen gibt, aber … Ich habe ohnehin keine Chance, selbst Vesna, die außer ab und zu ein wenig Rotwein gar keinen Alkohol trinkt, entkommt Batas Gastfreundschaft nicht. Zu meiner Überraschung meint sie: »Rum ist wirklich gut, Mira Valensky, schmeckt auch mir.«

Vesna versteht es wirklich, sich anzupassen.

Bata bringt uns Tumbler mit Eis und für sich ein Glas, das zu zwei Dritteln mit Cola gefüllt ist. Sie setzt sich und schenkt uns aus einer Flasche mit der Aufschrift »Mount Gay« ein. Ich kichere: »›Gay‹ bedeutet auf Englisch schwul«, erkläre ich Vesna.

»Aber auch fröhlich«, erwidert Bata mit ihrem Reibeisenlachen, »dieser Rum ist einer von den besten, er macht fröhlich, nicht traurig – und er bringt Liebe.«

Klingt nach einer Empfehlung. Bata schenkt uns großzügig ein, sich selbst füllt sie das Glas bis zum Rand auf.

Ich koste vorsichtig. Die Flüssigkeit ist eiskalt, trotzdem geht sie warm den Magen hinunter, keine aggressive Hitze, man schmeckt

Sonne und sorgsam verarbeiteten Zucker. Bata beobachtet mich zufrieden, steckt sich einen Zigarillo an und saugt gierig den Rauch ein.

»Ließe sich sehr gut leben da«, sagt sie und hustet ein wenig.

»Wieso sperrt ihr das Hotel nicht zu und beschränkt euch auf das Restaurant?«, frage ich. Es ist auch heute Abend wieder fast voll. Touristen, die etwas vom Essen verstehen, dazu die so genannte bessere Gesellschaft von St. Jacobs und solche, die einen besonderen Anlass, einen Hochzeitstag oder einen Geburtstag, feiern wollen. Zum Glück liegt das ausgebrannte Apartment am anderen Ende des Gebäudes, und der Wind bläst den kalten Rauch Richtung Pleasures davon.

»Man darf sich nichts wegnehmen lassen, das hab ich gelernt. Außerdem wollen sie uns schließen und dann den Grund billig kaufen und alles abreißen. Aber wir haben das vor elf Jahren aufgebaut.«

»Michel hätte Küchenchef werden können.«

»Angestellt? Mein Michel? Nie. Das haltet er nicht aus, er ist ein Künstler! Und was ist mit mir? Mich wollten sie in Pension schicken. Mich! Dabei bekomme ich gar keine Rente, war zu viel in der Welt unterwegs. Meine Männer haben mir keine Versicherung gezahlt, und die zwei Erbschaften hab ich in dieses Hotel gesteckt. Ich muss arbeiten, bis ich sterbe. Will ich auch. Sie ist … Eine Hexe ist sie.«

»Angela la Croix?«

»Angela – Engel, da lache ich. Nur Männer gibt es genug, die besser schauen als denken können. Leider. Eleganz ja, aber Falschheit mindestens ebenso viel. Sie hat sich den guten Posten ervögelt, Entschuldigung, dass ich das so sage, aber es ist so.«

»Ich dachte, sie sei die Tochter eines Ministers und es war Protektion.«

»Das schon, aber das hat nicht gereicht. Mit diesem Schweizer Eisschrank, dem Manager, soll sie auch …« Bata klopft mit der Faust in die offene Hand und schnalzt mit der Zunge.

»Sie hat immerhin in Cambridge Rechtswissenschaften studiert.«

»Tom Carlyle hat in Cambridge Wirtschaft studiert. Und er war Olympiadritter im Zweihundertmeterlauf. Und er arbeitet trotzdem nur an der Rezeption.«

Eigentlich habe ich ohnehin keine Lust, Angela zu verteidigen. Ich seufze und schaue in den Nachthimmel. Millionen von Sternen, was kümmert sie das Golden Sands, was das Pleasures?

Bata nickt: »Rund um den Neumond scheinen die Sterne am hellsten. Bei Vollmond kann man dafür auch in der Nacht die Wolken ziehen sehen, so hell ist der Himmel dann.«

Ich werde einfach Ferien machen.

Vesna hat ihren Rum schneller ausgetrunken als ich den meinen.

Bata schenkt uns nach, wir protestieren nicht, sie springt wieder auf und eilt zur Verabschiedung von Gästen, die auch gestern Abend da waren. Amerikaner. Wohnen höchstwahrscheinlich im Pleasures. Hier ist das Essen nicht einmal halb so teuer und ganz sicher mehr als doppelt so gut. Aber dass die Leute vom Pleasures aus Konkurrenzgründen gegen das Golden Sand kämpfen, ist ein lächerlicher Gedanke. Goliath gegen David.

Es ist gegen elf, das Lokal leert sich.

Michel kommt und bringt eine Platte mit frischen Früchten. »Ohne Kalorien«, fügt er hinzu. Bis auf die nougatgefüllten Blätterteigecken, die er kunstvoll angeordnet hat. Aber ich muss zugeben, die schmecken besonders köstlich.

Er setzt sich zu uns, lässt sich ein Glas Bier bringen. »Die Papayasauce …« Es folgt eine Kunstpause.

Ich winke Bata und fühle mich wenig später reich beschenkt. Dabei ist die Sauce eigentlich ganz einfach:

Zwiebel fein schneiden und anrösten, etwas fein geschnittene Scotch Bonnet Peppers dazu; das sind milde karibische Würzpfefferoni, erfahre ich, in der Karibik bekommt man sie auf jedem Markt zu kaufen. Würfel von geschälten und entkernten Tomaten unterrühren und mit etwas Tomatensaft aufgießen, Papayawürfel einrühren, etwas Limette dazu, schwarzen, frisch gemahlenen Pfeffer, einen kleinen Schuss karibische Hot Sauce, oder wenn man die nicht hat, einen scharfen Chili fein gehackt, eine Prise braunen Zucker, ein, zwei Löffel guten Rum, fünf Minuten köcheln lassen, dann mit dem Stabmixer pürieren – fertig.

Das würde auch Oskar schmecken. Du liebe Güte, ich habe noch nicht einmal nachgefragt, wie man im Hotel E-Mails checken kann.

»Haben Sie einen Computer?«, frage ich Bata.

Sie sieht mich erstaunt an. »Nein, warum?«

Ziemlicher Gedankensprung, ich weiß, und eigentlich will ich nicht zu viel erklären. Vesna rettet mich. Der Rum scheint sie noch unternehmungslustiger gemacht zu haben. »Man muss mit Männern von Wache reden. Man muss herausfinden, wer Brand gelegt hat und wer diesen Wachmann ermordet hat. Man muss den Öko aus dem Gefängnis holen.«

Fast habe ich den Verdacht, sie will einen Ausbruch organisieren, aber so schlimm ist es dann doch nicht.

»Ist zu vergessen. Die reden mit euch nicht. Nicht einmal, wenn sie nicht wissen, dass ihr von uns seid, sie dürfen mit niemandem reden«, reibeist Bata.

So schnell wird man eingemeindet. Ich lege Wert darauf, dass ich nirgendwohin gehöre, obwohl der Rum ein guter Grund wäre, mich vollends auf Batas Seite zu schlagen.

»Und wenn sie sind außer Dienst?«, fragt Vesna.

Bata wiegt den Kopf, ihre langen goldenen Ohrringe funkeln im Kerzenlicht. »Vielleicht.«

»Wo findet man sie?«

»Weiß ich, ist nicht schwer. Die stehen im Orange herum, das ist die beste Bar in der Stadt, dort geben sie an mit ihren Jobs und einem festen Einkommen.«

»Wir fahren hin, jetzt gleich«, beschließt Vesna.

»Wir haben kein Auto«, werfe ich ein. Ein Rest von Vernunft kann nicht schaden.

»Nehmt meines«, bietet Bata an, »ihr erkennt sie sofort: Sie sind groß und voller Muskeln, sie tragen zu dicke falsche Goldketten, stehen an der Bar und machen große Sprüche und trinken zu viel und baggern alle Mädels an.«

Klingt nicht nach Typen, mit denen ich freiwillig reden würde. Aber müde bin ich nicht, immerhin habe ich den ganzen Tag geschlafen.

Vesna fährt. Wir haben die Scheiben des klapprigen Subaru heruntergekurbelt, der Nachtwind weht uns um die Ohren. Oldtown, die Hauptstadt von St. Jacobs und eigentlich auch die einzige Stadt der Insel, liegt nur etwa zehn Kilometer von den beiden Hotels entfernt. Vorbei an Palmen und mächtigen Brotfruchtbäumen, auf der rechten Seite stehen zwei Hütten, die noch aus der Sklavenzeit stammen könnten. Kein Licht. Ob sie noch bewohnt sind? Eine Bar, ein Holzschuppen, statt der Vorderfront des Hauses eine lange Theke. Glühbirnen beleuchten knallgelbe Werbung für »Carib«, offensichtlich ein Bier. Musikfetzen, Reggae, *call me liamuiga, the black heart, the time of slavery has* …, vorbei an Zuckerrohr, dort hinten leuchtet das Meer silbern, noch mehr Palmen. Die Nacht scheint uns allein zu gehören, dann Gehupe und ein Kleinbus, der mit deutlich überhöhter Geschwindigkeit an uns vorbeibraust. Auf seiner hinteren Windschutzscheibe steht: »In God we trust.« Ich hoffe, es hilft.

»Das ist öffentlicher Verkehr hier«, erklärt Vesna, »solche Busse fahren rund um die Insel und halten an, wenn man winkt, man zahlt zwei karibische Dollar.«

Sie weiß angeblich, wo wir hinwollen. Von einem Moment auf den anderen auf der Straße etwas Großes, Schwarzes, es blockiert den Weg. Vesna kann gerade noch das Lenkrad rumreißen. Eine Kuh sieht uns empört an, wir schreien und hupen. Die Kuh bewegt sich nicht.

»Vielleicht sollte man aussteigen und ihr auf den Hintern hauen oder sie wegziehen«, sage ich und meine damit, dass Vesna das versuchen sollte. Für so etwas bin ich zu feige. Ich bin ein Stadtkind und sehe so große Biester lieber aus sicherer Distanz oder als Steak. Aber auch Vesna scheint das Vieh nicht geheuer zu sein, sie tut, als ob sie nicht verstanden hätte. Es dauert mehrere Minuten, bis wir die Kuh dann doch überzeugen können, sich von der Straße zu bewegen.

Im Schatten der Scheinwerfer tauchen jetzt häufiger Häuser auf, dann reiht sich Haus an Haus, eng verschachtelt, manche auch nicht viel größer als Schachteln, dafür ist jeder mögliche Platz voll mit Blumen und Bäumen.

Auch in der Stadt scheinen alle schon zu schlafen, erst als die Häuser zwei Stockwerke hoch sind und eine geschlossene Front bilden, sehen wir auf den Gehsteigen vereinzelt Menschen. Aus einer Bar dringt laute Musik, der Bass wummert wie das Herz einer riesigen schwarzen Kuh.

Love and peace, they say,
Love and peace,
But man, without the power …

Mitten in der Nacht zwei Frauen allein … Aber auch Bata hat gesagt, dass die Insel sicher sei, viel sicherer als Budapest oder Wien. Nur fremder.

Vesna biegt ab, wir landen in einer Sackgasse. Sie flucht, dreht um, wir fahren durch eine schmale, menschenleere Straße. Nur einmal sehe ich einen langen Schatten um die Ecke huschen. Die schwache Straßenlaterne lässt mich vor einer mageren Katze erschrecken. Wieder auf die Hauptstraße. Hier ist ein Geschäft neben dem anderen, wir probieren es bei der übernächsten Abzweigung und kommen tatsächlich auf einen großen Platz, in seiner Mitte wedeln wie im feierlichen Gespräch acht endlos hohe Königspalmen in den Sternenhimmel.

Neonbuchstaben: »Orange«. Die angeblich beste Bar der Insel. Vesna findet vor der Tür einen Parkplatz, offenbar ist nicht mehr viel los. Hoffentlich sind die Typen vom Wachdienst noch nicht schlafen gegangen. Zärtliche Salsamusik dringt heraus.

She wants to rock with me,
Oh rock, rock with me,
We're gonna dance the night away,
I want you to stay,
Oh music, puts me in the groove,
Gets me in the mood for your love,
Oh baby got nothing to lose …

Ich öffne das Tor, und wir stehen in einem grünen Dschungelgarten: hohe Bäume, blühende Büsche, runde Tische mit Stahlrohrsesseln. Die lange Theke aus Holz ist überdacht, die Regale mit dem ansehnlichen Angebot an Spirituosen dahinter elegant verspiegelt. An der Bar ist noch genug Betrieb, die Tische im Dschungel scheinen um diese

Zeit für Liebespaare reserviert zu sein. Hier sieht man mehr Schwarze als Weiße. Vesna deutet auf zwei freie Hocker. Im Gras geht es sich wie auf einem dicken Teppich.

Sie bestellt Cola-Rum, überrumpelt schließe ich mich an. Ich mag Cola nicht.

Wenn Batas Beschreibung nur etwas mit der Realität zu tun hat, dann sind einige der Typen vom Wachdienst da: große Kerle Anfang zwanzig in zu engen T-Shirts oder Netzleibchen, auch die Sache mit den dicken Goldketten stimmt. Der eine drückt ein Mädchen an sich, das für mein Gefühl bestenfalls fünfzehn ist, dafür trägt es einen aufreizend engen und kurzen rosa Rock. Wir sind eindeutig zu alt für die Knaben.

Vesna sieht das nicht so. »Das sind sie, zwei erkenne ich. Zuerst wir trinken in Ruhe, dann werde ich hinübergehen und sagen, was für Muskeln, woher bekommt man die?«

»In welcher Sprache?«, werfe ich ein.

»Dann wirst du hinübergehen, Mira Valensky, und das sagen.«

Es gibt Grenzen.

»Gut, wir gehen gemeinsam. Ich bin Italienerin und will das wissen.«

»Warum Italienerin?«

»Hört sich besser an als Bosnierin. Leider.«

»Glaubst du, dass die wissen, wo Europa liegt?«

»Sicherheitshalber. Und vom Krieg haben sie vielleicht gehört.«

Ich kippe das Cola-Rum hinunter, schade um den Rum – vorausgesetzt, dieser da ist so gut wie der Mount Gay.

Ist es der laue Wind, ist es der Alkohol oder meine durcheinander geratene innere Uhr? Ich werde auf einmal abenteuerlustig, ziehe Vesna mit mir und stelle mich eng zu den schwarzen Muskelprotzen.

»Rum on the rocks«, bestelle ich, wenn möglich, solle es ein Mount Gay sein. Ich muss gar nicht mehr sagen, der Typ im schwarzen Netzleibchen mustert mich interessiert.

»Eine gute Wahl«, sagt er mit deutlichem Inseldialekt. Zum Glück spricht er langsamer als der Fahrer, fast schon schleppend. Wer weiß, wie viel er getrunken hat.

»Mount Gay ist der Beste, das sagt auch meine Freundin«, bringe ich Vesna ins Gespräch.

»Yes«, fügt sie hinzu.

»Meine Freundin lässt fragen, woher ihr diese tollen Muskeln habt. Bei ihr in Italien ist so etwas selten.«

Die Burschen nehmen das Kompliment mit Freude. Schwarze Männer, so erklären sie uns, seien von Natur aus kräftiger gebaut als weiße. Kluge Frauen hielten sich an die schwarzen Männer.

Ich zucke mit keiner Wimper. »Kein Wunder«, sage ich und strahle sie an. »Bimbo«, fällt mir ein, aber das wäre nun wirklich rassistisch. Trotzdem, in diesem Fall … Es gibt ja auch präpotente Deutsche und raunzige Wiener, warum soll es in der Karibik nicht den einen oder anderen Bimbo geben? »Aber für so etwas muss man bestimmt trainieren.«

»Brauchen wir für unseren Job«, mischt sich ein anderer ein. »Wir gehören zur Security-Truppe des Pleasures. Luxushotel. Wohnt ihr etwa dort?«

Ich erinnere mich, dass die Wachmannschaft angeblich nicht mit den Gästen reden darf. »Nein, wir haben eine Villa gemietet.«

»Am Star Hill?«

»Ja, eine von denen.« Warum auch nicht, klingt gut.

Sie sehen uns mit deutlich mehr Respekt an. Vielleicht lassen sie sich auch für gewisse Stunden mieten – aber da wäre es mir ums Geld schade, und irgendwie: Ein bisschen Grips hat beim Sex noch nie geschadet, ich weiß, das sehe ich anders als viele Männer. Obwohl: Ganz dumm kann die Anwaltsziege, mit der es Oskar …

»What do you do in hotel?«, versucht sich Vesna auf Englisch. Sie lernt wirklich verdammt schnell.

Sie erzählen, dass sie für die Sicherheit sorgen. Ein tougher Job. Erst vor kurzem sei einer von ihnen ermordet worden.

Bestens, denen muss man die Story nicht erst lange aus der Nase ziehen.

»Ist es so gefährlich hier?«, frage ich mit einem übertriebenen Schaudern. Sie fressen auch das,

»Mit uns nicht, Lady«, sagt Mister Netzleibchen und legt einen Arm um mich. Ich mache mich steif. Vesna klopft ihm leicht auf die Finger und schaut hoheitsvoll wie die Königin von Italien.

»Not now«, sagt sie.

Danke. Ich bin wieder frei. Warum ihr Kollege ermordet worden sei, will ich wissen.

»Imperialist activists«, zischt einer zwischen den Zähnen hervor.

»Wir lassen uns nichts sagen von den imperialistischen Amerikanern, damit muss endlich Schluss sein. Das ist unsere Insel. So ein Unsinn, die Schildkröten, die gibt es immer noch, und seit man sie nicht mehr essen darf, vermehren sie sich wie die Fliegen.«

Mister Netzleibchen nickt gewichtig. »Das Hotel bringt uns Jobs, wir schmeißen die Amerikaner raus. Als Gäste sind sie okay, wenn sie zahlen können. Aber wir wollen keine, die uns Befehle geben.«

»Blackpower«, grölt der mit der Freundin im rosa Rock.

Das Hotel gehört zu einem deutsch-amerikanischen Konzern, aber ich sage natürlich nichts. Die Ökos sind die Feinde, das hab ich schon begriffen.

»Mick hat gewusst, wo es langgeht. Deswegen haben sie ihn erledigt.«

»Er hat gewusst, wo es langgeht?«, hake ich nach.

»Der war klug, der hat Sinn für Geschäfte gehabt, Mann, der hat auch nebenbei Geld gemacht.«

»Womit?«

Die Burschen verstummen. Mit diesem und jenem eben.

»Keine Feinde?«

»Mann, wo denkst du hin? So ein Typ wie Mick hat Feinde genug.«

Offenbar viel Feind, viel Ehr.

»Aber es waren die Imperialisten. Scheiß auf die Amis.«

Er spuckt aus.

»He«, mischt sich der Barkeeper ein, »haltet den Mund, Angeber, meine besten Gäste sind Amerikaner.«

»Wenn sie zahlen – no problem.«

»Sorry«, wendet sich der Barkeeper an uns, »die Jungs haben schon zu viel getrunken, wenn sie Sie belästigen …«

»No, no«, flötet Vesna zurück.

»Warum hat der starke und schlaue Mick nicht gegen die miesen Amis gewonnen?«, frage ich.

»Sie haben ihn feige aus nächster Nähe erschossen«, kommt es zurück. »Wenn die sich noch einmal aufs Hotelgelände trauen …«

Momentan, so hat uns Bata erzählt, protestieren die Ökos vor der Polizei, um ihren Freund freizubekommen, womöglich ein Glück für sie. An Muskelmasse ist ihnen die Wachtruppe um ein Vielfaches überlegen.

»Es hat gebrannt im Golden Sand.«

»Und? Schade, dass sie nicht alle verbrannt sind. In einer solchen Bruchbude kann leicht ein Feuer entstehen.«

»Angeblich war es Brandstiftung.«

»Wahrscheinlich waren es die Imperialisten selbst, zur Ablenkung.«

»Warum?«

»Jedenfalls: Die kriegen wir klein. Und auf das Hotel sind wir stolz. Wir bewachen es.« Mister Netzleibchen schreit es fast.

»Cool down«, mahnt der Barkeeper. »Klar ist das Hotel okay, höchste Zeit, dass sich auf der Insel was tut. Ich hab eine Menge neuer guter Gäste. Solche mit Geld. Aber wahnsinnig reinsteigern muss man sich deswegen auch nicht. Die besten Jobs sind nicht an die Leute von hier gegangen. Und das meiste Zeug lassen sie sich aus Übersee liefern. Steuerfrei. Deal mit der Regierung.«

»Bestechung?«, frage ich nach.

»Warum wollen Sie das wissen?«

»Blanke Neugier.«

»Sicher auch Bestechung, aber nicht mehr als international üblich, das kann ich Ihnen sagen. Ich hab lang in Toronto gelebt.«

Die Wachmannschaft bestellt eine Runde Cola-Rum. Wir sind eingeladen. Geschäftsanbahnung? Ich werde frech und sage, dass ich nur Rum on the rocks trinke, wenn es geht, Mount Gay, das Zeug mit Cola sei mir zu dünn.

Sie sehen mich beinahe ehrfürchtig an und bestellen um. Hoffentlich falle ich nicht vom Hocker nach diesem Glas.

Die Security-Männer bieten uns alles Mögliche an: ein Boot, sehr günstig zu mieten, wenn wir wollen, auch mit Skipper. Einen Leihwagen, fast geschenkt. Vorzugsbehandlung beim Animationsprogramm im Hotel, fürs Segeln und Trecken und Jetskifahren und Fischen seien sie persönlich zuständig. Der Typ aus Deutschland habe es einfach nicht gebracht, sei doch glatt mit drei Touristinnen von Bord eines Segelbootes gekippt. Wisse ja nicht einmal, was ein richtiges Meer sei, Mann. Wenn's um Gymnastik oder so etwas gehe, würden sie den Mädels Bescheid sagen. Und last but not least wird uns ihre Begleitung angeboten – so weit wir wollen.

Wir lehnen dankend ab, aber vielleicht sehe man sich ja wieder einmal.

Ich steige etwas steif vom Hocker, und mir kommt es vor, als wäre das Gras in den letzten eineinhalb Stunden deutlich gewachsen.

Es ist extrem peinlich, aber mir fällt meine Zimmernummer nicht mehr ein. Irgendwas mit 200, das weiß ich. Aber 214 oder 241 oder vielleicht doch 246? Der Rezeptionist lächelt mich geduldig an. Ich tue so, als würde ich, lange nach Mitternacht, ein dringendes Interesse für die aufliegenden Ausflugsprospekte entwickeln. Morgen um neun Uhr geht es auf den Vulkan. Treffpunkt: Lobby, gute Schuhe … Mir verschwimmen die Buchstaben. Ob ich es mit 214 probieren soll? Und wenn ich zwei alternde Amerikaner beim Liebesspiel überrasche?

Dabei bin ich nicht betrunken, sicher nicht. Für elf ist eine Inselrundfahrt mit der Scenic Railway angesagt, *scenic*, was heißt das? Eine zynische Eisenbahn, ich kichere, nicht zynisch, sondern *scenic*, landschaftlich schön oder so … Mira. Der Rezeptionist. Ich versuche ein möglichst selbstbewusstes Lächeln, schließlich hat der attraktive Schwarze ja keine Ahnung, dass ich für meine Suite bloß mit einem Gefälligkeitsartikel zahle, und sage: »Ich weiß nicht, wie mir das passieren kann, aber mir fällt meine Zimmernummer nicht mehr ein. Mein Name ist Mira Valensky. Zweiter Stock.«

Einen Moment lang runzelt er die Stirn. »Eigentlich müsste ich von Ihnen einen Ausweis verlangen, Sie verstehen: Ich kenne Sie nicht.«

Ich krame in meiner Handtasche nach dem Führerschein. Das Bild darauf sieht mir überhaupt nicht ähnlich – hoffe ich. Es ist schrecklich. Er wird mich nun noch eher für eine Einschleichdiebin halten. Er betrachtet das Dokument und nickt.

»Zimmer 214.«

Also doch.

»Kann ich etwas für Sie tun?«

»Ja, bringen Sie mich aufs Zimmer«, hätte ich gerne gesagt. Aber natürlich bedanke ich mich bloß höflich und stelze Richtung Lift davon.

»Falsche Seite«, ruft er mir nach, und dann ist er auch schon neben mir und geleitet mich tatsächlich. Ich linse auf das Metallschild an seiner Brust: »Thomas Carlyle«.

Von dem hat mir doch schon jemand erzählt. Olympiadritter. Aber das muss auch schon eine Zeit lang her sein. Ich will ihm eine Freude machen. »Carlyle … Sie waren ein toller Läufer.«

Er strahlt tatsächlich. »Vor mehr als zehn Jahren. Sie interessieren sich für Laufsport?«

Nicht im Geringsten. »Ja, natürlich. Sie waren Dritter bei den Olympischen Spielen, aber das hat mir jemand auf der Insel erzählt.« Besser, es zuzugeben, bevor er noch glaubt mich in ein Fachgespräch verwickeln zu können.

Er lächelt beinahe verlegen. »Auf der Insel bin ich für manche noch immer etwas Besonderes. Na ja, war damals auch eine tolle Zeit. Die Amerikaner wollten mich einbürgern, ich hab ohnehin in den Staaten studiert, aber ich wollte für meine Insel starten. Es gibt sogar eine Straße hier, die nach mir heißt. Sie ist allerdings nicht besonders lang.«

»Und jetzt sind Sie Empfangschef?«

»Nur einer der Rezeptionisten. Bei uns gibt es genug Leute mit guter Ausbildung. Ich bin froh über den Job. Ich will in meinem Land leben. Amerika ist auf die Dauer nichts für mich. Und: Wer weiß, man kann ja auch aufsteigen.«

Er nimmt mir den Schlüssel aus der Hand, sperrt auf, wartet fürsorglich, bis ich drinnen bin. »Schlafen Sie gut. Danke.«

»Danke«, sage auch ich, und dann kann ich mich nicht mehr an viel erinnern.

Am nächsten Tag frühstücke ich nur etwas später als allgemein üblich, doch außer einem jüngeren Paar sitzt niemand mehr auf der Terrasse. Offenbar sind doch nicht alle Gäste zwischen sechzig und scheintot. Die beiden sind leger in Shorts und Hemd gekleidet, man merkt den Preis, das ist keine Ausverkaufsware vom Supermarkt nebenan.

Carlyle sehe ich nicht an der Rezeption, seine Schicht ist offenbar vorbei, hoffentlich habe ich nicht allzu betrunken gewirkt. Erstaunlicherweise ist mein Kopf klar. Noch eine klitzekleine Portion Baked Beans. Denen kann ich einfach nicht widerstehen, vor allem wenn man sie mit einem Tropfen Hot Sauce nachwürzt. Tagsüber werde ich nichts essen. Urlaubsgefühl stellt sich ein.

Ich werde meine E-Mails checken und danach schwimmen gehen. Und endlich den neuen Krimi von Shulamit Lapid lesen. Wenn Vesna Lust hat, kann sie mir ja Gesellschaft leisten.

Das Public Office des Hotels ist gratis zu benutzen, teilt man mir mit. Ich finde es im ersten Stock neben den Konferenzräumen. Der Geruch von elektrostatisch aufgeladener Luft ist weltweit gleich, auch wenn die fünf Computertische aus besserem Kunststoff sind als üblicherweise. Nur zwei der Tische sind besetzt. An ihnen sitzen Männer, die etwas unbeholfen in die Tastatur hacken. Wahrscheinlich haben sie für so etwas sonst Sekretärinnen.

Ich logge mich mit meiner Zimmernummer und dem Nachnamen ein. Der Internetzugang baut sich blitzschnell auf, so etwas brauchten wir auch in der Redaktion. Mein E-Mail-Account. Siebenundvierzig neue Nachrichten. Ich überfliege die Betreff-Leiste. Einundvierzig kann ich ungelesen wegwerfen, Spams und ähnlicher Mist.

Ein paar Nachrichten hat mir die Lifestyle-Ressortleiterin weitergeschickt. Nur zur Kenntnisnahme. Sieh an, der Manager der Schnulzenkönigin hat sich tatsächlich über meine Hochzeitsreportage beschwert. Sehr weit weg, das Ganze.

Eine E-Mail stammt von Droch. Und eine von Oskar. Mein Herz macht einen Sprung, ich will sie zum Schluss lesen, vielleicht sollte ich sie gar nicht lesen, vielleicht versaut mir ihr Inhalt das Urlaubsgefühl.

Aber ich kann mich auf nichts konzentrieren. Was wollte die Ressortchefin von mir? Wen soll ich interviewen?

Ich halte die Luft an und öffne Oskars Mail.

»Liebe Mira« – warum hat er nicht »geliebte Mira« geschrieben? Hat er allerdings nie, wäre mir auch schwülstig vorgekommen. Also:

»Liebe Mira,

ich habe einen großen Fehler gemacht, dafür habe ich dich schon in Frankfurt um Verzeihung gebeten. Ich lege es in deine Hände, wie und ob es mit uns weitergehen soll. Jedenfalls wünsche ich dir einen wunderschönen Karibikaufenthalt, vielleicht brauchst du einfach Abstand, ich gönne es dir und hoffe, wieder von dir zu hören.

Wenn du willst, noch immer dein Oskar.«

Und was soll das jetzt heißen? Für mich klingt das eher nach Anwaltsbrief als nach Liebeserklärung. Bin ich überhaupt scharf auf eine Liebeserklärung? Oskar war immer schon ein eher trockener Schreiber, das sollte ich nicht vergessen. Wenn ich es will, ist er noch mein Oskar. Aber sollte er da nicht auch etwas dazu beitragen? Klar hat er mich um Verzeihung angefleht, aber das war in dem ganzen Chaos, mitten auf der Straße, irgendwo in Frankfurt. Könnte er das nicht jetzt etwas ausführlicher schriftlich tun? Er wünscht mir einen schönen Karibikurlaub, so als ob es ihm egal wäre, dass ich ohne ihn hierher geflogen bin. Abstand tue mir gut, schreibt er, statt dass er meine Nähe sucht. Vielleicht will er mich loswerden. Die Anwältin scharrt schon an der Tür, sie kann ihn ja trösten. Wer sagt mir, dass sie das nicht ohnehin tut? Ich werde ihm schreiben. Befehl: Antworten. Aber was soll ich schreiben? Ich klicke das leere Antwortdokument wieder weg.

Droch.

»Liebe Mira,

verführe mir ja nicht alle Schwarzen der Insel, wie ich deinen Hang zur Political Correctness kenne, können sich die armen Männer deiner kaum erwehren, wenn du meinst, es gelte ihnen zu beweisen, dass du keinerlei rassistische Vorurteile hast. Ich gebe bloß zu bedenken, es könnten einige deiner Inselmänner falsche Vorstellungen von weißen Frauen haben, zumal in Tourismusgegenden. Was ich damit sagen will, ist: Pass gut auf dich auf, und genieße alles, was sich dir ohne größere Gefahr bietet. Ich hoffe, du hast dich nicht in die Mord-Angelegenheit verwickeln lassen, sollte Vesna das versuchen, drehe ich ihr eigenhändig den bosnischen Hals um.

Genug der ethnischen Randbemerkungen. Hier läuft alles ruhig, das Wetter ist für die, die sich darum kümmern, noch immer eine Katastrophe, deine Kollegen beneiden dich hemmungslos, und ich freue mich schon auf ein gemeinsames Abendessen mit dir,

Droch.«

Das klingt deutlich herzlicher als die Mail von Oskar. Ungerecht. Es ist Drochs Beruf, zu schreiben. Zu Oskars Beruf hingegen gehören Schriftsätze. Ein größerer Unterschied ist kaum vorstellbar. Ich werde die Karibik genießen und alle Entscheidungen auf später verschieben. Abstand. Wahrscheinlich hat Oskar das gemeint. Mit Abstand kann ich seine Affäre auch lockerer nehmen. Dabei bin ich gar nicht so intolerant, ein Seitensprung kann schon passieren. Aber ihn so hautnah mitzuerleben … Und dann bei Oskar, dem Zuverlässigen. Ich schicke Droch Urlaubsgrüße, necke ihn mit Mister Netzleibchen und dem Weltklasseläufer (ich wüsste schon, wer mir lieber wäre) und versichere ihm, dass das Gefährlichste, was ich mir auf St. Jacobs holen kann, ein Sonnenbrand ist.

Ich schnappe mir Badezeug und Buch. Jetzt habe ich Vesnas Telefonnummer, es wäre unfair, mich nicht zu melden. Ich rufe vom Zimmer aus an, lasse es lange läuten. Schließlich meldet sich Bata. Das Telefon sei auf die Zentrale umgeschaltet, Vesna sei in aller Früh mit den Ökos in die Hauptstadt gefahren, um gegen die Festnahme von Christopher Frazer zu protestieren. »Vesna hat dich nicht wecken wollen, aber ich soll dir ausrichten, dass du nachkommen sollst, wenn du möchtest. Du kannst einen öffentlichen Bus oder auch mein Auto nehmen.«

Möchte ich eigentlich nicht. Ich hinterlasse Bata die Nummer vom Hotel, die nächsten Stunden könne man mich am Strand finden, die Strandbar hat sicher eine Durchwahl.

Luxus hat seine Vorteile. Mein Badetuch hätte ich zu Hause lassen können. Eine Art Bademeister in leuchtend weißen Shorts und weißem T-Shirt drückt mir zwei flauschige, blau-weiß gestreifte Tücher in die Hand, wann immer ich etwas brauche, solle ich es bitte sagen. Am Strand stehen rund zwanzig massive Sonnenschirme, sie sind aus Holz und ähnlich wie die Bar am Pool mit Palmwedeln gedeckt. Unter jedem befinden sich zwei Liegen aus Plastik, wahrscheinlich dem einzigen Material, das dem Sand und dem Wind und dem Salz länger standhält. Ungefähr die Hälfte der Betten ist belegt. Ich erkenne das Paar vom Frühstück wieder, sie hat eine makellose Figur. Wahrscheinlich hat sie genug Zeit, sich darum zu kümmern. Den Mann da, der immer allein zu sein scheint, habe ich schon an der Bar gesehen, ein Durchschnittstyp, vielleicht einer, der es notwendig hat, sich nach dem vierten Drink in der Nacht beim Barkeeper auszuweinen. Auch der mit dem roten Gesicht, den ich für einen Installateur aus dem Mittelstand halte, ist da. Seine karierten Bermudashorts werden nur übertroffen vom pinkfarbenen Badeanzug im Liegestuhl neben ihm. Er ist der Trägerin sicher um zwei Nummern zu klein, aber das scheint sie nicht zu stören. Ist ja auch egal, ich sollte endlich aufhören, Leute zu taxieren. Wäre mir auch nicht recht. Es gibt Frauen, die sähen in meinem schwarzen Bikini auch deutlich besser aus als ich.

Zehn Minuten später habe ich die Menschen rundum tatsächlich vergessen. Ich liege im Schatten und schaue aufs Meer. Welle um Welle, gelassene Gleichmäßigkeit, davon könnte man sich was abschauen. Eine Segeljacht zieht vorbei. Der Wind streichelt meine Haut. Schon zu lesen ist mir zu anstrengend. Nichts tun. Hier geht das. Einfach gar nichts. Nur ich und das Meer und der Himmel und die Sonne.

»Ein Drink für Sie?«

Ich schrecke hoch. Nein, danke. Vielleicht später.

Schwimmen. Fast bin ich zu faul aufzustehen. Der Sand ist heiß, ich hüpfe zum Meer. Das Wasser kommt mir kalt vor, entschlossen renne ich ein paar Schritte hinein, schaudere einen Moment, als das Meer meinen Bauch erreicht, schwimme los. Nach einigen Zügen ist das Wasser nur noch angenehm kühl, einige Züge mehr, und es umspielt mich lau. Ich schwimme gerne, in meiner Schulzeit war ich eine gute Sportlerin, aber das ist lange her. Eine gewisse Ausdauer ist mir geblieben, und im Wasser, das gehört mit zum Schönsten, spürt man sein Gewicht nicht, jedes Tempo ist wie eine Heimkehr, ich kann mir gut vorstellen, dass unsere Vorfahren vor Jahrmillionen im Wasser gelebt haben. Ich schwimme immer weiter die Küste entlang, spiele mit den sanften Wellen, schwimme, bis das Pleasures nur mehr zur entfernten Kulisse wird. Ein Schwarm blau-metallisch glänzender Fischchen, es müssen Millionen sein, springt in die Luft, eine schillernde, glitzernde, strahlende Welle, extra für mich. Das muss Glück sein.

Es dauert noch eine Weile, bis ich umkehre. Zurück schwimme ich mit der Strömung, komme mir schnell und elegant und im Einklang mit den anderen Meeresbewohnern vor, ein großer Fisch unter vielen Fischen.

Wieder beim Pleasures angelangt, lasse ich mich noch etwas auf dem Rücken treiben, blinzle in die Sonne über mir, verspreche der kleinen weißen Wolke, dass alles gut werden wird, weil es schon gut ist.

Mit dem festen Boden unter den Füßen kommt auch die Schwerkraft zurück. Trotzdem: Mein Körper fühlt sich wunderbar an, entspannt müde, ich muss mehr als eine Stunde unterwegs gewesen sein. Der Hotelangestellte hat schon auf mich gewartet. »Ein Telefonat, es ist dringend«, sagt er beinahe bittend und hält mir ein Schnurlostelefon entgegen.

»Ja?«

»Bata da. Ich will nicht stören, Mira, aber Vesna ist in Schwierigkeiten. Sie ist gemeinsam mit den Ökos wegen Belästigung der Öffentlichkeit oder so auf die Polizeistation gebracht worden. Aber man hat sie immerhin telefonieren lassen. Sie weiß nicht, ob sie festgenommen ist oder nicht.«

»Okay, ich komme. Kannst du mir das Auto borgen?«

»Du findest die Polizeihauptstation?«

»Wenn du mir den Weg beschreibst?« So groß ist Oldtown auch wieder nicht.

»Wenn es recht ist, fahre ich mit.«

Die Polizeistation ist in einem einstöckigen Gebäude an der Hauptstraße untergebracht. Wir müssen gestern Nacht daran vorbeigefahren sein. Vor den Fenstern sind Gitter, ansonsten unterscheidet es sich wenig von den Häusern rundum. Weißer Putz, nicht mehr ganz makellos. »Police Cafeteria« steht auf dem Nachbargebäude. Aus mannshohen schwarzen Lautsprechern auf der Terrasse dringt Popmusik, sie übertönt spielend Autoverkehr und Gehupe. Die Bässe wummern magenerschütternd, Buschtrommeln des 21. Jahrhunderts.

You mean, justice is enough?
Gimme love honey, gimme, gimme love,
And you will understand,
To be true is a matter of time,
And we'll live every second ...

Die Polizei scheint hier nicht das Bedürfnis zu haben, sich vom Rest der Bevölkerung abzusondern. An einem der Plastiktische sitzen drei Beamte in Uniform und schlürfen Cola.

Bata lässt mich aussteigen, sie will spätestens in einer Stunde wieder hier sein. Nein, zur Polizei gehe sie nicht mit, Polizisten seien nicht ihr Fall, sie habe außerdem eine Menge Besorgungen zu machen. Auch recht.

Die Tür steht offen, ich trete ein und blinzle. Im Vergleich zum gleißenden Licht draußen ist es hier finster. Ein hölzerner, hoher, dunkler Tresen. Ein alter Ventilator, der an einer langen Stange befestigt ist und mehr Lärm als Luftbewegung erzeugt.

»Yes?«

Ich zucke zusammen, »Yes« scheint die Standardanrede der öffentlichen Verwaltung dieser Insel zu sein. Hinter dem Tresen steht eine kaffeebraune Frau in Uniform.

»Can I help you?«

Und ob. Sie wird etwas weniger freundlich, als ich darum bitte, Vesna sehen zu dürfen. Die Amerikaner hätten seit Tagen auf der Straße protestiert, den Verkehr behindert, staatsfeindliche Parolen gerufen. Und wie man wisse, seien sie auch schon im Pleasures unliebsam aufgefallen.

Ich lächle. »Sind sie festgenommen?«

»Vorläufig angehalten.«

»Im Gefängnis?«

»Nein, hier im Parterre.«

Ich erfahre, dass die Arrestzellen im ersten Stock liegen. Dort sitzt Christopher Frazer.

»Wie lautet die Anklage?«

Eine zweite Polizeibeamtin kommt. Inzwischen habe ich mich an das Halbdunkel gewöhnt. Sie ist einen halben Kopf größer als ich, zirka gleich alt, fast schwarz und hat violette Fingernägel wie Waffen. Die beiden Frauen reden in einer Sprache aufeinander ein, die ich nicht verstehe. Das muss Patois sein, die Sprache, die die Sklaven aus ihren afrikanischen Dialekten und all dem entwickelt haben, was sie im Exil zum Überleben lernen mussten.

Ich räuspere mich.

Die Fingernägelwaffenfrau fragt mich nach einem Ausweis. Ich gebe ihr meinen Pass und weise darauf hin, dass ich Juristin bin, Juristin und Journalistin. Das sollte doch etwas Eindruck machen.

Täuschung.

Die Daten meines Passes werden sorgfältig in den Computer eingegeben. Das dauert endlos lange.

»Ich verlange, Vesna Krajner zu sehen.«

Sie sehen mich an wie ein vorlautes Schulmädchen und ignorieren meinen ungezogenen Einwurf einfach.

»Woher kommen Sie?«

»Steht im Pass.«

»Ist das Ihre aktuelle Adresse?«

»Ja.«

»Ihr Beruf?«

»Journalistin.«

Alles wird im Computer festgehalten.

»Grund ihres Aufenthalts?«

»Habe ich schon bei der Einreise angegeben.«

»Das ist eine andere Behörde.«

»Urlaub. Und ich schreibe einen Artikel über das Pleasures.«

Auch das wird eingetippt.

»Ich verlange, den leitenden Ermittler zu sprechen.«

»Wir ermitteln.«

»Ihren Chef.«

Wieder Diskussion zwischen den beiden auf Patois. Vielleicht hilft es doch, dass ich Journalistin bin.

»Warum wollen Sie mit dieser Frau sprechen?«

»Ich bin ihr Rechtsbeistand.« Etwas Besseres ist mir auf die Schnelle nicht eingefallen. Keine Ahnung, welches Rechtssystem St. Jacobs hat, aber es wird wohl mehr oder weniger angloamerikanisches Recht sein, das hier gilt.

»Haben Sie eine Zulassung als Anwalt?«

Jetzt gilt es, zu bluffen. »Selbstverständlich, aber ich habe sie nicht mit auf Urlaub genommen, eigentlich bin ich hergekommen, um Ferien zu machen. Frau Krajner kenne ich, sie ist aus meinem Land. Sie hat mich ersucht, sie zu vertreten.«

»Langsamer.«

Auch das wird alles zu Protokoll genommen. Ich bin schweißgebadet. Der Ventilator eiert vor sich hin, aber er scheint die Luft nur zusätzlich zu erwärmen.

»Sie müssen nachweisen, dass Sie Anwältin sind.«

Ich krame in meiner Geldtasche nach einer Visitenkarte von Oskar. Warum auch immer, ich hab noch eine dabei. »Das ist die Kanzlei, in der ich arbeite. Und sie haben in meinem Pass gesehen, dass ich

Juristin bin. Dr. Mira Valensky.« Klingt völlig fremd für mich, auch wenn es stimmt. Üblicherweise verwende ich meinen Titel nicht, hat nichts mit mir und meinem Job zu tun. Hoffentlich können die beiden nicht Deutsch und kommen nicht auf die Idee, ihn anzurufen.

»Visitenkarten kann man fälschen.«

»Ich will mit Ihrem Vorgesetzten reden.«

Ein Blatt Papier wird ausgedruckt.

»Sie müssen das da unterschreiben.«

Ich lese das Computerformular durch. Stimmt alles. Bis auf die Passagen, die ich erfunden habe.

Die mit den violetten Fingernägeln telefoniert mit einem Officer Bradley und isst dabei Chips.

Ich unterschreibe. Warum auch nicht.

»Ich möchte …«

»Warten Sie.«

Durch die Tür am anderen Ende des Empfangsraumes kommt ein wuchtiger Mann in Uniform, er ist zirka in meinem Alter. »Sie wollten mich sprechen?«

»Wenn Sie die Ermittlungen gegen Vesna Krajner, Christopher Frazer und die amerikanischen Studenten leiten?«

»Was Christopher Frazer angeht, so stimmt das. Gegen Frau Krajner und ihre Begleiter gibt es keine weiteren Ermittlungen, sie sind wegen öffentlicher Ruhestörung hier, nachdem ihre Personalien aufgenommen worden sind, können sie gehen. Aber es läuft ein Ausweisungsverfahren. Sie sind Frau Krajners … Rechtsbeistand?«

Die Ladys müssen ihm erzählt haben, dass das nicht so klar ist. Er sieht die Visitenkarte aufmerksam an.

»Eine Internetadresse. Gut.«

Ich kann nicht auf den Bildschirm sehen, aber er sucht offenbar Oskars Homepage. Up to date, die Polizei hier. Man soll sich da nicht täuschen.

»Gefällt es Ihnen auf unserer schönen Insel?«, fragt er verbindlich.

»Sie ist wunderschön«, antworte ich und denke an das Meer.

Er nickt befriedigt. »Wir wollen, dass sich alle bei uns wohl fühlen.«

»Welche Indizien sprechen gegen Christopher Frazer?«

»Vertreten Sie ihn auch?«

»Das kann werden.«

»So lange: No comment.«

»Reicht es aus, dass er gegen das Hotel protestiert hat? Warum sollte er diesen Security-Mann erschossen haben? Das sind Ökologie-Aktivisten, absolut friedlich, gewaltfrei, Umweltfreunde.«

Officer Bradley sieht mich freundlich und ein klein wenig spöttisch an. »Ich gehöre zur Polizei eines kleinen Landes, aber so leicht lasse ich mich nicht ausfragen.«

»In der Zeitung hat gestanden, es hat einen Streit gegeben.«

»Probieren Sie es nicht weiter, Miss Valensky. – Die Homepage gibt es wirklich.«

»Natürlich. Auf der Startseite ist Justizia zu sehen, sie steht vor dem österreichischen Parlament.« Ich hoffe, er kommt nicht auf die Idee, eine Anfrage loszuschicken, ob ich wirklich zur Kanzlei gehöre. »Also bitte: Darf ich Frau Krajner jetzt sehen?«

»Sie dürfen Sie sogar mitnehmen. Sie wird auf freiem Fuß angezeigt.«

»Noch einmal: Was wirft man Christopher Frazer genau vor?«

Bradley seufzt, er wischt sich den Schweiß von der Stirn. »Okay, ich habe es unseren Journalisten ohnehin schon erzählt: Er hat einen Streit gehabt mit Mick Brown, dem Ermordeten. Und von wegen gewaltfrei: Wir haben in seinem Apartment eine Waffe gefunden.«

»Ist der Schuss aus dieser Waffe abgegeben worden?«

»Das wird momentan untersucht. Das Kaliber passt jedenfalls.«

Sieht so aus, als hätten wir die Öko-Lämmchen unterschätzt.

»Hat er einen Waffenschein?«

»Nein.«

»Ist die Waffe registriert?«

»Nein, auch nicht in den USA.«

»Hat er zugegeben, dass es sich um seine Waffe handelt?«

Bradley seufzt. »Sie sind ganz schön hartnäckig. Aber gut, er behauptet, die Waffe nie zuvor gesehen zu haben. Aber das sagen sie alle.«

»Fingerabdrücke?«

»Keine.«

»Kann es sein, dass Sie vom Management des Pleasures ersucht wurden, die Protestierer außer Gefecht zu setzen?«

Sein Gesicht wird eisig. »Ich weiß nicht, was Sie von unserer Polizei halten, Dr. Valensky. Aber ich kann Ihnen versichern, wir sind nicht korrupt.«

Interessant, das hat auch niemand behauptet.

»Und das Hotel arbeitet mit Korruption?«

»Wenn Sie nun Frau Krajner und die anderen fünf Aktivisten mitnehmen wollen …«

Ich nicke.

Die Ökos sitzen etwas geknickt auf einer langen Holzbank, Vesna ein wenig abseits von ihnen. Alle wirken müde. Dabei arbeiten die Ventilatoren in diesem Raum deutlich besser als der draußen.

»Ich kann euch mitnehmen.«

Es stellt sich heraus, dass niemand so recht wusste, was weiter mit ihnen passieren sollte. Also feiern sie mich erst einmal als ihre Befreierin.

Bata wartet bereits in der Police Cafeteria. Ich schnuppere an ihrem Cola. Rum. Und nicht zu knapp.

»Ich vertrage das, Schätzchen.«

Hoffentlich kann sie so auch Auto fahren. Ich verspreche den Ökos, ihnen etwas über Christopher zu erzählen, wenn sie brav daheim im Golden Sand warten. Zu dritt gehen wir zu Batas altem Subaru. Tagsüber ist deutlich mehr los in Oldtown. In der Seitenstraße kommen uns gut zwanzig blasse Touristen entgegen. Faltige Knie, Kakishorts, Kappen, viele haben einen Fotoapparat um den Hals. Eine alte Frau balanciert ein großes Bündel Bananen auf dem Kopf. Es muss fast ebenso viel wiegen wie sie selbst.

In den Geschäften, in denen es offenkundig T-Shirts und allen möglichen touristischen Krimskrams zu kaufen gibt, noch mehr Bleichgesichter.

»Kreuzfahrtschiff«, erklärt Bata, »sie laden ihre Fracht gegen Mittag aus und um vier Uhr am Nachmittag wieder ein. Früher waren sie auch in unserer Bucht, das hat sich durch das Pleasures geändert. Zwar sind alle Strände der Insel öffentlich zugänglich, daran haben auch sie nicht rütteln können, aber sie haben andere Methoden: Das Tourismusministerium schickt die Kreuzfahrer zu anderen Buchten. Und wer trotzdem kommt, der muss für einen Liegestuhl dreißig Dollar zahlen. Also kommt niemand.«

»Und wenn man auf den Liegestuhl verzichtet?«

»Dann ist man geduldet. Aber wer zu oft kommt, der kann schon Probleme mit der Security-Truppe bekommen. Es gibt ja schöne Strände genug, auch wenn das einer der schönsten ist. War. Die Palmen, die dort gestanden haben, wo jetzt das Hotel ist, sind einfach gefällt worden.«

»Da waren die Ökos schon da?«

»Sogar mehr von ihnen als jetzt. Sie haben sich an die Palmen gekettet. Aber man hat sie losgeschnitten und weggetragen. Palmen stehen nicht unter Schutz, es gibt angeblich genug davon. Ich zeige euch einmal einen Palmenwald, in dem wird der Müll der Insel verbrannt. Ist übrigens viel mehr geworden, seit das Pleasures eröffnet hat. So ein Luxusschuppen macht viel Mist.«

Beinahe bekomme ich ein schlechtes Gewissen, weil ich dort wohne und sämtliche Annehmlichkeiten genieße.

»Man will dich ausweisen«, berichte ich Vesna.

»In zehn Tagen ist Urlaub vorbei, so schnell sind die nicht«, erwidert sie ungerührt. Offenbar hat auch sie schon etwas von der Inselbürokratie zu spüren bekommen.

Ich lasse mir den Zimmerschlüssel geben, 214, die Nummer werde ich mir nun bis in alle Ewigkeit merken. Thomas Carlyle kommt aus dem Büro und winkt mich zur Seite. Ich freue mich, ihn wiederzusehen.

»Die Polizei hat nach Ihnen gefragt«, sagt er leise.

Was muss er von mir denken? Aber darum geht es nicht.

»Sie wollten die Bestätigung, dass Sie tatsächlich im Hotel wohnen. Sie sagen, Sie seien Anwältin.«

»Journalistin und Juristin.«

»Wir haben es bestätigt.«

»Wer weiß davon?«

»Warum? Haben Sie Probleme?«

»Nein, ich musste nur einer Freundin helfen. Weiß die Geschäftsführung davon?«

»Ich hatte Dienst, alle Touristen werden von Amts wegen registriert, deswegen konnte ich auch ohne Rückfrage Auskunft geben. Normalerweise informiert man das Management über solche Polizeianfragen, aber das habe ich noch nicht gemacht. Kann ich Ihnen wirklich nicht helfen?«

Ich seufze. Irgendwie liegt mir einiges daran, vor dem ehemaligen Weltklasseathleten eine halbwegs gute Figur zu machen. Ich kann ihm schlecht erzählen, dass ich mit dem Golden Sand sympathisiere.

Er ist hartnäckig. »Ich werde der Geschäftsführung nichts berichten – vorausgesetzt, Sie haben eine halbe Stunde Zeit für mich und erzählen, was los ist. Ich kenne fast alle auf dieser Insel. Und mein Ruf ist … nicht so schlecht.«

Ein schwarzer Ritter mit perfekter Figur und einem liebenswürdigen Lächeln, ich kenne viele, die da schwach würden. Aber Vorsicht. Ich kenne ihn kaum. Was weiß ich, welche Rolle er … »In Ordnung. Wann?«

»Kennen Sie die Glorious-Sunset-Bar?«

Ich schüttle den Kopf.

»Eine Strandbar, für mich die schönste, sie ist in der übernächsten Bucht. Da treffen sich die Inselleute, Menschen aus dem Hotel sieht man selten. Sie gehört meiner Mutter.«

Jetzt bin ich endgültig interessiert. Ich nicke.

»Sagen wir um halb sechs? Die Bar heißt nicht umsonst Glorious Sunset, das Wetter ist schön, wir könnten einen prächtigen Sonnenuntergang erleben.«

»Wie komme ich hin?«

»Entweder mit einem Taxi vom Hotel aus, oder ich nehme Sie mit. Zurück kann ich Sie auf alle Fälle fahren.«

Wäre vielleicht nicht so gut, wenn man uns gemeinsam wegfahren sieht. »Ich nehme mir ein Taxi.« Er kann mir sicher einiges über die Insel und das Pleasures erzählen. Ich werde ihn nicht aushorchen, dazu ist er mir zu sympathisch. Außerdem darf ich nicht vergessen: Er ist hier angestellt. Er ist loyal – nehme ich einmal an.

»Gute Idee«, nickt der Taxifahrer zufrieden, als ich ihm mein Ziel nenne, »ich werde auf eine Partie Domino dort bleiben.«

Wir fahren die Inselhauptstraße nicht Richtung Oldtown, sondern zwei, drei Kilometer nach Norden, kommen durch ein kleines Dorf, eher eine Ansammlung von Häusern. »Miracle Bakery« steht über einem eingeschossigen, garageartigen Bau, aus dem es tatsächlich wunderbar nach Brot duftet. Mit Wundern scheint man es hier zu haben. Ich zähle ein, zwei, drei, vier Kirchen.

Der Taxifahrer bemerkt meine neugierigen Blicke. »Damit sich jeder die Kirche aussuchen kann, die ihm liegt.«

So viel Wettbewerb hat der Papst gar nicht gern.

Zwei junge Männer sitzen auf dem Verandageländer eines graustichigen, ehemals rot und grün gestrichenen Holzhauses und schauen träge auf die Straße. Einige Buben rennen um die Wette, sie tragen beigebraune Schuluniformen.

Eine zahnlose alte Frau winkt uns zu.

»Meine Tante«, erklärt der Taxifahrer, bevor ich auf die Idee komme, hier winken alle Eingeborenen und wollen Glasperlen. Wer ihn nicht kennt, übersieht den verblichenen Pfeil Richtung Best Bay. Wir fahren eine Staubstraße entlang, Schlaglöcher, Gestrüpp, neugierige Ziegen am Wegrand, ein pelziger Mungo zischt über den Weg, Palmen und dann der Blick aufs Meer. Mag sein, dass die Bucht vor dem Pleasures eleganter ist, aber diese hier ist überwältigend: zwei, drei Kilometer Sandstrand, dahinter Hügel mit dornigem Gestrüpp und riesigen Agaven. Auf einem Felsen im Meer sitzt ein Pelikan und glotzt aufs Wasser.

Die Glorious-Sunset-Bar ist eindeutig Handarbeit. Eine Hütte, die aus Brettern zusammengenagelt wurde, blau lackiert, verziert mit

Fotos und Postkarten aus aller Welt. Die Terrasse hat einen Holzboden und ist überdacht, zum Sand hin wird sie durch niedrige, weiß und blau gestrichene Zaunlatten begrenzt. Daneben noch eine kleinere Terrasse mit Sonnenschirmen. Man merkt, der Ausbau der Bar ist in ein paar Schritten erfolgt.

Thomas Carlyle sehe ich nirgends. Dafür zieht mich der Duft, der vom Holzkohlengrill ausgeht, geradezu magisch an. Mein Taxifahrer gesellt sich zu ein paar Männern, die an einem der sonnengeschützten Tische ganz nahe der Bar sitzen und mit Hingabe und denselben Gesten, wie ich sie daheim von Karten spielenden älteren Männern kenne, Dominosteine aneinander reihen.

Die Bar selbst besteht aus einem quadratischen Raum, der nach drei Seiten hin ab Brusthöhe offen ist, sauber lackierte Holzbretter bilden die Theke. Die Hocker davor sind ebenfalls aus Holz, genauso Marke Eigenbau, mindestens zehn, zwölf Menschen umlagern die Bar, auch einige Tische sind besetzt. Weiße im Badekostüm, eine Frau mit Nabelpearcing am schlaff gewordenen Bauch, aber auch Business-Leute der Insel mit gelockerter Krawatte, dunkler Hose und schneeweißem Hemd.

»Unsere Besucher sind ziemlich vielfältig«, sagt Carlyle hinter mir.

Ich drehe mich lächelnd um. Er hat sich umgezogen und trägt jetzt ein weinrotes, kurzärmliges Baumwollhemd und helle Leinenhosen. Aber ihm steht ja sogar die dunkelblaue Hoteluniform.

»Das kann man wohl sagen. Großartig ist es hier. Und der Duft …«

»Meine Mutter ist eine wunderbare Köchin, sie ist berühmt auf der Insel.«

»Eine berühmte Familie.«

Er wehrt bescheiden ab. »Soll Ihnen meine Mutter eine Portion Huhn bringen?«

»Es ist Huhn, das so großartig riecht?«

»Sie hat eine ganz besondere Art, es zu marinieren. Sie sollten aber auch ihr Chicken Rosemary kosten. Das wird zuerst gegrillt und dann in der Pfanne fertig gemacht. Die Sauce ist ein Gedicht.«

Ich bin sowieso schon wieder hungrig.

»Ich sollte nicht so viel essen«, murmle ich. Obwohl: Der schwarze Wickelrock macht mich einigermaßen schlank.

»Doch«, meint Carlyle, »und danach reden wir.«

Zuerst einmal wird er freilich von seiner Mutter begrüßt, sie kommt aus der Bar gelaufen, küsst und umarmt ihn, als hätte sie ihn jahrelang nicht gesehen. Dabei muss sie sich gewaltig strecken, ihr Sohn überragt sie um gut zwei Köpfe. Aber etwas an ihr macht sofort klar: Die Frau mit dem T-Shirt über dem runden Bauch und den halblangen weißen Hosen hat Autorität. Sie sieht mich fragend an, und Thomas Carlyle stellt mich vor. Rosemary Carlyle nickt, und ich bin offenkundig akzeptiert. Als ich dann auch noch vom Duft ihrer Grillhühner schwärme, scheint sie mich fast schon ins Herz zu schließen. Essen ist auf dieser Insel offenbar eine sehr wichtige Angelegenheit. St. Jacobs wird mir immer sympathischer.

Die Portionen, die Carlyle wenig später an den Tisch bringt, sind üppig: Huhn in einer Art Tomatensauce, daneben knusprig gegrillte Hühnerteile, dazu Rice and Beans und etwas Salat. Das Salatdressing hat er sich unter den Arm geklemmt.

»Nicht so vornehm wie im Hotel, Sie können zwischen Thousand Island, Italian und French Dressing wählen – alles garantiert aus dem Supermarkt, meine Mutter ist eine wirklich gute Köchin, aber die Sache mit dem Salat ist ihr fremd. Hat auch nichts mit dem traditionellen Essen auf unserer Insel zu tun. Gehört jetzt aber einfach irgendwie dazu. Wegen der Vitamine oder so.« Er schüttelt sich ein wenig.

Ich kippe ausgiebig Thousand Island Dressing über Grünzeug und Tomaten. »Sie lieben Ihre Insel sehr, nicht wahr?«

Thomas Carlyle sieht mich an: »Ja«, sagt er. »Obwohl ich gut weiß, dass nicht alles hier wunderbar ist.«

Beinahe fange ich schon von Angela la Croix an und davon, dass sie offenbar ein ziemlich distanziertes Verhältnis zu St. Jacobs und seinen Bewohnern entwickelt hat, aber ich lasse es bleiben. Würde so wirken, als wollte ich ihn über eine Vorgesetzte aushorchen. Und was sollte er schließlich darauf sagen?

Ich koste vom Chicken Rosemary und bin begeistert: Eine Geschmackssymphonie aus Tomaten und Ingwer und verschiedenen Chili- und Paprikasorten, das Huhn so zart, dass es auf der Zunge zergeht.

Carlyle nickt zufrieden, »Also: Was ist Ihr Problem mit der Polizei?« Das hat er nicht vergessen.

»Ich habe kein Problem.«

Es muss schroff geklungen haben, er sieht mich verwirrt an. »Ich rede nicht als Hotelangestellter zu Ihnen, ich werde es auch nicht weitererzählen. Wir hatten so ein nettes Gespräch in der Nacht, und da dachte ich … Außerdem gehe ich gern mit attraktiven Frauen aus.«

Über Komplimente freue ich mich, aber … offenbar weiß ich nicht, wie damit umgehen. Ich stottere etwas von »wirklich nett« und »nicht notwendig«. Bin ich für ihn wirklich attraktiv? Ich beschließe, es einfach zu glauben – und mit ihm zu reden. Bevor ich noch rot werde. Was soll mir schon passieren? Schlimmstenfalls bekomme ich Probleme mit der Hotelführung. Aber ich werde sowieso einen sonnigen, netten Bericht über das Hotel liefern, in dem weder das Golden Sand noch amerikanische Ökos, noch ein toter Wachmann vorkommen. Mehr wurde von mir als Gegenleistung für ein Gratiszimmer nicht verlangt.

Ich erzähle Carlyle vom Preisausschreiben, das Vesna gewonnen hat, dass sie so im Golden Sand gelandet ist und nun helfen möchte, weil sie Christopher für unschuldig hält.

Er ist ein guter Zuhörer, nickt nur hin und wieder mit dem Kopf.

»Ich kenne diesen Christopher Frazer nicht«, sagt er dann. »Mick hat oft in Schwierigkeiten gesteckt. Er ist ein entfernter Verwandter von mir, aber keine Angst, ich habe ihn nicht besonders gemocht, und hier auf der Insel ist bald wer mit wem verwandt. Ich glaube viel eher an eine Unterwelt-Geschichte. Auch wenn Mord bei uns sehr ungewöhnlich ist. Üblicherweise bleibt es dabei, dass Feinde zusammengeschlagen werden. Aber das Leben wird wohl auch bei uns gewalttätiger. Wer weiß, worauf er sich eingelassen hat. Er soll mit Drogen gehandelt haben, im kleinen Stil, für alles andere wäre er nicht gerissen genug gewesen. Noch haben wir kein großes Drogenproblem auf der Insel, aber es wächst wie überall in der Gegend. Es gibt zu wenig Arbeit und zu viele, die daraus Kapital schlagen wollen.«

»Weiß die Polizei das mit den Drogen?«

»Dass Mick mit Drogen zu tun gehabt hat? Keine Ahnung, wenn sie nachfragen, dann nehme ich an, dass sie es schnell erfahren. Aber vielleicht ist es auch nur ein Gerücht. Das dichtet man bei uns schnell jedem Tunichtgut an.«

»Er hatte einen festen Job im Hotel.«

Thomas Carlyle runzelt die Stirn. »Unter uns gesagt, ich bin mit der Security-Truppe nicht besonders glücklich. Man hat sie nach den Muskeln ausgesucht, nicht nach ihren anderen Fähigkeiten, ich bin mir nicht einmal sicher, ob wir eine solche Truppe überhaupt brauchen. Aber bitte: Das bleibt wirklich unter uns.«

»Sie waren die Antwort auf die Ökos.«

»Leider. Man hätte von Anfang an mit den Umweltaktivisten reden sollen.«

»Und die hätten mit sich reden lassen?«

»Man hätte es versuchen müssen, die jetzt noch da sind, sind quasi der harte, auch der radikale Kern. Und die, die sich aus irgendwelchen Gründen einen langen Urlaub leisten können, statt zu studieren oder sonst etwas Sinnvolles zu tun. Sie hatten mit einigem Recht: In der Bucht haben Meeresschildkröten gebrütet, das kleine Golden Sand hat sie nicht gestört, seit den Bauarbeiten am Pleasures sind sie weg. Klar hat es das Gutachten eines Meeresbiologen gegeben, dass sie nur ein paar Buchten weiter nach Norden ziehen würden, wo ein Teil von ihnen ohnehin schon immer die Eier abgelegt hat. Aber soviel ich höre, gibt es dort nun weniger Schildkröten als früher. Man müsste versuchen, die Insel im Einklang mit der Natur zu entwickeln. Nicht, dass Sie mich falsch verstehen: Ich halte das Hotel für eine große Chance. Sehr viele Möglichkeiten außer dem Tourismus haben wir nicht. Aber man muss die Sache gerade darum mit besonderer Sorgfalt angehen. Entschuldigen Sie, das hört sich wie eine Predigt an, es ist sonst gar nicht meine Art, so viel zu reden, aber … Mir liegt die Insel eben am Herzen.«

»Und was, wenn das Golden Sand wegen des Pleasures schließen muss?«

»Ich weiß nicht … Das Golden Sand hat als Apartmenthotel schon schlecht funktioniert, bevor das Pleasures gebaut wurde. Michel hätte tun sollen, was ihm alle geraten haben: dem Konzern den Grund verkaufen und als Küchenchef arbeiten.«

»Es ist wohl so etwas wie sein … Lebenswerk.«

»Ich fürchte, es ist mehr ihr Lebenswerk. Ich kenne Bata, ich finde sie hinreißend, für ihr Alter unglaublich apart. Aber sie hat etwas viel … Temperament. Michel ist Wachs in ihren Händen. Ich bin früher sehr gerne zu ihnen essen gegangen, aber seit die Gräben zwischen Pleasures und Golden Sand so tief geworden sind … Es wird nicht gern gesehen von der Hotelführung, und ich kann es verstehen. Möchten Sie, dass jeden Tag in der Früh Aktivisten am Strand auf und ab gehen und Parolen schreien und Schilder hochhalten, auf denen steht, dass sich alle hier mitschuldig machen am Mord an Meeresschildkröten?«

»Das haben sie getan?«

»Das machen sie noch, nur seit ihr Kamerad wegen Mordverdachts verhaftet worden ist, haben sie ihre Aktionen vor die Polizeiwachstube verlegt.«

Ich rolle mit den Augen, aber das liegt am großartigen Grillhuhn. »Ob mir Ihre Mutter die Rezepte gibt?«

»Rezepte hat sie keine, aber sie wird Ihnen mit Freude sagen, was sie in die Saucen gibt. – Weiß unsere Geschäftsführung eigentlich von Ihren Kontakten zum Golden Sand?«

»Irgendjemand muss Angela la Croix erzählt haben, dass ich drüben esse und dass ich auch beim Brandlöschen mit dabei war. Das zumindest weiß sie. Sie hat mich gewarnt, immerhin sei ich bei ihr Gast und müsse wissen, wo ich hingehöre. Sie scheint nicht viel übrig zu haben für die Menschen hier und die Insel.«

Carlyle stochert nachdenklich im Salat. »Man darf sie nicht verurteilen, sie war lange weg, das verschiebt die Perspektive. Es gibt schon einiges, mit dem man nicht mehr so gut leben kann, wenn man zurückkommt. Sie ist sehr klug.«

»Und sehr schön.«

»Glauben Sie nicht, dass das manchmal zum Problem werden kann?«

Mit diesem Problem könnte ich wohl leben. »Ihr Vater ist Minister.«

Carlyle seufzt. »Ja, das auch noch.«

»Mit einem hat diese la Croix jedenfalls Recht: Die Bürokratie auf der Insel ist etwas … anstrengend.«

Er lacht. »Da ist was dran, denen, die immer hier gelebt haben, fällt es nicht auf, es gehört dazu. Aber man darf nicht vergessen: So lange ist es noch nicht her, da waren wir Sklaven, und die Weißen haben über alles bestimmt. Jahrhundertelang, das sitzt tief. Seit die Verwaltung an uns übergegangen ist, seit sie zumindest formal demokratisiert wurde, wird sie zelebriert. Bürokratie ist hier eine Kunstform. Ich weiß nicht … Manchmal, wenn ich Zeit habe, liebe ich es, mit welcher Genauigkeit hier Formulare ausgefüllt und bestätigt und übertragen und weitergeleitet werden. Aber meistens hat man eben keine Zeit.«

»Der Computer hat daran nicht viel geändert.«

»Warum auch? Er ist nur ein Mittel zum Zweck. Nur um nicht zu patriotisch zu wirken: Natürlich weiß ich, dass bei uns ganz schön viel Leerlauf passiert und dass wir dafür auch zahlen.«

Die Sonne hat die Linie erreicht, an der sich Meer und Himmel treffen.

Carlyle hat meinen Blick gesehen. »Kommen Sie!« Er zieht mich mit sich, Richtung Meer. »Hier kann man den Sonnenuntergang besonders gut sehen, und wenn Sie Glück haben, dann gibt es heute sogar etwas ganz Besonderes: das grüne Licht. Für Sekundenbruchteile, bevor die Sonne endgültig versinkt, leuchtet am Horizont das grüne Licht.«

Auch andere Menschen kommen von der Bar an den Strand. Manche von ihnen mögen schon hunderte solcher Sonnenuntergänge gesehen haben, aber es gibt ein paar Dinge auf der Welt, die immer wieder neu sein können.

Der Himmel färbt sich zart lila, der riesige orangegoldene Ball taucht ein ins Meer, es ist silberblau, violett, rosa, es glüht auf, als der gleißende Ball untertaucht, und: ein grünes Strahlen, the green flash, grünes Licht über dem Horizont, im nächsten Augenblick vorbei, wie nie gewesen, und die Sonne endgültig im Meer versunken. Ich nicke nur, sagen kann ich nichts, einige freuen sich lauter.

Carlyle hat mir die Hand auf die Schulter gelegt. »Man kann wahrscheinlich argumentieren, dass es sich um eine optische Täuschung handelt, ein Trugbild, das bei bestimmten Wetterbedingungen entstehen kann, nachdem man zu intensiv in die Sonne geschaut hat, aber wer muss es wissen? Manchmal sollte es uns reichen, etwas Schönes zu genießen.«

Ich nicke noch einmal. Ein Mann mit kanadischem Englisch ärgert sich darüber, dass genau im richtigen Moment der Fotoapparat versagt hat.

»Das grüne Licht lässt sich nicht fotografieren, Ray«, versichert ihm Carlyle, als wir alle zur Bar zurückgehen.

»Du als Studierter wirst doch nicht an den Inselhokuspokus glauben.«

»Doch.«

Thomas Carlyle bittet seine Mutter um zwei rum punch.

»Sie trinkt keinen Tropfen Alkohol, aber sie macht den besten rum punch der Welt.«

Das kann ich nur bestätigen, natürlich macht es auch die Atmosphäre, von der Gesellschaft gar nicht zu reden, aber der rum punch im Luxushotel war nicht halb so gut.

»Wenn es geht, helfe ich meiner Mutter beim Zusammenpacken, sie hat keinen Führerschein, irgendjemand muss sie und ihre Kochtöpfe zurück in die Stadt bringen. Und ihr Mann hat momentan leider ein Gipsbein.«

»Ihr Vater?«

»Nein, mein Vater ist … keine Ahnung, wo. Sie hat einen neuen Mann gefunden, und meine beiden kleinen Halbgeschwister sind von ihm. Er hilft ihr hier.«

Rosemary nickt und stemmt ihre kräftigen braunen Arme auf die Tiefkühltruhe. »Tom ist ein ganz Braver, ein Schatz, auf ihn bin ich stolz. Wissen Sie, dass er Wirtschaft studiert hat? In Amerika?«

»Und er ist Olympiadritter geworden.« Es sollte nicht spöttisch klingen.

Rosemary nickt und strahlt. »Tom, mein Schatz, kannst du rasch den Boden fegen? Ich trage die ersten Container zum Auto.«

Ihr Star fegt, und ich helfe Rosemary trotz heftiger Gegenwehr, große Plastikgefäße zu einem weißen Pick-up zu schleppen.

»Ich koche zu Hause vor«, erzählt sie, »man muss alles vorbereiten, hier habe ich viel zu wenig Platz. Und keine Elektrizität. Deswegen ist die Kühltruhe für die Getränke voll mit Eis. Müssen wir natürlich auch herfahren. Ich stehe nie nach fünf Uhr auf, deswegen werde ich jetzt müde. Heute war ein anstrengender Tag.«

So viel Betrieb war auch wieder nicht, denke ich.

»Das Kreuzfahrtschiff. Mehr als hundert Leute für drei Stunden, das ist eines von den guten Schiffen, es ankert am neuen Pier vor Oldtown, und die Passagiere werden mit Bussen zu den Stränden gebracht. Wenn man genug Busfahrer kennt …« Sie lächelt verschmitzt. »Wenn man genug von ihnen kennt, bringen sie einem die Touristen. Aber die brauchen dann alle auf einmal Liegestühle und Schirme und etwas zu trinken. Die Konkurrenz schläft nicht. Andere Schiffe ankern direkt in dieser Bucht, und die Touristen werden mit Beibooten zum Strand gebracht. Das ist ein viel schlechteres Geschäft: Ein paar der Kreuzfahrtgesellschaften haben alles, selbst die Sonnenschirme, mit, und sie veranstalten Picknicks oder bauen richtig große Büfetts auf. Da habe ich nicht viel davon.«

Tom kommt mit zwei Kochtöpfen. »Meine Mom versteht mehr von Wirtschaft als ich.«

Rosemary lacht und schüttelt den Kopf. »Aber ich hab gelernt durchzukommen.«

Ray, der Kanadier, bestellt noch zwei Carib-Bier. »For the Road«, sagt er dazu. Rosemary kramt sie aus einer der Kühltaschen, die schon im Pick-up sind.

Ray, so erzählt mir Carlyle, ist einer von denen, die sich in St. Jacobs ein Haus gekauft haben und nun in ihrer Pension den Großteil des Jahres hier verbringen.

»Wie sehen sie das Pleasures?«

»Sie brauchen es nicht. Sie sind froh, dass nicht die Best Bay verbaut worden ist, der Rest ist ihnen ziemlich egal. Kaum jemand hat Lust, sich einzumischen.«

Wir liefern Carlyles Mutter in einem rosa Haus am Rand von Oldtown ab, Vorstadtsiedlung, der Garten ist voller Blumen und Sträucher. Ich sehe Früchte, die mir völlig neu sind: rot und prall und mit nichts vergleichbar, sie wachsen auf niedrigen Bäumen, die am ehesten Magnolien gleichen.

»Custard Apple«, sagt Rosemary und sucht mir sorgfältig eine besonders reife Frucht aus. Das, was an einem anderen Busch hängt, kenne ich, aber ich mag es nicht besonders: Starfruits, Sternfrüchte. Ein saures Zeug, allerdings toll zum Garnieren. Carlyle deutet meinen Blick falsch und pflückt für mich und sich eine.

»Einfach hineinbeißen, sie ist wunderbar erfrischend«, rät er.

Ich tue es und mache mich auf den pektinsauren Geschmack gefasst, stattdessen: wunderbarer Saft, ein Aroma irgendwo zwischen Zitrus und Ananas und weißem Pfirsich, aber noch viel besser.

Rosemary hat unterdessen verschiedene Früchte zusammengesammelt und in eine schwarze Plastiktüte gesteckt. »Das bekommen Sie im Hotel nicht«, sagt sie und überreicht mir den Sack.

Wieder eine sternenklare Nacht, Carlyle fährt ruhig und sicher.

»Jetzt muss es am Strand der Best Bay wunderschön sein«, sage ich.

Er nickt. »Als ich noch ein Kind war, haben wir ab und zu am Strand übernachtet. Meine Mutter war die Erste, die eine Strandbar eröffnet hat. Damals nur mit zwei Holzkohlengrills, die ihr ein Onkel aus Ölfässern gebastelt hat, es sind dieselben, die heute noch in Betrieb sind, und ein paar Thermosflaschen mit Getränken. Wir haben in einer Hütte am Hafen von Oldtown gewohnt, sie war kaum größer als die Bar heute. Aber so haben damals viele Leute gelebt, in einer Gegend wie dieser ist das auch nicht so schlimm wie in Boston, oder in … Österreich. Außerdem: Wer nicht viel hat, dem kann beim nächsten großen Hurrikan auch nicht viel verloren gehen. – Wissen Sie was? Wir fahren zurück an den Strand, ich habe eine Decke im Auto, und ich weiß, dass Mutter in der Bar immer ein paar Flaschen zurücklässt, auch wenn sie das meiste Zeug Nacht für Nacht heimschleppt.«

Wir sitzen auf seiner alten Autodecke am Strand und schauen in den Himmel. Hier leuchten die Sterne noch intensiver, warm und bewohnt erscheint die Weite über uns, eine große Decke, die uns schützt, schwerelos und unendlich. Das Meer scheint mit ihr zu spielen, zu reden. Silbern und schwarz erzählt es vom Leben. Ich räuspere mich. »Hier sind die Sterne noch heller«, sage ich.

Carlyle nickt. »Auch dafür gibt es eine ganz vernünftige Erklärung: Wir sind weit von künstlichen Lichtquellen entfernt.«

»Man muss nicht immer vernünftig denken«, erwidere ich. Neben mir steht ein Glas mit einer Mischung aus warmem Cola, Kokosnussrum und Orangensaft. Mag sein, dass ich so etwas sonst wegkippen würde, momentan schmeckt es wunderbar – karibisch.

»Mira ist ein sehr schöner Name.« Er spricht ihn englisch aus. »Mira – der Anfang von Miracle, mein Wunder.«

Etwas ähnlich Poetisches fällt mir zu Thomas nicht ein, also sage ich lieber nichts. Obwohl zehn, zwanzig Zentimeter zwischen uns sind, kann ich seine Haut spüren. Mein Herz schlägt im Rhythmus der Wellen.

»Du bist schön im Licht der Sterne.«

Ich sehe ihn an und sage: »Du auch«, bevor mir bewusst wird, dass man das zu einem Mann nicht sagt, auch wenn man gerade dabei ist … Also fange ich an loszulegen: »Ich meine, du siehst wirklich gut aus, nicht nur im Sternenlicht, hast du gesehen, wie dich die Kanadierin … Auch wenn die schon mindestens sechzig oder so … Jedenfalls macht das wohl der Sport und …«

Er legt den Kopf zurück und lacht in den Himmel, lacht laut.

Er lacht mich aus. Kommt davon, Mira. Du bist auch zum Lachen, da auf der Decke mit dem möglichst attraktiv drapierten Wickelrock und dem warmen Kokosnussrum mit Limonade. Was hast du gedacht?

Dann hört er zu lachen auf, sieht mich an, als wollte er nie mehr aufhören damit, nimmt mein Gesicht in beide Hände und küsst mich, zuerst leicht und vorsichtig, dann intensiver, voll vom Feuer der untergehenden Sonne und ihres grünen Lichts und der Kraft der Sterne. Seine Hände sind wie der karibische Wind, selbstverständlich und warm und zart und überall, Hauch und Sturm. Ich sehe die Sterne und rieche das Meer, rieche ihn, Haut an Haut, und da es nichts anderes gibt als uns, kann nichts peinlich sein, wird nichts gefordert und alles verschenkt.

Als ich erwache, wird der Himmel im Osten hell. Er streichelt mein Gesicht und, ohne etwas zu sagen, ziehen wir uns an, legen die Decke zusammen, tragen die Gläser zurück zur Bar, Nachhall einer gemeinsamen Ewigkeit. Er fährt mich zum Hotel, ich bitte ihn, mich schon vor der Auffahrt aussteigen zu lassen.

Er hält sein Gesicht an meine Hand, küsst sie, sieht aus, als ob er etwas sagen wollte, sagt dann aber nichts. Als ich die palmenbesetzte Auffahrt entlang zum Hotel gehe, höre ich, wie er den Pick-up wendet und davonfährt. Noch denke ich nicht und genieße den Zustand.

Ich stehe auf meiner kleinen Terrasse, und der Himmel ist rosa. Das dunkle, warme Meer lässt träge Wellen an den Strand rollen.

[4.]

Es pocht an der Tür zu meinem Zimmer, es braucht wohl einige Zeit, bis es durch die verschiedenen Schichten meines Bewusstseins dringt. Ich fühle mich seltsam leicht, steige aus dem Bett, öffne die Tür. Vesna.

»Ich hoffe, es geht dir gut, Mira Valensky«, ruft sie und stürmt ins Zimmer. Ich ziehe die Tür zu und folge ihr.

»Man hat sich Sorgen gemacht um dich. Da gehst du auf Treffen mit jemand vom Hotel, und dann kommst du nicht zum Essen und hebst das Telefon nicht ab, und Rezeption sagt, sie dürfen keine Auskunft geben, ob du da bist. Nur Nachricht hinterlassen. Es geht dir gut?«

Ich grinse sie etwas müde an. Irgendwie habe ich mir das Erwachen heute anders vorgestellt. »Mir geht es gut, Ehrenwort.«

»Wie gibt es, dass du Telefon nicht hörst?«

»Ich war … länger weg.«

»Ich habe ganze Nacht lang und dann auch in der Früh angerufen.«

Ich schaue zum Telefon auf dem Nachttisch. Der Hörer ist nicht exakt aufgelegt. Habe ich das im Schlaf getan? War das Zimmermädchen schlampig? Ich zeige auf den Hörer.

»Was war los?«, will Vesna wissen.

Wenn ich mir darüber bloß selbst im Klaren wäre. »Wie spät ist es?«

»Nach neun schon. Ich habe mich über Feuerleiter zu deinem Zimmer geschlichen.«

Viel Schlaf habe ich nicht bekommen.

»Erzähle, Mira Valensky.«

Ich brauche Kaffee, sonst kann ich nicht klar denken. Oder ist das vielleicht besser so? Vielleicht wäre es gar nicht so gut, wieder klar denken zu können. Ich schüttle den Kopf. »Frühstück.«

Als wir nach unten auf die Terrasse gehen, sehe ich mich verstohlen nach Thomas um. Will ich ihn sehen? Will ich vermeiden, von ihm gesehen zu werden? Im strahlenden Licht der Sonne sieht so manches anders aus. Kein Thomas.

Wir setzen uns an einen der Tische, der Kellner bringt Vesna und mir das Gedeck. Ein Extrafrühstück wird sündteuer sein, aber darauf soll es mir auch nicht ankommen.

»Habe schon gefrühstückt, danke, nichts«, sagt Vesna. Ich übersetze und versuche sie zu überreden.

»Bin noch satt von gestern Abend.«

Man hat hier Klasse genug, um nicht offen zu vermuten, dass mein Gast einfach gratis mitessen möchte. Auch wenn so etwas sicher immer wieder vorkommt. Als Vesna Kaffee angeboten wird, nickt sie.

Ich trinke, und langsam erwacht mein Verstand zu neuem Leben. Habe ich tatsächlich mit einem fast Unbekannten eine Liebesnacht am Strand verbracht? Noch dazu mit einem, der hier im Hotel arbeitet? Habe ich mich verliebt? Muss es immer gleich Liebe sein? Der Zauber einer Nacht … Aber was, wenn es wieder Tag wird? Und: Wie soll ich das Vesna sagen? Oder darüber schweigen?

»Es ist was los«, sagt sie und schaut mich interessiert an.

»Ich hab mit Thomas Carlyle geschlafen.« Das klingt völlig falsch, ganz falsch.

»Was hast du?«

»Eine heiße Liebesnacht am Strand verbracht.« Ein kleiner ironischer Unterton kann nicht schaden. Trifft es nicht ganz, aber schon eher. Es war Irrwitz. »Irgendwie muss mich die Karibik mitgerissen haben«, füge ich etwas kleinlaut hinzu.

»Und? Wie war es?«

»Dabei bin ich in ihn nicht einmal verliebt, glaube ich zumindest, vielleicht aber auch … Zusätzliche Komplikationen sind das Letzte, was ich brauchen kann. Er ist sehr nett, sehr, sehr nett und auch sehr attraktiv, das schon … Ums Attraktivsein geht es nicht einmal, er ist – etwas Besonderes.«

»Aber du bist nicht in ihn verliebt«, ergänzt Vesna trocken. »Ist das so wichtig?«

»Für mich schon, war es bis jetzt immer. Außerdem habe ich noch nicht einmal die Sache mit Oskar geklärt, er hat gemeint, ich brauchte Abstand, vielleicht ist das so.«

»Abwechslung ist auch nicht schlecht.«

»Aber was soll daraus werden?«

»Muss aus allem was werden? War die Nacht schön?«

Ich seufze, und ein Gefühl der Erinnerung, ein Nachwehen des Zustandes von gestern Nacht, wärmt mich: »Es war wundervoll. Es war romantisch, es war leidenschaftlich. Es war – wahrscheinlich der beste Sex, den ich je hatte, und dabei ist Oskar ...«

»Pssst,« unterbricht Vesna, »nix von Oskar, der hat nix damit zu tun, was willst du mehr? Eine wunderbare Liebesnacht und vielleicht sogar eine nächste ...«

»Ich weiß nicht, ob ich das will. Ja, schon. Nein, doch nicht.«

»Gestern hat Gefühl gewonnen, heute Vernunft. Das ist gar nicht schlecht, sage ich dir, Mira Valensky. Braucht man beides.«

Wenn es nur so einfach wäre, wie es sich bei Vesna anhört. Wie soll ich Thomas begegnen? Wird er mich ansprechen? Mich wieder einladen? Ob er so tut, als würde er mich nicht kennen? Ich meine, er kann mir ja schlecht in aller Öffentlichkeit um den Hals fallen als Rezeptionist.

Ich weiß nicht, ob eine Nacht wie diese wiederholbar ist. Eigentlich bin ich mir sicher, dass sie das nicht ist. Man sollte es auch gar nicht probieren. So etwas ergibt sich. Oder nicht.

»Und was hat dein Thomas sonst erzählt? Oder habt ihr nur Liebe gemacht?«

Ich sehe irritiert auf. Thomas hat mir viel erzählt, aber was war es gleich? Dass er die Insel liebt. Und dass Mick häufig in Schwierigkeiten war. Und dass man Angela la Croix nicht zu streng beurteilen sollte.

Vesna nickt mehrfach. Als ich davon erzähle, dass Thomas meint, Michel hätte das Angebot des Konzerns annehmen sollen, schüttelt sie heftig den Kopf.

»Freiheit – man kann das nicht kaufen. Und darf es nicht abkaufen lassen. Niemand weiß besser als ich. Ich bin für Freiheit sogar aus eigenem Land gegangen. Hoffentlich hast du Thomas nicht zu viel gesagt über uns und Golden Sand. Was weiß man, kann auch sein, er war als Spitzel auf dich angesetzt.«

»Also hör einmal …«

»Ich sage ja nicht, dass es so war, aber man darf nichts ausschließen.«

»Viel hältst du von mir ja nicht.«

»Warum? Attraktiver Frau mit Sex Geheimnis entlocken ist sicher schöner für Spitzel, aber Spitzel bleibt er deswegen trotzdem.«

»Thomas ist kein Spitzel, dazu steht er dem Pleasures zu distanziert gegenüber. Nicht wirklich kritisch – aber er hätte einiges anders gemacht. Er ist eben hin und her gerissen zwischen Tourismuschancen einerseits und den Schildkröten und einer gelungenen, einer perfekten Entwicklung der Insel andererseits. Aber die gibt es ohnehin nicht, was ist schon perfekt? Außerdem mag er Michel und Bata. Früher war er oft bei ihnen essen.«

»Liebesthomas hat dich schön auf seine Seite vom Blick gebracht.«

»Ich erzähle nur, was er gesagt hat. Und da gibt es einiges, was mir einleuchtet.«

»Ich habe auch Neuigkeiten, das hat dir Thomas sicher nicht erzählt: Gesundheitsministerium will Golden Sand sofort schließen.«

»So etwas weiß er nicht.«

»Bist du sicher?«

Wie kann ich mir sicher sein?

Vesna schaut aufs Meer, als sie sagt: »Lass ganz besondere Liebesnacht einfach so, wie sie war. Und freue dich darüber. Manches kann man nicht verstehen, nur genießen.«

Etwas Ähnliches hat Thomas gestern auch gesagt, es war, als die untergehende Sonne ihr grünes Licht gezeigt hat.

»Bata bittet dich, mit denen im Gesundheitsministerium zu reden.«

»Sie sollten sich einen Anwalt nehmen, einen richtigen.«

»Ihr Anwalt ist momentan in Europa, Verwandtenbesuche.«

»Ich bin hier auf Urlaub.«

»Ich verspreche dir, sind wir dann auch. Wir liegen in der Sonne und alles das. Aber kannst du in Sonne liegen, wenn Michel und Bata ihr Hotel weggenommen wird?«

»Warum will man es schließen?«

»Gesundheitspolizei. Wegen Brand. Abgase, die gefährlich sind, und weitere Brandgefahr und so.«

Ablenkung. Vielleicht ist das am besten. »Okay, fahren wir.«

Wir nehmen den kürzesten Weg, ich gehe mit Vesna durch den Garten, ganz bin ich immer noch nicht da. Ich sollte die Nacht einfach als Geschenk nehmen. Punkt. Plötzlich ist Vesna verschwunden. Ich sehe mich verdattert um und laufe zwei Typen der Wachmannschaft in die Hände. Ausgerechnet Mister Netzleibchen ist dabei. Heute trägt er allerdings Kakiuniform. Der zweite ist der, der im Orange mit dem sehr jungen Mädchen im rosa Minirock geturtelt hat. Ich kann mich nicht mehr verdrücken und winke ihnen hoheitsvoll zu, will schnell an ihnen vorbei.

Aber die beiden bleiben stehen.

»Was machen Sie denn hier?«, fragt Netzleibchen wenig höflich.

»Ich gehe durch den Garten, ist das verboten?«

»Ich dachte, Sie haben eine Villa am Star Hill?«

Wenn ich ihm jetzt sage, dass ich nur hier frühstücken war … Sogar er kann sehr leicht herausbekommen, wer ich bin und wo ich wohne, und dann bin ich doppelt verdächtig.

»Sie haben mir so viel vom Hotel erzählt, ich habe mir ein Zimmer genommen.«

»Und die Villa?«

»War ohnehin etwas ungemütlich. Hier hat man Luxus pur. Und wird noch dazu bewacht.« Koketter Augenaufschlag. Zumindest ein Versuch.

Er sieht mich etwas zweifelnd an. »Wenn Sie etwas brauchen, sagen Sie es mir, Lady.«

»Mache ich.« Ich schlendere mit Herzklopfen zwischen Sträuchern und Blumen herum, bis die beiden hinter einem Wirtschaftsgebäude verschwunden sind. Aus einem der Gebüsche taucht Vesna auf. Sie hat eine große gelbe Blüte im Haar.

»Du hättest was sagen können.«

»Du hast nicht gesehen, habe Zeichen gemacht. Sie waren schon nah. Aber ich glaube, sie haben Unsinn geschluckt.«

»Sicher bin ich mir nicht.«

»Ich auch nicht. Aber was soll passieren?«

Was schon, außer dass die Typen groß und voller Muskeln sind, ein kleines Hirn haben und bekannt sind für ihre unfreundlichen Methoden denen gegenüber, die sie für Feinde halten.

»Wir sind Frauen, Ladys«, fügt Vesna hinzu.

Ich kann nur hoffen, dass Mister Netzleibchen und Co. das auch so sehen.

Ich mache mich auf eine neue Portion karibischer Bürokratie gefasst. Um wenigstens eine Hürde zu umschiffen, lasse ich mir von Michel und Bata eine Vollmacht ausstellen, laut der ich ihre Interessen vertreten darf.

Das Gesundheitsministerium ist in einem der neuen Gebäude am Hafen untergebracht. Offenbar hat man etwas zu großzügig geplant, anders als in der Altstadt gibt es hier sehr viele Parkplätze und sehr wenige Autos. Auch die Shopping Mall ist zum Großteil unbelebt, die meisten der Geschäftsräume konnten offensichtlich noch nicht vermietet werden.

Wir suchen Clara Simmons und stoßen auf eine etwa fünfzigjährige schlanke Schwarze, die uns freundlich in ihr Büro bittet. Sie wirft nur einen kurzen Blick auf meine Vollmacht. Es tue ihr Leid, aber Antrag sei Antrag und die Kommission vor Ort habe tatsächlich eine Reihe schwer wiegender Mängel festgestellt.

»Gibt es die nicht in jedem Unternehmen?«, werfe ich ein.

Sie sieht mich aufmerksam durch ihre Brille mit feinem Goldrand an. »Das kann schon sein, aber wenn sie offenkundig werden, müssen wir handeln. Egal, bei welchem Unternehmen.«

»Wenn nicht von Amts wegen ermittelt wurde: Wer hat den Antrag gestellt?«

»Nachdem Sie Bata und Michel vertreten – ich mag ihr Lokal übrigens sehr –, kann ich es Ihnen sagen, es steht auch im Bescheid: Beschwerdeführer war das Pleasures, vertreten durch Angela la Croix.«

Das hat auch Vesna verstanden. »No!«, ruft sie und fügt auf Deutsch an: »Miststück, dieses. Hat Brand legen lassen, und jetzt dreht sie zu.«

Clara Simmons sieht sie irritiert an.

»Meine Freundin spricht kaum Englisch. Sie hat bloß gemeint, dass Angela la Croix leider Vorurteile gegen das Golden Sand hat.«

»Warum sollte sie die haben?«

»Ihr Konzern wollte das Grundstück kaufen und hat es nicht bekommen. Außerdem wohnen im Golden Sand amerikanische Studenten, die gegen das Hotel protestieren. Aber das ist kein Grund, das Golden Sand gesundheitspolizeilich schließen zu lassen.«

Clara Simmons lächelt verhalten. »Nein, das ist wohl keiner. Ich kenne keine Details, aber so gut wie alle wissen vom Kampf zwischen den beiden Hotels.«

»Ein Kampf mit sehr ungleich verteilten Chancen.«

»Wir dürfen nicht nach Sympathie urteilen.«

Es sieht so aus, als hätte die Frau vom Gesundheitsministerium durchaus etwas für unsere Seite übrig. »Gibt es irgendeinen Weg, die Schließung zu verhindern?«

Sie wiegt den Kopf. »Wir haben noch nicht entschieden, wir wissen, dass die Existenz einiger Menschen daran hängen kann.«

»Was können wir tun?«

»Also gut: Zuerst einmal muss das Apartment, in dem es gebrannt hat, abgerissen werden, es liegt zum Glück ohnehin am Ende des Gebäudes und es ist nicht sanierbar. Das Material muss ordnungsgemäß entsorgt werden. Dann muss alles, was an Brettern und dürrem Holz auf dem Grundstück liegt, weggeschafft werden. Außerdem sind alle Feuerlöscher aufzufüllen und in jedem Apartment sowie im Restaurant gut sichtbar anzubringen. Gegen das Restaurant gibt es übrigens gesundheitspolizeilich keine Einwände, die Küche ist sogar weit überdurchschnittlich sauber. Beim Müll müssen allerdings Rattenfallen aufgestellt werden.«

»Die Ratten kommen vom Pleasures, meint Bata«, werfe ich ein.

»Sie haben ihren Abfall anscheinend absichtlich möglichst nah an der Grundstücksgrenze gelagert.«

»Hm. Soll das eine Gegenanzeige werden?«

»Brächte das etwas?«

»Wir würden auch im Pleasures Nachschau halten, aber ...«

»Lassen wir es. Okay, wie lange haben wir Zeit?«

»Angela la Croix hat Gefahr im Verzug beantragt, das heißt: Schließung sofort und in Einheit mit dem Restaurant, da es sich um dasselbe Gebäude handelt.«

»Geben Sie uns drei Tage.«

»Auch wenn es nicht immer danach aussieht: Handwerker sind auf der Insel sehr gefragt, die sind nicht so schnell zu kriegen.«

»Ich finde, die Ökos – ich meine, die amerikanischen Studenten – haben nun Gelegenheit, etwas eindeutig Produktives zu tun.«

Carla Simmons lächelt: »Eine gute Idee. Ich stelle den Bescheid noch heute fertig und lasse ihn vorbeibringen.«

»Sie ...«

»Ich halte nicht viel von bürokratischen Umwegen, ich bin die Leiterin der Abteilung Gesundheitspolizei.«

Man kommt auf dieser Insel aus dem Staunen nicht mehr heraus.

Vesna drängt ungeduldig darauf, dass ich ihr alles, ohne irgendwelche Details auszulassen, übersetze. »Sollst nicht glauben, dass ich nicht einen Teil verstanden habe, Mira Valensky. Außerdem werde ich anfangen, Englisch zu lernen. Keine Lust, dumm dazustehen.«

Das mit den Ökos hält sie für eine gute Idee.

Dass Angela la Croix den Antrag gestellt hat, will ich eigentlich verschweigen. Was bringt es, Öl ins Feuer zu gießen? Aber Vesna hat leider nicht vergessen, dass ihr Name gefallen ist. Also berichte ich auch das.

»Man muss klären, wo sie noch Finger im Spiel hat: Bei Brand? Sie hat dir gedroht. Und wer hat Wachmannschaft ausgesucht? Sie ist auch für Personal zuständig, also hat sie ausgesucht. Wer weiß, warum dieser Mick ermordet worden ist? Vielleicht hat er nicht mehr mittun wollen.«

»Und Angela la Croix hat eine Pistole in ihre schönen Hände genommen und ihn erschossen.«

»Warum nicht? Hängt nicht von Schönheit von Finger ab.«

Kommt mir ziemlich unwahrscheinlich vor. Das ist keine, die die Schmutzarbeit erledigt – außer vielleicht, sie sieht keinen Ausweg mehr. Wir sollten praktisch denken. Zuerst einmal muss die Schließung des Golden Sand abgewendet werden. Dann werde ich versuchen, mit Thomas über Angela zu reden. Obwohl er bei diesem Thema seltsam abgeblockt hat. Ob er mich sucht? Ob ihm die Sache peinlich ist? Gestern jedenfalls war nichts peinlich, nicht einmal danach. Er könnte mir auf dem Zimmer eine Nachricht hinterlassen haben. Plötzlich habe ich es eilig, ins Hotel zu kommen.

Bata ist über die drei Tage Aufschub nicht so begeistert wie wir. Aber sie will sehen, was sie tun kann

»Ich bringe Ökos auf Vordermann«, verspricht Vesna.

Thomas Carlyle steht nicht hinter der Rezeption. Auch im Zimmer wartet keinerlei Nachricht auf mich. Ich gehe in den Computerraum. Meine neuen E-Mails sind uninteressant, weder von Droch noch von Oskar ist eine dabei. Jetzt hab ich ihn auch betrogen. Aber das war etwas ganz anderes. Das hat mit uns wirklich nichts zu tun.

Wenn mich niemand braucht und sich niemand um mich kümmert, gehe ich einfach schwimmen. Heute ist der Himmel bewölkt, es könnte einen Regenschauer geben. Aber was macht das bei diesen Temperaturen? Ich wickle mir einen Pareo über den Bikini und laufe Richtung Strand. Im Meer denke ich an nichts mehr als an die Wellen.

Als mich das Land wiederhat, beginnt es zu nieseln, und während ich noch nach oben blicke, um zu sehen, ob von dort noch mehr kommen wird, zu schütten. Außer mir ist niemand am Strand, auch der Strandboy hat sich offenbar ins Trockene zurückgezogen. Ich halte mir den Pareo über den Kopf, Unsinn, nasse Haare hab ich ja schon, renne los, eine Gestalt in Auflösung, rundum alles in grauflüssigem Aggregatzustand.

Auf der überdachten Hotelterrasse hinterlasse ich eine große Pfütze, aber da kommt schon einer der Bediensteten, reicht mir ein riesiges, flauschiges trockenes Badetuch, und aus Mira der Flüssigen wird wieder Mira – die offenbar Unübersehbare. Ausgerechnet mit triefenden Haaren und in ein Badetuch gewickelt stehe ich da, als Hoffmann auf der Terrasse erscheint, mich sieht, lächelt. Für einen Moment vergesse ich vor Erstaunen darüber, dass er lächeln kann, meinen Aufzug. Er kommt auf mich zu, ich versuche meinerseits ein selbstbewusstes Schmunzeln. Mit ihm wollte ich ohnehin reden. Quasi von Mitteleuropäerin zu Mitteleuropäer. Aber jetzt?

Warum nicht. Ich wickle mich enger in mein Handtuch.

»Der Wolkenbruch hat Sie wohl …«, beginnt er mit seinem nahezu akzentfreien Deutsch.

Ich nicke. »Ich liebe es, zu schwimmen.« Etwas Besseres fällt mir als Einleitung nicht ein.

»Ja, das kann ich verstehen. Ich schwimme selbst leidenschaftlich gern. Ganz zeitig am Morgen, wenn unsere Gäste noch schlafen. Oder manchmal auch in der Nacht …« Er sieht mich träumerisch an, und seine Augen wirken alles andere als frozen.

»Das Gefühl, schwerelos zu sein.«

»Eins mit der Natur«, lächelt er.

Oh, jetzt sollte ich ihn aber nach den Schildkröten fragen.

»Können Sie tauchen?«, redet er weiter.

Ich schüttle den Kopf. Dieses Gespräch hab ich mir irgendwie anders vorgestellt.

»Sie sollten es lernen, wir haben ein paar sehr nette Riffe, wir arbeiten mit einer Tauchschule zusammen. Sich wie ein Fisch unter Fischen bewegen …«

Ja, vielleicht sollte ich. Der Wolkenbruch ist vorbei, hat nur ein paar Minuten gedauert, über dem Meer sehe ich blauen Himmel. Mick war wohl in eine Drogenaffäre verwickelt, und dass man protestierende Studenten hier nicht besonders schätzt, ist auch klar. Ausspannen und Urlaub machen, vielleicht sogar tauchen lernen. Oder mit Hoffmann in der Nacht schwimmen gehen. Besser noch mit Thomas. Alles genießen, was sich einem so bietet. Und Angela la Croix … Ich wache aus meiner Träumerei auf.

»Wissen Sie, dass Ihr Hotel einen Antrag gestellt hat, das Golden Sand aus gesundheitspolizeilichen Gründen schließen zu lassen?«

Hoffmann sieht weiter entspannt aufs Meer hinaus. »Haben wir? Dann wird es einen Grund geben.« Er seufzt und sieht mich an. »Ob Sie es mir glauben oder nicht: Ich würde viel darum geben, mit meinen Nachbarn in Frieden leben zu können. Das ist, wenn Sie so wollen, auch eine alte Schweizer Tugend. Mein Auftrag ist es, dieses Hotel zu führen und es unseren Gästen so angenehm wie möglich zu machen. Tja. – Gehen wir einmal gemeinsam schwimmen?«

Ich murmle etwas Unverbindliches, trotz allem etwas geschmeichelt. Eine Gestalt mit nassen Haaren, in ein riesiges Badetuch gehüllt, und noch immer eine Wasserlache unter mir. Irgendetwas muss doch an mir dran sein ... Dann drapiere ich den Pareo um den Kopf und schwebe wie eine Indianerprinzessin, oder wer immer sonst sich in Tücher gehüllt haben mag, in die Halle, nach oben, in meine Suite, unter die Dusche. Wasser. Schon wieder. Mira, die Nixe.

Nach einem viel zu üppigen Dinner krame ich mein ganzes Französisch zusammen und schwärme Michel von Rosemary und ihren Kochkünsten vor. Habe ich einen Fauxpas begangen? Köche sind eitel. Doch er ist nicht beleidigt, sondern nickt und lächelt. »Formidable«, bestätigt er, von ihr habe er viel über die Inselküche gelernt. Und er liebe ihr Chicken Rosemary.

»Ihr seid die beiden Besten, jeder auf seine Art«, ergänze ich.

Michel wirkt beinahe geschmeichelt.

Auch Bata mag Rosemary: »Eine starke Frau«, sagt sie, »macht, was sie will. Und ihr Sohn ist ganz reizend, hat früher oft bei uns gegessen. Eine attraktive Erscheinung.« Sie schnalzt anerkennend mit der Zunge. »Wenn ich jünger wäre ... Jetzt traut er sich nicht mehr zu kommen, so viele gute Jobs gibt es nicht auf der Insel.«

Vesna zeigt mir, dass die Ökos bereits zu arbeiten begonnen haben. Das Apartment war nicht besonders massiv gebaut, auch wenn es einige Hurrikane überstanden haben muss, sein Abriss ist beinahe abgeschlossen.

»Du solltest ins Golden Sand ziehen. Bata hat gesagt, du kannst gratis wohnen.«

Ich wohne im Pleasures auch gratis. Sympathie hin oder her: Ich genieße das Luxushotel.

Auch wenn sich Thomas bis jetzt nicht gemeldet hat. Aber deswegen werde ich mich nicht verkriechen. Vielleicht hat er frei. Wen könnte ich fragen? Vielleicht erwartet er, dass ich mich rühre. Ob er schon viele Affären mit Touristinnen gehabt hat? Irgendwie scheint mir das nicht zu ihm zu passen. Aber vielleicht will ich das auch nur so sehen.

Gegen Mitternacht breche ich auf. Vesna begleitet mich bis zur Lücke im Zaun, wir hören, dass die Ökos immer noch am Abriss arbeiten. Wenn sie etwas tun, dann sind sie hartnäckig. Sie sollten allerdings darauf achten, leise zu sein. Sonst hat das Golden Sand auch gleich noch eine Klage wegen Ruhestörung am Hals.

»Glaube nicht, dass man das drüben beim Pleasures hört, viele Büsche im Garten«, meint Vesna optimistisch.

Wer weiß. Eine neue Beschwerde käme Angela la Croix gerade recht.

»Gut, ich gehe mit bis zum Hotel und höre. Wenn es laut ist, sage ich Ökos, dass sie aufpassen müssen.«

Wir schlüpfen hintereinander durch die Lücke im Zaun und gehen am Wirtschaftsgebäude entlang zum Garten.

»Wird schon leiser«, flüstert Vesna.

Ich nicke und bin auf einmal sehr müde. Die Sterne, sie sind noch dieselben wie gestern. Der Wind aber war gestern wärmer.

Wie aus dem Nichts stehen sie da: drei Männer in Tarnanzügen, Tücher vor dem Mund. Ihre Bewegungen sind so schnell, dass nicht einmal Vesna es schafft, davonzulaufen. Sie packen uns, ich bin wie gelähmt, das Ganze spielt sich wortlos und so leise ab, dass ich immer noch die Ökos beim Abriss hören kann. Der eine Typ steht hinter mir und hält mich am Oberkörper fest, ein Schraubstockgriff, ich bekomme fast keine Luft mehr, der andere Typ schlägt mir präzise mit der Faust in den Bauch. Ein dumpfes Wummern wie bei einer nicht gespannten Trommel, noch einmal, mir wird schlecht, ich knicke ein, werde hochgerissen, sehe, dass Vesna begonnen hat zu kämpfen. Sie schlägt um sich, beißt, flucht. Ihr Angreifer hält ihr den Mund zu, den anderen Arm hat er um ihren Hals gelegt. Pass auf, er kann dich erwürgen. Ich versuche dem Schläger mein Knie zwischen die Beine zu knallen, aber ich bringe es keinen Millimeter hoch. Der Schläger eilt dem Mann, der mit Vesna beschäftigt ist, zu Hilfe. Sie haben Vesnas Kraft unerschätzt. Gut so. Meine Chance. Ich versuche den, der mich festhält, abzuschütteln. Er lockert den Griff, ich boxe ihm, so fest ich kann, gegen den Hals. Er gurgelt, dann packt er mich mit der einen Hand am Oberarm und klatscht mir die andere wütend ins Gesicht. Meine Lippe platzt auf. Ich schmecke Blut und Schweiß und Sand. Ich sehe Blut. Ich trete ihm gegen das Bein, er fällt hin, weg, nichts wie weg. Vesna liegt am Boden, die beiden sind auf ihr drauf und schlagen auf sie ein. Sie werden sie umbringen. Ich stürze mich von hinten auf sie. Verdammt, wo sind die Typen von der Wachmannschaft? Wir rollen als Knäuel ins Gras, Vesna faucht und beißt einen in die Hand. Wir müssen weg hier. Ich bekomme einen Schlag gegen den Kopf, es wird finster. Kein einziger Stern mehr.

Vesna schüttelt mich, und ich muss sie bitten, damit aufzuhören. Aber es gelingt mir nicht, etwas zu sagen. Ich liege im feuchten Gras, in meinem Bauch muss ich ein Loch haben, aber Löcher tun nicht so weh. Blut. Irgendwas muss ich geröchelt haben. Vesna streichelt mein Gesicht. Sie soll mich bitte nicht anfassen, sonst kann alles zerplatzen.

»Bist du wieder da, Mira Valensky? Mira!«

»Ja«, murmle ich, das geht überraschenderweise.

»Haben uns zusammengeschlagen. Zu dritt. Solche Feiglinge.«

Ist mir egal, ob sie zu dritt oder zu zehnt waren, auch ob sie Feiglinge sind, kratzt mich nicht, über mich ist ein Tanker drübergefahren und hat mich als Strandgut liegen lassen.

»Wie geht es dir?«, frage ich Vesna dennoch.

»Viele blaue Flecken, Arm tut sehr weh, aber ich war nicht bewusstlos.«

»Wie lange ...« Plötzlich sind zu viele Sterne da, sie spielen mit grünen Monden Abfangen.

»Wie sie sehen, sie haben dich bewusstlos geschlagen, sind sie davongelaufen. Ist zwei, drei Minuten her.«

Es müssen Lichtjahre sein. Lichtjahre in den unendlichen Weiten der Galaxis. Warum fällt mir »Raumschiff Enterprise« ein?

»Kannst du dich aufsetzen?«

Ich probiere es und kippe auf die Seite. Irgendjemand hat meine Bauchmuskeln geklaut.

Vesna hilft, jetzt geht es, dafür dreht sich mein Magen um. Ich kotze ihr vor die Füße und geniere mich nicht einmal dafür. Vesna gibt mir ein Taschentuch, sie zuckt zusammen, als sie den Arm ausstreckt.

»Was gebrochen?«, frage ich mit schon etwas kräftigerer Stimme.

»Glaube, nein. Sicher kann man nicht sein.«

»Wir müssen zur Polizei.«

»Ausgerechnet. Und erzählen, dass wir durch Zaun gekrochen sind und verprügelt wurden.«

»Wir können ...« Warum nur arbeitet mein Hirn so langsam? »Wir können auch vom Garten gekommen sein.«

»Du schon, aber ich? Es waren die von Wachmannschaft.«

»Andere Uniformen.«

»Sind sie dumm und werden uns in Dienstuniform angreifen?«

»Warum?«

»Weil wir herumschnüffeln.«

Thomas hat irgendetwas gesagt. Irgendwas über die Insel. Und die Typen von der Wache. Methoden. »Thomas hat gesagt, wenn man wem drohen will, schlägt man ihn zusammen, oder so.«

»Angela la Croix. Sie hat Bescheid bekommen, dass Hotel nicht gleich gesperrt wird. Dein Name ist auf Bescheid. Als Vertreterin von Bata und Michel.«

Es gibt mir einen Riss durchs Hirn, und auf einmal kann ich wieder klar denken. »Warum hast du mir das nicht am Abend gesagt?«

»Habe erst jetzt kapiert, dass das wichtig ist.«

»Und das, nachdem ich den Wachetypen heute schon einmal in die Hände gelaufen bin. Sie denken nicht schnell, aber sie wollen sicher nicht, dass man sie zum Narren hält. Schon gar nicht eine Frau.«

»Schon gar nicht eine weiße Frau.«

»Ein kleiner Anstoß von Angela. Sie muss es ja nicht so deutlich gesagt haben.«

Wir versuchen uns gegenseitig zu stützen und aufzustehen. Aber wie schaffen wir es in unsere getrennten Zimmer?

»Hotel ist viel zu gefährlich für dich«, sagt Vesna, »ich habe Doppelbett.«

Ich bin viel zu hinüber, um ihr zu widersprechen. »Die Ökos sollen uns nicht sehen.«

»Warum?«

»Weil sie sich dann womöglich auf eine Prügelei mit der Wache einlassen. Wer weiß, vielleicht haben noch mehrere unserer Freunde Waffen.«

»Die ist ihm untergeschoben worden.«

»Kennen wir sie so gut?«

»Kämpfen für eine gute Sache.«

»Manchmal ist es das Kämpfen, das die Sache dann nicht mehr gut macht.«

»Zu philosophisch, Mira Valensky. Ich helfe dir durch Zaun. Vorsicht. Jetzt.«

Die nächsten beiden Tage machen wir tatsächlich auf gewisse Art und Weise Urlaub. Bata fährt uns zu einer kleinen Bucht, die wir ganz für uns alleine haben. Abgesehen von ein paar Kühen, aber die lassen uns in Ruhe und wir lassen sie in Ruhe, und der Deal funktioniert. Nachdem Salzwasser sowohl für Wunden als auch für schmerzende Muskeln gut sein soll, treiben wir, so gut wir können, im Meer. Ich schlafe viel.

Bata und Michel schaffen es mithilfe der Ökos, die Auflagen zu erfüllen. Bloß frisch gefüllte Feuerlöscher können sie nicht binnen drei Tagen auftreiben, aber die gibt es auf der ganzen Insel nicht, also drückt die Gesundheitsbehörde bis zur nächsten Lieferung ein Auge zu.

Die Nächte verbringe ich im Pleasures, mit Thomas telefoniere ich einmal kurz. Er hat sich Sorgen gemacht, als ich nicht zu sehen war und nicht im Hotel geschlafen habe. Womöglich glaubt er, dass ich jede Nacht mit einem anderen Mann am Meer oder sonst wo … Vesna sei es nicht sehr gut gegangen, wiegle ich ab, ich hätte bei ihr geschlafen. Er fragt mich, ob er helfen kann. Ich zögere. »Momentan nicht«, sage ich dann, »aber danke für das Angebot und danke für so vieles.«

»Danke für eine wunderschöne, unvergessliche Nacht«, erwidert er. Es klingt wie ein Abschied.

Meine Lippe wird rasch besser, von außen merkt man mir die Blessuren kaum an. Und Kopfschmerzen sieht man nicht, zum Glück, sonst würde ich schlimm aussehen. Vesna hat es schlechter erwischt, ihr linkes Auge ist zugeschwollen, das ist kein Veilchen mehr, das ist eine ausgewachsene Chrysantheme.

Aber das Meerwasser hilft tatsächlich, das Nichtstun vielleicht noch mehr, und am dritten Nachmittag ist Vesna bereits wieder abenteuerlustig. Man sollte einen Ausflug machen, schlägt sie vor. Wir haben Batas Auto. Im Norden der Insel, schon auf der Atlantikseite, soll es schwarze Felsen geben und eine atemberaubende Bucht mit wild brodelndem Meer.

Eine knappe Viertelstunde Fahrt, vorbei an Zuckerrohrfeldern und Ziegen und einer halb verfallenen Holzkirche auf den Klippen. Ruinen von Zuckerrohrmühlen, die noch aus der Sklavenzeit stammen, zwei Dörfer ohne Namen. Im Schatten eines Hauses sitzen drei Frauen und bieten Früchte zum Kauf an. Der Vulkan ist heute durch eine graue Wolke verdeckt, wie nie da gewesen, auch über den Himmel ziehen eilig Wolken, Spiele von Schatten und Licht. In einem Palmenwald weiden Kühe.

»Vielleicht wir kriegen Regen«, meint Vesna wenig poetisch.

Ich nicke. Die Straße ist staubig.

Man sieht die schwarzen Felsen schon von weitem, steil ragen sie über die Küstenlinie. Die Straße windet sich hinauf, in der Linkskurve erweitert sich die Straße um eine Extraspur, eine Parkmöglichkeit, sicher bleiben hier auch die Kreuzfahrttouristen auf ihrer Sightseeingtour stehen. Aber heute: niemand. Wir steigen aus, klettern über ein paar Felsbrocken und sehen hinunter aufs Meer. Zehn, zwanzig Meter geht es senkrecht und schwarz nach unten. Der Wind weht hier heftiger. Ich bin nicht ganz schwindelfrei, traue mich nicht vor bis zum Rand, ein Windstoß und …

Vesna steht wie am Bug eines Schiffes und hat den Kopf in den Wind gestreckt. Sie genießt die plötzliche Wildheit der Landschaft. Ich spüre feuchtes Salz auf meinen Lippen, so hoch gischtet das Meer gegen die Felsen.

»Man sagt, da haben sich verzweifelte Sklaven hinuntergestürzt«, erzählt Vesna. »Jede Träne soll eine schwarze Perle geworden sein, und die findet man auch jetzt noch.«

Inselgeschichten. Schwarze, abgeschliffene Steine. Vor zweihundert Jahren wäre Thomas ein Sklave gewesen. Und ich? Scarlett O'Hara? Passt irgendwie nicht. Vesna jedenfalls hätte einen Sklavenaufstand angeführt, da bin ich mir sicher. Kann es sein, dass ich nie einen festen Platz habe? Nie klar zuzuordnen bin?

»Man müsste hinunter«, ruft mir Vesna gegen den Wind zu.

Kletterpartien sind nicht meine Sache, ganz abgesehen von meinen Blessuren.

Sie steigt auf einen Felsen, hält sich mit der linken Hand fest, die rechte kann sie noch immer kaum einsetzen, hoffentlich ist der Arm nicht doch gebrochen.

»Nicht!«, schreie ich.

Vesna rutscht, fängt sich sofort wieder, lacht laut und wild und voller Leben, sie verschwindet hinter dem Felsen. Ich kann ihr nicht nach. Auf einmal haben die schwarzen Steine, das tobende Meer und die rasch ziehenden, immer dunkleren Wolken etwas Bedrohliches. Es nimmt mir den Atem. Mir ist, als wäre ich allein auf der Welt.

Da taucht Vesna wieder auf. »Auf anderer Seite, dort drüben, geht ein Weg hinunter, da gibt es Bucht mit Felsen, ist gar nicht gefährlich.«

»Ich schaff das nicht.«

»Wir fahren mit Auto weiter, dann kommt man leicht hinunter.«

Entweder ich bleibe allein zurück, oder ich gehe mit. Ich kann's ja probieren. Aber besonders mutig bin ich eben nicht.

Nach einigen hundert Metern stellen wir das Auto erneut am Straßenrand ab, und Vesna zeigt mir den Weg. Es ist eine Art Ziegensteig, wirkt wirklich nicht allzu gefährlich. Der Strand unter uns sieht wunderschön aus, an den Felsen rundum bricht sich das Meer, das Wasser im Inneren der Bucht aber ist ruhig und kristallklar. Ich kneife meine Augen zusammen und sehe noch einmal hin. Da ist jemand. Kühe? Sie sind zu schwer für den Abstieg. Ziegen? Möglich, aber die Schatten, die sich entlang der Felsen bewegen, sind dafür zu groß. Ich deute Vesna. Dann sehen wir die beiden. Sie gehen jetzt über den Sand und halten sich an der Hand. Ein Mann und eine Frau, beide schlank und dunkel. Vesna reißt mich am Arm. »Thomas und Angela.«

Ich kneife meine Augen zusammen. Ich sollte endlich meine Eitelkeit ablegen und eine Brille tragen. Vesna hat Recht. Es besteht kein Zweifel. Thomas und Angela. Hand in Hand. Wir ducken uns hinter die Felsen, warum, wissen wir auch nicht so recht. Was wollen wir sehen? Was gibt es noch zu sehen?

Ohne Vorwarnung geht ein Wolkenbruch los, es ist, als würde sich das Meer über uns ergießen. Wir rennen zum Auto, sind, als wir ankommen, trotzdem klatschnass. Die Erde riecht süß und bitter, wie das Fell eines Tieres. Wir fahren auf der Straße nach Norden. Wortlos. Nur eine Kurve von unserem Parkplatz entfernt steht Thomas' weißer Pick-up. Wir fahren weiter, bis wir eine Stelle finden, an der man wenden kann.

»Nein«, sagt Vesna, als ich schon eingeschlagen habe. »Wir laufen ihnen in die Hände.«

Ich nicke, fahre weiter, wir umrunden die Insel, kommen durch Dörfer und vorbei an Stränden, sehen noch mehr Ziegen und noch mehr Zuckerrohr. So schnell, wie sie gegangen ist, kommt die Sonne wieder und zaubert einen Regenbogen von solcher Intensität über den Abhang des Vulkans, wie ich es noch nie gesehen habe. Ich steige aus und fotografiere. Ob sich der Regenbogen, anders als das grüne

Licht, festhalten lässt? Oder muss alles, was so schön ist, vergänglich sein?

»Was denkst du?«, fragt Vesna leise.

In einer Bar in einem der kleinen Dörfer fange ich mich wieder. Ich trinke eiskaltes Sprite, Vesna nimmt Cola. Die Bar besteht aus einem Holzhaus, die Vorderfront ist offen. Etwas zurückversetzt eine Theke. Auf den Regalen an der Wand einige Flaschen, Chips, aber auch Mehl und Lockenwickler und Glühlampen. Calypsomusik aus einem altersschwachen Ghettoblaster.

She got a ticket for the
One-way train …
Oh did you think,
Where things would all end up,
Started out as lovers seemed …

»Vielleicht war er doch auf dich angesetzt, Mira Valensky.«

Ich zucke mit den Schultern. »Ich weiß nicht. Vielleicht rede ich mit ihm.«

»Was wird er sagen? Wird glauben, du bist eifersüchtig.«

Eine peinliche Rolle. Was habe ich mir nur gedacht? Ein Mann Mitte dreißig vom anderen Ende der Welt – er wird sich unsterblich in mich verlieben? Hätte ich das überhaupt gewollt? Keine Komplikationen, nicht noch mehr davon. Außerdem: Was hätte aus uns werden sollen? Er und Angela la Croix. Ein Traumpaar. Wie aus der Karibikwerbung. Schöne Menschen in einer schönen Bucht. Wahrscheinlich hat er sie deswegen in Schutz genommen. Wie gut, dass ich nicht zu viel von ihr gesprochen habe. Was hat Angela la Croix vor?

»Ich werde mit ihr reden«, murmle ich. »Ich möchte wissen, was sie will.«

»Ist das nicht klar? Hat sie dir schon gesagt. Netten Bericht und sonst ruhig sein. Und sie will gewinnen. Gegen Golden Sand und gegen Ökos. Fragt sich nur, mit welchen Mitteln«, ergänzt Vesna und schlürft ihr Cola leer.

[5.]

Am nächsten Morgen breche ich früh auf, ich verzichte auf das köstliche Frühstück im Pleasures und rede mir ein, auch das hat nichts mit Thomas zu tun.

Vesna und ich wollen mit Michel zum Markt in Oldtown. Heute ist der Tag, an dem besonders viel los sein soll. Einmal die Woche kommt nicht nur das Banana-Boot aus Dominica, es kommen auch die Bäuerinnen der Insel in die Stadt.

Die Markthalle ist ein langes, flaches Gebäude, leuchtend gelb gestrichen. Seitenwände gibt es keine, so kann die Luft durchziehen, und vor den plötzlichen Regenschauern ist man trotzdem geschützt. Auf der anderen Seite der Straße ein schmaler Streifen Sandstrand. Einige Fischerboote haben angelegt, Pelikane hocken darauf und hoffen gefüttert zu werden, statt selbst jagen zu müssen. Schmale, schwarze Vögel mit einer Spannweite von gut eineinhalb Metern segeln über dem Wasser. Sie sehen aus wie überdimensionale Schwalben. Schon vor dem Eingang zur Markthalle sitzen Frauen in bunten Röcken unter ebensolchen Sonnenschirmen, vor sich, sorgsam auf Decken ausgelegt, Früchte und Gemüse: riesige gelbe Kürbisse, fleischige Tomaten, Scotch Bonnet Peppers in kleinen Häufchen, Okra, Papaya und immer wieder ganze Bündel von grünen und gelben Bananen. Die meisten der Frauen sind schon älter. Am Gehsteig vis-a-vis nehmen einige Rastas, die vielen Haare unter überdimensionalen gehäkelten Mützen in ihren Farben Grün, Gelb und Rot versteckt, Fische aus. Vor einem liegt ein beachtlicher Haifischschädel. Rund um die Fischer hat sich eine Menschenmenge angesammelt, alle wollen etwas vom frischen Fang. Ich dränge mich dazu, sehe Eimer mit großen bunten Fischen, einige große Langusten, Eimer mit kleineren Fischen. Verkauft wird nach Pfund, man bekommt, was einem der Fischer zuteilt, so scheint es. Vesna zieht mich weg. Michel erklärt gestenreich, er lasse sich seinen Fisch von einem Fischer liefern, das sei viel bequemer.

Die Markthalle wirkt nach dem grellen Sonnenlicht am Meer fast düster. Schon beim Eintritt schlägt mir eine betäubende Geruchsmischung entgegen: Duft von exotischen Früchten und Gestank von Verfaultem, Strenges, dann wieder vollreife Tomaten und Thymian und Zimt und pikant-süßlich riechendes Essen. Eine Frau hat den Deckel des Aluminiumtopfes vor sich gehoben. Der Topf balanciert auf einem kleinen Gaskocher, kein Wunder, dass es hier noch heißer ist als draußen. »Goat Water«, schreit sie, »Michel, come!«

Michel eilt auf die Dicke in der grün geblümten Kleiderschürze zu, küsst sie. »Mama Maria«, sagt er, sie strahlt über ihr breites schwarzes Gesicht, und er bekommt eine Styroporschüssel mit einer Art wässrigem Eintopf. Mama Maria drückt ihm einen Plastiklöffel in die Hand. Michel macht uns ein Zeichen, wir sollen auch essen. Ich bin mir in diesem Fall nicht ganz sicher. Es riecht herrlich, aber ... Michel lässt mich kosten. »Potage«, erklärt er, es sei die berühmte Ziegensuppe der Insel, das Beste, was man in der Früh essen könne.

»Gibt Kraft!«, säuselt Mama Maria und lächelt. Sie hat nur mehr zwei, drei Zähne im Mund.

Vesna hat ihr schon gedeutet: Sie will einen Napf davon. »Fast wie in Bosnien auf dem Land, früher, als ich noch Kind war. Da hat es viel Ziege gegeben. Aber weniger Gewürze. Leider.«

Ich bekomme auch einen Styroporteller zugeteilt, es schmeckt wirklich köstlich, wärmt den Magen, und wer wird sich Gedanken machen über Hygiene und so etwas. Kolonialistischer Quatsch. Das aufgewärmte Zeug in gewissen Selbstbedienungslokalen bei uns ist mit Sicherheit deutlich gefährlicher.

Als hätte Mama Maria meine Gedanken gelesen, will sie uns nach dem Goat Water auch noch mit Hot Dogs füttern. Wir sind mehr als satt und bedanken uns und bezahlen einen lächerlichen Preis.

Die Markthalle ist durchzogen von langen Steintischen, sieben Reihen zähle ich. Es sind lange nicht alle Plätze besetzt, aber zwanzig Frauen sind es schon, die auf den Tischen ihre Waren ausgebreitet haben, jede neben sich auch eine der alten Waagen mit metallenen Gewichten. Zwei Marktfrauen haben eine Sonderposition: Ihr Platz ist an großen, abgesonderten Tischen links und rechts vom Eingang. Und ihr Angebot ist überwältigend. Auf eine von ihnen, eine dünne ältere Frau mit Brille und einem Strohhut auf dem Kopf, steuert Michel nun zu. Auch sie wird geküsst, und bald wird uns klar, warum Michel sich so gefreut hat, dass wir mitfahren. Immer neue Berge von Obst und Gemüse sucht er aus, legt sie auf die Waage mit der kupfernen Schale. Jams und Süßkartoffeln, Kochbananen, Paprika und natürlich die unverzichtbaren Scotch Bonnet Peppers, eine Art Kreuzung zwischen Jungzwiebeln und Schnittlauch, die »Chives« heißt, Passionsfrüchte, die heute ganz frisch gekommen sind, eine Papaya, die mindestens acht Kilo wiegen muss, frischer Thymian und und und.

Zum Schluss zählen wir elf Plastiksäcke.

»Keine Kokosnüsse?«, frage ich Michel.

Er schüttelt den Kopf, die seien nur für die wenigen Touristen, die sich hierher verirren, und ein paar sture alte Weiber da. Alle normalen Menschen kaufen Kokosmilch im Supermarkt, die sei auch nicht schlechter, und wer sich einmal die Arbeit angetan habe, Kokosnüsse aufzubrechen, das Mark herauszuschälen, es mit Wasser zu erhitzen, durch ein Tuch zu drücken ... Michel begleitet das alles mit eindrucksvollen Gesten, und die dürre Marktfrau nickt. Wir lassen die Plastiksäcke bei ihr, Michel muss uns noch den Fleischmarkt zeigen.

Eine Seite der Markthalle ist durch eine Mauer abgetrennt, in dem langen, schmalen Hallenteil steht eine Fleischbank neben der anderen. Nicht, dass es nach verdorbener Ware stinken würde, aber der Geruch von Blut und Knochensplittern und Fleisch von Rindern und Schafen und Ziegen ist so intensiv, dass ich automatisch durch den Mund atme.

»Anders als in Fleischzentrallager von Supermarktkette bei uns daheim«, flüstert mir Vesna zu. Ich nicke. Scheint unendlich lang her zu sein.

Halbe Tiere baumeln von Schlachthaken, aufgespritztes Wasser kühlt den Betonboden und die Bänke, aber das ist auch schon die einzige Kühlung. Obst und Gemüse werden ausschließlich von Frauen verkauft, hier gibt es außer einer, die allerdings gut und gerne neunzig Kilo wiegt, nur Männer. Das Fleisch wird ganz anders geschnitten als bei uns, sehe ich interessiert: Vom Rindsschlegel werden einfach drei, vier, fünf Zentimeter dicke Scheiben abgeschnitten wie von einem Brotlaib. Um den Oberschenkelknochen durchzuhacken, braucht der Fleischer mit seinem riesigen Beil nur einen gezielten Schlag.

Die vorderen und hinteren Viertel der Ziegen werden mit einer Art Machete samt den Knochen einfach in mehrere Teile geschlagen und in Zeitungspapier verpackt.

Michel kennt auch hier die meisten der Verkäufer. Er sieht sich ein paar der halben Ziegen an, die wie hingerichtet an den Haken baumeln, und deutet auf eine, dann auf noch eine. Offenbar weiß der Fleischer: Michel zerlegt sein Fleisch lieber selbst und auf europäische Art. Er legt auf der Theke Zeitungspapier aus und wickelt die beiden Hälften ein. Vorne steht der Kopf heraus, hinten das Schwänzchen. Die Ziegen wird er tragen, gibt Michel uns zu verstehen. Ist mir auch lieber so. Zum Glück steht Michels Wagen ganz nahe an der Markthalle.

Vesna und ich holen die Plastiksäcke, ich bitte sie, auf ihren rechten Arm zu achten. Wir müssen ohnehin zweimal gehen. Michel, der rundum wie ein kleiner König verabschiedet wird, ist ein Bild für Götter: mit seinem weißen Bart, den etwas zu dünnen Beinen in den kurzen hellen Hosen, links und rechts eine halbe Ziege unter dem Arm.

Eines weiß ich: Bevor es zurück geht nach Wien, muss ich hier noch einmal her. Ich werde mir eine Liste mit allem machen, was ich unbedingt mitnehmen will. Gewürze sowieso. Aber auch die meisten Früchte müssten sich, gut verpackt, transportieren lassen. Vesna verdreht bloß die Augen, als ich ihr das sage.

Natürlich, wenn ich mit ihr reden will: keine Spur von Angela. Ich nehme an der Hotelbar einen Bananenshake, trinke auf der Terrasse einen Espresso, schaue in den Speiseraum, in dem gerade das Lunch-

Büfett aufgebaut wird, lasse mir an der Poolbar einen Caipirinha mixen. Der allein reisende farblose Typ nickt mir freundlich zu. Danke, mein Bedarf an Abenteuern ist gedeckt. Aber wahrscheinlich war es ohnehin bloß eine Höflichkeitsgeste. Man hat einander wahrgenommen und grüßt sich.

Üblicherweise ist Angela immer irgendwo im Hotel unterwegs, geschäftig und gut sichtbar für die Gäste. Scheint zu ihrem Job zu gehören. Trotzdem: Um die Rezeption mache ich einen Bogen.

Bevor mir von all den Drinks schlecht wird, versuche ich den direkten Weg. Angela la Croix muss ein Büro haben. Und eine Sekretärin. Die Büros der Hotelleitung liegen im ersten Stock, Konferenzräume und Büroräume für Hotelgäste rechts, Direktionsbüros links. Ich könnte meine E-Mails checken. Warum? Keine Ausflüchte.

Türschilder. »Peter Hoffmann. General Manager.« Schwimmt gerne. Scheint, wenn er auftaut, doch ganz in Ordnung zu sein.

»Angela la Croix, Resident Manager.« Ich klopfe. Keine Antwort. Ich klopfe wieder und öffne dann vorsichtig die Tür. Das Vorzimmer, zwei Schreibtische, zwei Computer, beide Sessel leer. Rechter Hand eine Türe, sie ist angelehnt. Ich klopfe auch an diese Türe, trete gleichzeitig ein. »Sorry«, sage ich.

Angela la Croix fährt erschrocken auf. Vor ihr steht ein Laptop, und sie wirkt, als hätte ich sie beim Büroschlaf ertappt. Sie doch nicht, die tüchtige Angela. Oder strengt sie Thomas so an? Nächte am Strand ... Es gibt mir einen Stich. Ich habe mir vorgenommen, alle persönlichen Gefühle beiseite zu lassen.

»Ich möchte mit Ihnen reden, haben Sie zehn Minuten Zeit?«, beginne ich.

Sie sieht mich mit hochgezogenen Augenbrauen an und deutet auf den Besucherstuhl auf der anderen Seite ihres Schreibtisches. Zwischen uns eine große, glatt polierte, fast leere Schreibtischfläche aus rotbraunem Teakholz.

»Warum wollten Sie das Golden Sand schließen lassen?«

»Das steht doch ohnehin im Protokoll: gefährliche Dämpfe, Brandgefahr.« Sie spielt mit einem silbernen Kugelschreiber.

»Ich wüsste gerne den Grund dahinter. Sie bekommen Ihre sonnige Tourismusreportage, keine Sorge. Aber ich möchte es wissen.«

Sie sieht mich spöttisch an. »Was sollte ich für einen Grund ›dahinter‹ haben?«

»Der Konzern wollte das Grundstück kaufen, Bata und Michel haben sich geweigert zu verkaufen.«

»Sie scheinen die beiden ja gut zu kennen.«

»Ich weiß nicht ...«

Angela la Croix seufzt. »Schauen Sie: Dieses so genannte Hotel ist ohnehin am Boden, es stört unser Ensemble, wir können Platz brauchen, wir haben ein gutes Angebot gemacht. Wenn man nicht bereit ist, mit uns zu reden, gibt es andere Methoden.«

»Und dafür haben Sie dann Ihre Wachtruppe.«

»Wie kommen Sie darauf?« Großer Augenaufschlag. »Sie wurde bloß zum Schutz eingestellt. Auch zum Schutz gegen diese radikalen Ökos, die Bata aufgehetzt hat.«

»Soviel ich weiß, sind die ganz von alleine gekommen. Einige von ihnen studieren Meeresbiologie, es gab Proteste von Leuten aus St. Jacobs wegen der brütenden Schildkröten, die Ökos haben bloß deren Seiten im Internet gefunden.«

»Es gibt bei uns welche, die sich jeder Entwicklung verschließen wollen. Aber viele sind es nicht. Den meisten ist das Hotel eher egal. Antriebslosigkeit, davon gibt es noch viel mehr hier. Viel zu viel.«

»Vielleicht können Sie froh darüber sein.«

Sie legt den Kugelschreiber weg und sieht mir ins Gesicht. »Was halten Sie von mir? Ich will, dass es mit der Insel endlich aufwärts geht.«

»Und mit dem Konzern. Außerdem kann man darunter Unterschiedliches verstehen.«

»Natürlich bin ich loyal, halten Sie das für eine schlechte Eigenschaft? Obwohl ...«

Ich will schon etwas sagen, schweige dann aber. Vielleicht muss man sie nur einmal reden lassen.

»Ich gebe zu, die Wachmannschaft ist etwas aus dem Ruder geglitten. Wir haben wohl … unterschätzt, wie wichtig sie sich nehmen. Wie stolz sie auf ihren Job sind. Und dass sie nicht eben … besondere Manieren haben.«

Ihre »Manieren« habe ich kennen gelernt. »Sie handeln auch ohne Auftrag?«

»Können Sie sich nicht vorstellen, dass es manchmal schon reicht, wenn die glauben, sie hätten einen Auftrag?« Angela seufzt. »Als Frau hat man es da nicht gerade leicht. Unsere Burschen haben die Idee, das Hotel und wohl auch mich beschützen zu müssen, aber …«

»Immerhin haben Sie dieselbe Hautfarbe.«

Angela verzieht böse den Mund. »Hören Sie mir ja auf von wegen Blackpower und so, wenn ich das schon höre. Jahrhundertelang hat man uns diskriminiert, das ist wahr, aber jetzt haben wir alle Chancen – wenn wir endlich aufhören, so wehleidig zu sein und überall Rassismus zu wittern. Wir müssen uns einfach anstrengen. Dann können wir alles erreichen.«

Es klingt für mich wie das, was man zumindest in Europa Frauen einreden möchte. Dass es nur davon abhängt, wie tüchtig man ist. Trotzdem: Die schokobraune schöne junge Tochter eines Ministers hat es wohl etwas leichter, Erfolg zu haben, als die schwarze Tochter eines ebenso dunklen Fischers, wahrscheinlich sogar leichter als der Sohn dieses Fischers. Hängt eben noch immer viel davon ab, wo man hineingeboren wird. Ich will schon etwas Derartiges sagen, aber was soll's? Missionieren ist nicht nur hier passé. Ich komme wieder zum Kernthema zurück: »Die Wachmannschaft ist also über das hinausgegangen, was sie hätte tun sollen?« Angela weiß nichts vom Überfall auf uns. Oder weiß sie es doch? Und das war eine Art … indirekte Entschuldigung?

Sie sieht nachdenklich aus dem Fenster. »Einem der Lehrer am College werden regelmäßig die Reifen aufgestochen. Er war es, der die ersten Protestaufrufe gegen das Pleasures ins Internet gestellt hat. Ich habe die Security-Truppe zur Rede gestellt, sie streitet alles ab, aber … Ich glaube, die Burschen trauen mir einfach nicht zu, dass ich weiß, was das Beste für das Hotel ist.«

»Warum ist der Trupp so loyal gegenüber dem Hotel? Es steht unter ausländischer Führung.«

Angela zuckt mit den Schultern. »Sie sind stolz auf ihren Job, ist das verwunderlich? Und sie wollen nicht, dass man ihnen von außen dreinredet.« Nach einer Pause fügt sie hinzu: »Einem Rasta, der die radikalen Ökos unterstützt, haben sie angedroht, die Dreadlocks abzuschneiden.«

»Woher …«

»Ich kenne eben auch viele Menschen auf dieser Insel, ich bin hier aufgewachsen. Natürlich ist es lächerlich, aber einem Rasta ist es aus religiösen Gründen verboten, seine Haare zu schneiden. Hat etwas mit Haile Selassie zu tun, auch wenn ich nie verstehen werde, warum die sich einen Äthiopier als obersten Gott ausgesucht haben. Wahrscheinlich, weil er in erster Linie das Nichtstun gepredigt hat.«

»Und was war mit dem Brand? Ich habe … Ich habe, kurz bevor es losging, von meinem Schlafzimmerfenster aus einige von der Wachmannschaft direkt am Zaun gesehen.«

»Natürlich. Sie haben den Auftrag, das Gelände zu bewachen.«

»Sie waren auf der falschen Seite des Zauns. Außerdem: Wie konnten sie den Rauch nicht bemerken? Es wäre selbstverständlich gewesen, den Brand zu melden und zu helfen.«

»Nach dem, was die uns angetan haben?«

»Was haben Ihnen Bata und Michel getan? Ganz im Gegenteil: Ihnen wurde der Hotelklotz direkt vor die Tür gesetzt. Ihre Zimmer sind von heute auf morgen wertlos geworden.«

»Die waren schon heruntergewirtschaftet. Sie hätten eine andere Chance gehabt.«

»Man könnte es auch Zwang nennen. Sie haben die so genannte Chance nicht genutzt, deswegen zündet man ihre Apartments an, und weil es nicht gelingt, das ganze Gebäude abzufackeln, versucht man es nachher auf juristischem Weg – indem man genau diesen gelegten Brand benutzt, um das Hotel schließen zu lassen.« Ich habe mich in Rage geredet, eigentlich wollte ich alle Gefühle draußen lassen, aber diese selbstgerechte Schönheit … Thomas sollte die Finger von so einer lassen.

Angela scheint zu überlegen. »Ich sage jetzt etwas, das ich immer abstreiten werde gesagt zu haben, falls Sie es weitererzählen sollten. Man wird mir glauben, das verspreche ich. Der Brand könnte tatsächlich von der Wachmannschaft gelegt worden sein, aber wir haben das natürlich nicht angeordnet. Ich habe etwas gesagt, das sie möglicherweise missverstanden haben, so in die Richtung, dass die Bude brandgefährdet sei, man solle lieber zusätzliche Feuerlöscher in unsere Wirtschaftsgebäude tun. Ich war entsetzt, ich will nicht, dass Menschen zu Schaden kommen, das können Sie mir glauben.«

»Weiß der General Manager davon?«

»Er war bei der Begehung mit, er hat gemeint, wenn es dort brennen würde, dann wäre endlich Ruhe. Aber auch das war natürlich kein Auftrag. Er ist bloß nicht besonders gut darin, sich in irgendjemanden hineinzuversetzen. Er ist Schweizer. Aber ein hervorragender Manager ...« Angela la Croix seufzt und sieht so drein, als könnte auch sie hin und wieder Trost brauchen.

Ich weiß nicht, ob man allen Schweizern emotionelle Schwäche unterstellen kann, wäre wohl auch eine Form von Rassismus. Außerdem kannte ich da einmal einen ganz reizenden ... Beim Thema bleiben.

»Und der Mord?«, frage ich. Ich weiß nicht, was ich mir davon erwartet habe. Ihr Gesicht verschließt sich. »Damit haben wir wirklich nichts zu tun. Was sollten wir auch für ein Interesse daran haben?«

»Jemanden von den Ökos anzuschwärzen.«

»Deswegen bringt man doch keinen Menschen um.«

Da ist was dran. »Aber glauben Sie tatsächlich, dass einer der Aktivisten so weit gehen würde?«

»Ich weiß es nicht, ich weiß nur, dass sie aufgehetzt wurden und dass sie offenbar keinen anderen Sinn in ihrem Leben sehen, als Ärger zu bereiten. Da geht es doch nicht um die Umwelt oder sonst etwas. Denen ist einfach langweilig vor lauter Wohlstand und Privilegien.«

Klingt so, als ob es doch noch benachteiligte Schwarze gäbe. »Aber auch deswegen bringt man niemanden um.«

»Wer weiß? Oder es war eine Unterweltfehde. Mick dürfte nicht ganz sauber gewesen sein, habe ich gehört. Drogen.«

Ich kann mir vorstellen, wer ihr das erzählt hat. Warum hat er sie nicht rechtzeitig gewarnt, was für ein Typ Mick ist? Was weiß ich, wie lange die beiden schon … Mira, darum geht es jetzt nicht. »Haben Sie der Polizei davon erzählt?«

»Ich werde es demnächst tun. Und ich werde jeden unserer Wachmänner überprüfen lassen. Ich mag keine Gewalt. Und Drogen mag ich auch nicht.«

»Was sagt Hoffmann dazu?«

»Personalangelegenheiten sind mein Bereich. Er muss lernen, mich und meine Kompetenzen ernst zu nehmen, ich bin nicht von ihm, sondern von der Konzernleitung eingestellt worden.«

Das klingt, als wolle sie sich selbst Mut zusprechen.

»Auf seinen Wunsch, oder?«

»Auf seinen Vorschlag hin. Ich habe mich wie andere auch beworben. Meine Qualifikationen sind gut, sie waren besser als die meiner Mitbewerber.«

»Auch besser als die von Thomas Carlyle?« Das ist mir so herausgerutscht.

Sie faltet die Hände im Schoß. »Ich weiß gar nicht, ob er sich beworben hat.«

Ab da ist aus ihr nichts mehr herauszuholen.

Vesna hat mir eine Nachricht hinterlassen. Ich soll so schnell wie möglich hinüberkommen. Es ist Tag, aber ich habe Angst, den Abschneider durch den Gartenzaun zu nehmen. Ich keuche, als ich beim Golden Sand ankomme. Vesna finde ich vor dem Apartment, in dem die Ökos ihr Hauptquartier aufgeschlagen haben. Sie haben einige Steine aufgeschichtet und grillen Fisch. Wie hat Angela gesagt? Denen geht es ums Protestieren, nicht ums Ziel. Ich finde, dass viel zu wenig protestiert wird. Global gesehen. Aber wo ist im Einzelfall die Grenze? Ab wann macht Protestieren einfach keinen Sinn mehr und wird zum Selbstzweck? Die meisten der jungen Ökos sind braun gebrannt. Bis vor kurzem waren auch noch zwei Frauen dabei, die sind aber zurück an die Universität, hat mir Bata erzählt. Was wollen sieben junge Burschen gegen einen Hotelkonzern? Oder ist das der falsche Zugang? Sie sehen munter und gesund aus, ein langer Abenteuerurlaub in der Karibik – für eine gute Sache. Zumindest grundsätzlich. Zwei Schwarze sitzen bei ihnen, sie haben beim Abbruch des ausgebrannten Apartments geholfen, und sie helfen mit, wenn in Oldtown Flugzettel verteilt werden. Am Strand vor dem Hotel mitzuprotestieren, trauen sie sich nicht. Beide haben Rastalocken und sehen friedlich aus. Vesna springt auf, als sie mich sieht. »Ich habe nicht ganz verstanden, und Bata ist nicht da. Greg«, sie deutet auf den langen der Rastamänner, »weiß etwas über Mick. Mit Drogen.«

Nur einer der Ökos kann etwas Deutsch, seine Vorfahren kommen aus dem Burgenland, hat er mir erzählt. Aber da liegen Generationen in Chicago dazwischen. Viel mehr als »ein Viertel Wein« hat er nicht gelernt. Und das klingt so, dass man die englische Übersetzung braucht, um ihn zu verstehen.

Der Rasta Greg wirkt nicht so, als ob er erzählen wollte. Er sieht mürrisch ins Feuer. Einer der Ökos zieht mich zur Seite.

»Greg hat Mick gekannt, er ist nicht immer mit uns unterwegs, deshalb haben wir das nicht gewusst. Greg nimmt hin und wieder etwas.«

Ich sehe den Rasta an, er sieht auch jetzt ziemlich eingeraucht drein.

»Nichts Hartes«, fährt der Öko fort, als ob ich danach gefragt hätte, »aber das gehört bei ihnen irgendwie mit dazu, meine Güte, bei uns trinken sie eben Bourbon. Auf alle Fälle hat er ein paarmal auch bei Mick gekauft. Mick war kein großer Händler, sagt er, hatte auch nicht immer Stoff. Aber das hat sich dann plötzlich geändert. Und Mick hat damit angegeben, dass er bald noch viel mehr liefern könne. Er werde ein Big Boss.«

»Das könnte jemandem nicht gefallen haben.«

»Greg sagt, Mick hätte nie das Zeug zum Big Boss gehabt.«

Gut möglich. Ich gehe hinüber zum Rasta. »Wann war das, als Mick dir das erzählt hat?«

Er sieht mich passiv an. Seine Augäpfel sind gerötet. »Weiß nicht mehr, ist nicht lange her. War kurz bevor sie ihn erschossen haben.«

»Hast du das der Polizei gesagt?«

»Wer bin ich, Lady? Ich soll erzählen, dass ich Drogen gekauft hab? Der Polizei?«

»Weißt du, von wem er die Drogen hatte?«

»Keine Ahnung. Will nicht so enden wie der.«

»Warum hilfst du den Ökos?«

»Love and Peace, Madam.«

Und ein wenig Gras.

[6.]

Das Telefon läutet. Ich taste danach, es muss mitten in der Nacht sein.

»Komm zum Pool«, schreit Vesna, »schnell.«

Sie klingt so, dass ich gar nicht weiter frage, ich wickle mich in die nächstbesten Klamotten und renne los.

Das Hotel wirkt menschenleer, in der Halle sehe ich, dass es kurz nach fünf ist.

Vesna steht mit zwei Ökos am Pool und starrt hinein. Im Pool schwimmt etwas. Die Unterwasserbeleuchtung wird um Mitternacht zurückgedreht, gespenstisches Halbdunkel, Wasser wie ein zu warmer Moorsee, ein Mensch, Arme und Beine leicht gespreizt, mit dem Rücken nach oben. Der Rock ist hinaufgerutscht, wirkt wie ein helles Blumenblatt, eine exotische Seerose. Ich kenne den Rock, und ich erkenne die Frau, die eleganten schmalen Arme und Beine, den schlanken Hals. Angela la Croix.

So eine Verschwendung, ist mein erster Gedanke. Dann sehe ich mich um.

Vesna steht dicht neben mir, sie flüstert: »Ökos wollten Hotel mit einer morgendlichen Aktion überraschen, sind durch das Loch im Zaun geschlichen, haben Angela gefunden und mich geholt.«

»Hast du die Polizei verständigt?«

Vesna schüttelt den Kopf.

»Was ist los?«, schreit jemand zu uns herüber. Die Typen vom Wachdienst. Ich schlucke. »Kommen Sie sofort her«, rufe ich, »im Pool liegt eine Tote.« Woher weiß ich das überhaupt? Vielleicht lebt Angela noch? Mit dem Kopf unter Wasser? Unsinn.

Die beiden Männer in ihren Kakiuniformen laufen her, einer ruft mittels Walkie-Talkie nach Verstärkung. Sie sehen aus, als wollten sie uns sofort erschießen.

»Verständigen Sie die Polizei, aber rasch. Es ist Angela la Croix.« Erst als ich es ausgesprochen habe, wird mir das Ungeheuerliche bewusst. Die wunderschöne, erfolgreiche Angela.

»Was machen die da?«, schreit der Typ von der Wachmannschaft und deutet auf die erstarrten Ökos.

»Sie haben sie gefunden, aber das ist nicht wichtig.«

»Sie haben sie ermordet!«

Im Hotel gehen einige Lichter an.

»Polizei! Sofort!« Ich versuche noch lauter zu sein.

Von der Grundstücksgrenze her kommen die restlichen fünf Ökos gelaufen, sie sind mehr schlecht als recht als Meeresschildkröten verkleidet. Von der Hotelseite her bewegen sich die Typen der Wachmannschaft wie eine Herde Büffel auf den Pool zu.

»Nein«, schreie ich, als der Erste der Wachmannschaft schon über einen Öko herfällt. Es dauert nur Sekundenbruchteile, und eine Schlägerei ist im Gange. Kakihemden gegen Kreuzungen aus Riesenschildkröte und amerikanischem Studenten. Die stecken nicht nur ein, sondern teilen auch ganz schön aus. Angela treibt im Pool, als würde sie das Ganze nichts angehen. Geht sie ja auch wirklich nichts mehr an.

Thomas. Irgendjemand muss Thomas verständigen. Aber nicht ich. Vesna hat sich ein am Boden liegendes Mobiltelefon geschnappt und gibt es mir.

»Wie ist die Nummer der Polizei?«, schreie ich in den sich prügelnden Haufen. Erstaunlicherweise bekomme ich Antwort. Ich wähle und erzähle, was geschehen ist. Unterdessen kommen immer mehr Leute verschlafen aus dem Hotel. Haltloses Chaos mit einem ruhigen Mittelpunkt. Ein Schuss fällt. Ich sehe mich gehetzt um, will in Deckung gehen. Die Bar. Eine laute, autoritäre Stimme ruft: »Aufhören, sofort aufhören! Polizei!« Es fällt noch ein Schuss. Polizei sehe ich keine, so schnell kann sie nirgendwo auf der Welt erscheinen. Aber die Schüsse tun ihre Wirkung. Okos und Wachtrupp lassen voneinander ab, einige der Ökos, aber auch einige der Wachen rennen plan- und ziellos über die sorgfältig gepflegten Gartenwege davon. Ich sehe, wer gerufen und geschossen hat. Der allein reisende Mann. Nach einer Waffe hat mir der wirklich nicht ausgesehen, amerikanische Polizei?

Die heimische kommt zirka gleichzeitig mit General Manager Hoffmann. Als er Angela sieht, schreit er entsetzt auf. War doch etwas dran an dem Gerücht ...? Thomas ist offensichtlich nicht im Hotel, so fest kann keiner schlafen.

Es dauert noch eine Weile, bis Angela endlich aus dem Pool gezogen wird, ihre Grazie geht dabei verloren, es ist, als würde man einen nassen Sack an Land bewegen. Die Hotelbewohner sind unterdessen aufgefordert worden, sich zurück in ihre Zimmer zu begeben. Wer etwas gesehen hat, soll sich bei Officer Bradley melden. Später. Eine der Polizistinnen erkenne ich wieder. Das Einsatzkommando erledigt seine Aufgabe professionell und ruhig. Vesna, die beiden Ökos, die die Leiche entdeckt haben, und ich werden gebeten zu warten. Um die beiden Streitmannschaften will man sich später kümmern. Wahrscheinlich heißt später nie, aber was soll bei der polizeilichen Aufnahme einer Schlägerei auch schon herauskommen? Verwundete auf beiden Seiten, sie haben es sich selbst zuzuschreiben. Die Wachmannschaft hat angefangen, aber vielleicht haben die Holzköpfe auch wirklich geglaubt, sie machen die Täter dingfest.

Hoffmann ist verschwunden, um seine Gäste zu beruhigen. Mag sein, dass Emotionen nicht seine starke Seite sind, jetzt ist es gut, wenn jemand die Nerven behält. Ich muss mich dringend setzen, irgendwie kippen mir die Beine unter dem Bauch weg.

»Sie ist erschossen worden«, flüstert mir Vesna zu.

Ich starre zu der Stelle im Gras, auf die man Angela gebettet hat. Zu weit weg für mich, aber ich möchte ohnehin bitte keine Details.

»Weiße Bluse, siehst du? Da fehlt Stoff, und da ist ein dunkler Rand.«

Ein Mann in Zivil kommt, offenbar der Arzt. Er dreht Angela vorsichtig um. Inzwischen ist die Sonne aufgegangen, heute habe ich auf das Schauspiel am Himmel nicht geachtet.

Als Angela endlich abtransportiert wird, hat Officer Bradley Zeit für uns.

»Ein zweiter Mord, und das in so kurzer Zeit«, seufzt er. »Wer hat etwas gegen das Pleasures?«

Das kann ich ihm sagen, das wissen alle – aber ob er so den Mörder findet?

»Kann es sein, dass Angela mit derselben Waffe wie der Wachmann erschossen worden ist?«, frage ich.

Er sieht mich interessiert an. »Nein, das kann nicht sein.«

»Woher wollen Sie das wissen?«

»Die Frau ist erstochen worden. Sie haben sie gefunden? Seltsamer Zufall.«

»Gefunden haben sie zwei von den Ökos.« Ich erzähle ihm, was ich weiß. Auch, dass Angela versucht hat, das Golden Sand schließen zu lassen, und damit nicht durchgekommen ist. Auch, dass sie die Wachmannschaft auf Drogen überprüfen lassen wollte und dass Mick wohl ein kleiner Dealer mit größeren Ambitionen war.

»Wollen Sie meinen Job machen?«, fragt er zum Schluss müde und stützt seine großen, fleischigen Hände auf die Knie.

Bata schlägt Kreuzzeichen über Kreuzzeichen, als wir ihr die Details des dramatischen Morgens erzählen.

»Schlimm«, jammert sie, »schlimm. Vier Männer habe ich schon begraben müssen, einer war Wiener, den habe ich ganz jung geheiratet, gleich nachdem ich aus Ungarn geflohen bin, ein Bild von einem Mann, er hat eine Autowerkstatt besessen, und dann aus heiterem Himmel: Er ist umgefallen, und tot war er. Der Schlag hat ihn getroffen. Ich war so allein, dann habe ich Nummer zwei kennen gelernt, er war auf Urlaub in Wien und auch ganz allein. Mit ihm bin ich nach Brasilien, hatte wunderbare Farm, dann ist er vom Pferd gefallen«, sie bekreuzigt sich wieder, ihre großen goldenen Ohrringe zittern, »tot. Beim Testament hat sich dann herausgestellt, er hat viele Schulden gehabt. Bin ich arbeiten gegangen, habe Deutsch und Spanisch gedolmetscht, und so bin ich dann in Puerto Rico gelandet mit Mann Nummer drei. Er war schon etwas älter und nicht mehr so gesund, ihm hat eine Zeitung gehört, ich habe ihn gepflegt bis an sein Ende.

Der vierte Mann, der ist aber nicht bei mir gestorben, der hat mich verlassen und kurz darauf: Autounfall, tot. Pech gehabt. Und ich Glück, mit Michel, meinem Michel. Ich werde vor ihm sterben, ich bin alt. Mit ihm und dem Geld von meinen Erbschaften habe ich das Golden Sand aufgebaut, das ist nichts, was man verlassen kann. Das wäre wie Verrat an allen Männern. Gott hab sie selig. Aber eine so junge und schöne Frau …«

Es ist, als hätte sie Angela la Croix nie als Feindin gesehen. Ungarische Seelen sind tief. Michel sollte vielleicht doch etwas vorsichtig sein. Aber momentan trauert Bata um all ihre Toten, eine aufgewühlte, aufgewehte Erscheinung im schlichten weißen Kleid, das nur an einer der braun gegerbten knochigen Schultern von einem seidigen Träger gehalten wird.

Ich sitze vor dem Telefon in meinem Zimmer und will Thomas anrufen. Sicher hat er es schon erfahren. Aber vielleicht kann ich ihm helfen, ihm alles erzählen. Wie viel weiß ich schon? Außerdem, er hat keine Ahnung, dass wir ihn und Angela gesehen haben. Er braucht Trost. Jemand, mit dem er reden kann. Vielleicht sollte dieser Jemand ich sein. Ich mag ihn. Er tut mir Leid. Ich fühle mich hilflos.

Das Telefon läutet, und ich zucke zusammen. Polizei. Man bittet mich zu einer nochmaligen Einvernahme ins Polizeiquartier. Verdammte Bürokratie. Aber es gibt Bitten, die kann man nicht abschlagen, weil sie sonst sehr schnell zu Befehlen werden können. Das Bild von Angela im Pool, gespenstisch beleuchtet durch die gedämpften Unterwasserscheinwerfer, geht mir nicht aus dem Sinn. Außerdem haben auch ein paar Aspirin nichts an meinem pochenden Kopfweh ändern können. So etwas kenne ich sonst nur, wenn ich zu viel getrunken habe. Ich verspreche, so bald es geht, zu kommen. Nein danke, man brauche mich nicht abzuholen. Wäre noch schöner. Vielleicht kann ich Batas Auto haben. Oder ich nehme einen der öffentlichen Kleinbusse.

Vesna reagiert erstaunt, sie ist nicht noch einmal vorgeladen worden, dabei war sie früher als ich am Pool. Ich habe Officer Bradley alles

Mögliche erzählt, wahrscheinlich habe ich wieder einmal viel zu viel geredet. Einer der Ökos, so erfahre ich, hat einen Nasenbeinbruch, ein anderer liegt mit offenem Schienbeinbruch im Krankenhaus. Der Rest scheint glimpflicher davongekommen zu sein.

Bata braucht ihr Auto selbst, sie muss zu einer Untersuchung ins Krankenhaus. »Ich bin alt und krank«, jammert sie. Angelas Tod und die Erinnerung an ihre Männer scheinen ihr die Kraft genommen zu haben. Wenn ich gleich fahren kann, dann setzt sie mich bei der Polizei ab.

Alles wie gehabt, eine Beamtin in Uniform sagt mit tiefer Stimme: »Yes?«

Aber diesmal lande ich schneller bei Officer Bradley, jetzt will er etwas von mir und nicht ich von ihm. Sein Büro ist klein, das einzige Fenster liegt so hoch oben, dass man nicht auf die Straße sehen kann. Der Tisch ist alt und fleckig, der unvermeidliche Ventilator läuft auf Hochtouren.

»Sie haben mir nicht alles erzählt«, beginnt er.

Ich denke fieberhaft nach. Was hab ich vergessen? Ich war durcheinander, aufgewühlt, bin es eigentlich auch jetzt noch. Was will er hören?

»Sie haben Streit gehabt mit la Croix. Am Tag des Mordes.«

Ich habe ein Gespräch mit ihr gehabt, keinen Streit. Ich habe ihm den Inhalt des Gespräches schon erzählt.

»Sie sind gesehen worden, warum haben Sie nicht gesagt, dass Sie einen Termin bei der Toten hatten?«

»Ich dachte, das sei klar. Woher hätte ich sonst wissen sollen, dass sie die Wachmannschaft auf Drogen überprüfen lassen wollte?«

»Sie haben mit ihr gestritten.« Bradley stellt kommentarlos einen uralten Kassettenrecorder auf den Tisch, steckt umständlich ein Mikrofon an, befestigt es an einem Tischständer, schaltet ein. »Sie haben wohl nichts dagegen? Meine Kollegen verwenden diese modernen Dat-Recorder, aber das hier ist zuverlässiger. Finde ich.«

»Wer sagt, dass ich mit ihr gestritten habe?«

»Hoffmann hat es gehört. Sein Büro liegt neben dem von Angela la Croix.«

Ich bin irritiert. Ich kann mich nicht erinnern, dass wir bei diesem Gespräch irgendwann einmal laut geworden wären. Vielleicht zu Beginn? Aber geschrien hat keine von uns. Wer weiß, was der Schweizer Eisschrank als Streit empfindet.

»Wir hatten unterschiedliche Positionen, das wissen Sie ja. Aber gerade an diesem Tag hat Angela ... Sie war nachdenklich, ob alles richtig gelaufen ist. Ich hab es Ihnen ja schon erzählt.«

Bradley sieht mich spöttisch an. »Gab es nicht noch einen Grund, der Angela und Sie zu Feindinnen gemacht hat?«

Ich sehe ihn erstaunt an.

»Thomas Carlyle.« Er lässt den Namen fallen, und tatsächlich brauche ich einige Zeit, bis ich begreife, was er gesagt hat. Hat Thomas von unserer Nacht erzählt? Warum hätte er das tun sollen? Es würde bedeuten, dass er mich in Verdacht bringen will. Wenn jemand so etwas für ein Verdachtsmoment halten kann. Warum hätte er es sonst getan?

»Er war mit Angela liiert«, fahrt Bradley fort, »und mit Ihnen.«

»Wir waren nicht ›liiert‹. Wir haben ... Wir haben eine Nacht zusammen verbracht. Das war alles.«

»Vielleicht wollten Sie mehr.«

Vielleicht, vielleicht auch nicht, was weiß ich. »Und deswegen soll ich sie ermordet haben?«

Er sieht mich triumphierend an. »Sie schreien schon wieder. Sehen Sie? – Fahren Sie fort.«

»Natürlich habe ich sie nicht ermordet.« Ich habe meine Stimme wieder unter Kontrolle. Halbwegs zumindest.

Bradley spielt mit dem Mikrofonkabel. »Angela la Croix hat versucht, das Hotel Ihrer Freunde schließen zu lassen. Angela ist jung und schön und war mit Ihrem Thomas zusammen. Sie haben sie in der Nacht noch einmal zu einem Gespräch gebeten. Angela kommt, erneut ein Streit, Sie stoßen ihr ein Messer in die Brust, schleppen sie zum Pool, werfen sie hinein.«

»Und was ist mit Vesna und den beiden Ökos? Die waren vor mir am Pool.«

»Ihre Freunde decken Sie, immerhin haben Sie diejenige beseitigt, die dem Golden Sand am meisten Probleme gemacht hat. Oder Sie sind nach der Tat auf Ihr Zimmer gegangen und haben einfach gewartet, bis man la Croix entdeckt.«

Er kann es nicht ernst meinen. Christopher Frazer sitzt auch in Untersuchungshaft, weil er einen Streit mit Mick gehabt hat. Aber bei ihm hat man eine Waffe gefunden. Mira, du musst ganz kühl denken.

»Und wo ist das Messer? Woher hätte ich es haben sollen?«

»Zu einem Messer kommt man leicht. Es ist auch nicht schwierig, es wieder verschwinden zu lassen. Sie werden verstehen, dass wir Ihr Zimmer durchsuchen müssen. Außerdem wird Ihre Kleidung natürlich nach Blut- und anderen Spuren von Angela la Croix untersucht.

»Ich war in ihrem Büro. Ich habe mit Sicherheit meine Hände auf ihren Schreibtisch gelegt. Es kann leicht sein, dass es da irgendwelche mikroskopischen Spuren gibt.«

»Die Analyse überlassen Sie besser uns.«

»Natürlich. Sie können das Zimmer durchsuchen.«

»Geschieht zurzeit gerade.«

Ich frage mich, ob das erlaubt ist, aber wen kümmert es? Könnte ich etwas dagegen tun?

»Sie sagen nichts«, meint Bradley und beobachtet mich aufmerksam.

»Was soll ich auch sagen? Das Ganze ist … absurd. Hat Thomas Carlyle …?«

»Ich werde mit Ihnen sicher nicht über Zeugenaussagen sprechen.«

Aber wer außer ihm hat von unserer Liebesnacht gewusst? Vesna. Die ist über jeden Zweifel erhaben. Vielleicht hat er Angela davon erzählt. Warum hätte er sollen? Vielleicht hat er sie um Verzeihung gebeten. Stopp, Mira, Angela ist die Tote, die kann der Polizei nichts mehr sagen. Was für einen Grund hätte Thomas, mich in Verdacht zu bringen?

Bradley will meine Aussage niederschreiben lassen und mir dann zur Unterschrift geben. »Außer Sie haben noch etwas hinzuzufügen.«

Habe ich nicht. Er führt mich in den Raum, in dem vor kurzem erst Vesna und die Ökos gesessen sind. Damals war es fast noch ein Ferienspiel. Ich nehme auf einer der harten Holzbänke Platz. Apathisch sehe ich zu, wie sich der Minutenzeiger meiner Armbanduhr langsam vorwärts bewegt.

Es dauert mehr als zwei Stunden, bis Bradley mit einigen Papierbögen wiederkommt. Ich habe das Recht, einen Anwalt zu kontaktieren. Mein Anwalt ist in Frankfurt. Und dem sollte ich die Sache mit Thomas erzählen? Auch schon egal, aber Frankfurt ist weit. Wer könnte mir sonst helfen? Vesna versteht nicht einmal Englisch. Ich lese das Protokoll, es ist meine Aussage, wörtlich abgetippt.

»Ich habe das Recht auf einen Anwalt«, sage ich. So leicht werde ich es ihnen nicht machen.

»Haben Sie«, bestätigt Bradley, »aber Sie müssen keinen Gebrauch davon machen.« Was nützt mir ein gänzlich fremder Typ aus St. Jacobs? Ich unterschreibe und warte, dass jemand kommt und mich in die Zelle bringt. Irrwitz.

Stattdessen begleitet mich Bradley zur Tür. »Sie müssen sich zu unserer Verfügung halten«, sagt er. Dann bin ich draußen auf der Straße, im Sonnenlicht. Dröhnende Reggaemusik aus den überdimensionalen Lautsprechern der Police Cafeteria.

Working for the System,
You can't earn no living,
And unemployment as skyscrapers keeps rising,
What's the use, you wait no more,
Oh no, no Rastafari is the law, don't you know ...

Menschen schieben sich auf dem Gehsteig aneinander vorbei, Frauen tragen ihre Lasten auf dem Kopf, ein kleines Mädchen mit vielen schwarzen Zöpfchen und rosa Schleifen wird von seiner Mutter gerade noch zurückgehalten, als es auf die Straße springen will. Auf dem gegenüberliegenden Gehsteig ist ein Huhn mit sechs Küken unterwegs. Ein wohlhabender weißer Business-Mann kauft der alten Frau am Eck zwei pralle Avocados ab.

Jetzt habe ich einen Grund mehr, herauszufinden, was im Pleasures wirklich vorgeht.

Wir sitzen auf der Terrasse des Golden Sand. Bata zuckt mit den schmalen Schultern. Bestechung? Nein, ihnen hat man kein Geld angeboten, warum auch? Man wollte das Hotel kaufen. Natürlich, die Regierung sei bestochen worden, aber das passiere wohl immer bei großen Geschäften. Oder fast immer, oder?

Bata trinkt zur Abwechslung Rum mit etwas Cola, Vesna malt mit dem Finger unleserliche Zeichen auf den Tisch. Und ich weiß nicht mehr weiter. Da wird ein Luxushotel in einer ökologisch sensiblen Bucht direkt vor die Nase eines kleinen Apartmenthotels gebaut. Es sterben zwei Menschen, die zu diesem Luxushotel gehören. Es gibt Streit mit dem kleinen Hotel. Wer hat die beiden so unterschiedlichen Menschen umgebracht? Jemand, der dem kleinen Hotel nahe steht.

Oder: Jemand, der vom Bau finanziell profitiert hat. Vielleicht wollte Angela nicht mehr, vielleicht wollte sie reden. Warum so plötzlich? Weil sie sich in Thomas verliebt hatte? Und der Typ von der Wachmannschaft? Vielleicht war er nicht nur ein kleiner Dealer, sondern hat auch das Schmiergeld übergeben. Angelas Vater ist Minister. Aber er wird kaum seine Tochter ermorden. Wie ist das mit seinen Kollegen? Angela hat alle gekannt. Sehr nützlich für das Hotel. Und für sie. Welche Rolle hat sie gespielt, welche General Manager Hoffmann? Es sieht so aus, als ob er nicht von allem wüsste, was hier vorgeht. Zuallererst muss ich Thomas fragen, warum er Officer Bradley von unserer Liebesnacht erzählt hat. Er wird durcheinander gewesen sein, zerstört. Kurz sticht die Eifersucht. Ich rufe mich zur Ordnung. Was ich jetzt brauche, ist ein kühler Kopf und keine schwülen Fantasien über Liebesnächte am Meer.

»Ich muss mit Thomas reden.«

»Ich begleite dich, Mira Valensky«, bestimmt Vesna.

Ich schüttle den Kopf.

»Ist zu gefährlich, sieht immer mehr danach aus, dass Thomas mit drinnen steckt.«

»Ich fürchte mich nicht.«

Ich habe Vesna nicht alles von der Vernehmung erzählt, vor allem aber nicht von meiner Angst, in Untersuchungshaft zu landen. Dieses Gespräch mit Thomas muss ich alleine führen.

»Aber bleibe mit ihm an Ort, wo viele Menschen sind. Strand vor dem Hotel oder Bar oder so. Verspreche es. Ich werde herumhören, wer am Hotel verdient hat.« Vesna reibt Daumen und Zeigefinger aneinander.

»In welcher Sprache?«, erwidere ich trocken.

»Musst mich nicht immer erinnern. Ich nehme Bata mit. Wir gehen in die Stadt, zwei harmlose Frauen, tratschen über Gespräch Nummer eins auf der Insel.«

Das ist vielleicht gar keine schlechte Idee.

»Also: Du redest nicht mit Thomas, wenn nicht viele Leute herum sind.«

»Ja, geht in Ordnung.«

Die beiden brechen sofort auf, sie fahren mich bis zur Einfahrt des Pleasures. Ich steige aus, wo mich vor so wenigen Tagen erst Thomas hat aussteigen lassen, und sehe zum Hotelgebäude hinüber. Ob er da ist? Wie es ihm geht?

Thomas hat sich freigenommen, erfahre ich wenig später an der Rezeption. Ich weiß nicht, wo er wohnt. Bei seiner Mutter? Keine Ahnung, ob ich das rosa Haus in der Gartensiedlung am Stadtrand wiederfinden würde. Die Straßen dort sehen einander ziemlich ähnlich.

Aber wo die Best Bay ist, weiß ich.

Diesmal nehme ich einen der öffentlichen Kleinbusse. Ich stelle mich, wie ich es inzwischen bei vielen Einheimischen gesehen habe, einfach an den Straßenrand. Wie unterscheidet man einen privaten Kleinbus vom öffentlichen Busservice? Gar nicht. Die einen bleiben stehen, die anderen nicht. Oder vielleicht doch? Autostopp auf einer Karibikinsel. Meine Eltern haben mir eingebläut, nie mit Fremden mitzufahren. Auch egal, inzwischen bin ich über vierzig, es wird schon das richtige Auto halten. Ein Bus schießt um die Kurve, der Fahrer hat mich nicht gesehen, er fährt weiter. Aber plötzlich bremst er, legt den

Retourgang ein, HOW'S LOVE SO NICE, steht in glänzenden Lettern auf der Heckscheibe, der Bus kommt nur wenige Meter vor mir zu stehen. Sprüche auf der Rückseite von Autos scheinen eine Spezialität der Insel zu sein, wir sind schon einem ROAD WARRIOR und einem BAD DOG begegnet.

Mister HOW'S LOVE SO NICE ist ein Schwarzer um die fünfzig mit deutlichem Übergewicht und einem gutmütigen Lächeln. Ich klettere über zwei elegant gekleidete ältere Ladys in Rosa, in der hinteren Reihe sitzt ein Mann mit zwei kleinen Kindern. Der Fahrer steigt aufs Gas und dreht sich gleichzeitig zu mir um. Ich drücke ihm sicherheitshalber fünf karibische Dollar in die Hand, bekomme drei zurück.

Calypsomusik.

Cause in the midst deepest night,
Under the pale moonlight,
There you gave your love to me,
So pure and true as I could see,
Baby I'll do it all again for love …

Ein alter Mann mit Stock – er sieht aus, als wäre er Onkel Toms Onkel und hätte die Sklavenzeit noch selbst miterlebt – winkt am Straßenrand. Die beiden Ladys rutschen enger zu mir und helfen ihm beim Einsteigen.

Ich weiß, dass die Busse die Insel einfach entlang der Hauptstraße umrunden. Die Best Bay liegt ein ganz schönes Stück von der Route entfernt.

»Ich muss dort raus, wo man zur Best Bay einbiegt«, sage ich.

Der Fahrer nickt. Wenn ich insgeheim gehofft habe, er würde abbiegen und mich bis zum Strand bringen, so habe ich mich getäuscht. Auch hier haben Busse eben ihre Route, in Wien würde ich nie auf die Idee kommen, ein städtischer Busfahrer könnte mich bis zur Wohnungstür chauffieren.

Ich stehe an der Staubstraße, es ist heiß, ich habe einen Fußmarsch von mindestens einer halben, vielleicht auch einer Stunde vor mir. Ich wandere los. Es raschelt im dornigen Gebüsch, das die Insel überall dort dominiert, wo irgendwann einmal gerodet und danach nichts angepflanzt wurde. Ziegen. Zwei davon sind kaum größer als Gismo, Ziegenbabys, die hinter ihrer Mutter herhoppeln. Wie es meiner Katze wohl geht? Sie wird bei ihrer Pensionswirtin sicher ein Kilo zulegen. Okay, sie soll einen schönen Urlaub haben.

Eine Staubwolke, ich drehe den Kopf zur Seite, versuche, nicht zu atmen. Das Auto hält. Ein weißer Pick-up.

»Ich habe dich gesucht«, sagt Thomas.

»Es tut mir so Leid«, erwidere ich.

Sein Gesicht wirkt grau, so, als hätte er noch nie gelacht. »Du hast sie gefunden ...«

Ich schüttle den Kopf. »Das waren zwei von den Ökos, die haben Vesna geholt und Vesna mich.« Thomas weiß nicht, dass ich weiß, dass er und Angela ...

»Wir fahren auf den Hügel«, schlägt er vor, »ich will mit dir in Ruhe reden.«

Ich habe versprochen, nicht mit Thomas allein zu sein. »Wie wäre es mit dem Strand?«

Er schüttelt den Kopf. »Ich mag jetzt keine Menschen sehen.«

Das klingt ehrlich, ist ja auch nur zu verständlich. Ich klettere in seinen Wagen, er wendet, und wir fahren auf einen der unbewohnten Hügel, die steil hinter der Bucht aufsteigen. Dorniges Gestrüpp auch hier. Die Straße oder besser das, was man gerade noch mit einem geländegängigen Pick-up bewältigen kann, endet am Hügelrücken. Wir steigen aus. Ein paar Coladosen liegen herum. Offenbar waren vor uns schon Menschen da, auch wenn die Welt von hier oben aus wirkt, als sei sie gerade erst erschaffen worden. Das Meer breitet sich dunkelblau und ruhig unter unseren Füßen aus, wir sehen auf sanfte Hänge, schroffe Felsen, einen Salzwassersee mit Palmen, über dem Pelikane kreisen. Kein Zeichen von Zivilisation oder was immer wir dafür halten mögen.

Thomas scheint davon nichts wahrzunehmen. Er hat sich an den Pick-up gelehnt und starrt ins Leere.

Ich sehe ihn nicht an und sage: »Ich weiß, dass ihr ... euch nahe gestanden habt.«

Wie erschrocken fährt er auf. »Dann stimmt es also …«

»Was?«

Er versinkt wieder in Schweigen. »Officer Bradley hat mir erzählt, dass du von mir und Angela gewusst hast.«

»Vesna und ich haben euch zufällig bei den schwarzen Felsen gesehen, ein paar Tage nachdem wir …«

»Ich wollte nicht, dass du …«

Was wollte er nicht? Den Eindruck hatte ich damals kaum, dass er irgendetwas nicht gewollt hätte.

»Ich wollte nicht, dass du glaubst, unsere Nacht wäre nichts … für mich gewesen. Sie war etwas ganz Besonderes. Etwas Einmaliges.«

Einmalig. Das trifft es. Und daran sollte ich mich gewöhnen. Ein schönes Wort, einmalig. Bloß …

»Warum hast du Officer Bradley davon erzählt?«

Thomas sieht mich erstaunt an. »Das habe ich nicht.«

Kann man so geschickt lügen?

»Von wem hätte er es sonst wissen sollen?«

»Keine Ahnung«, sagt er langsam. »Jetzt begreife ich erst. Bradley, übrigens ein ziemlich guter Polizist, ich kenne ihn seit vielen Jahren, hat mich gefragt, ob ich mir vorstellen kann, dass du in die Sache verwickelt bist. Du hättest von meiner … Beziehung zu Angela gewusst. Ich habe natürlich Nein gesagt.«

»Wie kann er auf die Idee kommen, dass ich etwas mit der Sache zu tun haben könnte, wenn du ihm nichts über unsere Nacht erzählt hast?«

»Ich weiß nicht.«

»Für ihn bin ich verdächtig, sehr verdächtig. Außerdem hatte ich mit Angela noch am Tag, bevor sie … Ich hatte mit ihr ein langes Gespräch. Sie war offener als sonst, nachdenklicher.«

»Ich habe in den letzten Tagen viel mit ihr geredet, hätte ich viel früher tun sollen«, sagt er und sieht aus, als würde er gleich zu weinen beginnen.

Ich lehne mich neben ihm an das Auto.

»Wir kannten uns schon so lange. Es war ein Zufall, dass wir beide in Cambridge studiert haben. Ich bin fünf Jahre älter als sie, aber die meiste Zeit habe ich damals trainiert, ich habe länger gebraucht mit dem Studium. Nach dem dritten Platz bei der Olympiade haben sie für mich auf der Insel ein großes Fest gegeben, ich bin gefeiert worden wie ein Superstar. Sie war die Tochter von la Croix, schon damals einem der einflussreichsten Männer auf der Insel. Sie war ganz jung und wunderschön und enorm selbstbewusst. In drei Monaten beginne sie auch in Cambridge zu studieren, hat sie mir erzählt, sie würde mich anrufen. Ich habe ihr meine Telefonnummer gegeben und gedacht, die meldet sich sicher nie mehr. Sie hat sich gemeldet … Es war nicht so einfach für sie in Cambridge. Auf der Insel war sie wer. Dort – eine schöne schwarze Studentin aus einem kleinen Land, das die meisten noch immer für unterentwickelt halten. Sie hat lernen müssen, sich zu behaupten. Aber sie ist … sie war sehr klug. Und ehrgeizig. Und manchmal sehr müde und traurig und voll von Heimweh. Wir sind uns näher gekommen. Es war keine ganz einfache Beziehung, denn in den USA war ich auch nicht der Star wie zu Hause. Schon ganz gut angesehen, aber wer merkt sich dort jeden halbwegs erfolgreichen Sportler? Manchmal hat sie mich von oben herab behandelt, da war ich plötzlich wieder der Sohn von Rosemary, die die Strandbar betreibt. Dann wieder hat sie sich zu mir geflüchtet und wollte beschützt werden vor der Welt. Ich weiß nicht … In gewisser Weise habe ich sie immer geliebt. Aber sie hatte andere Affären. Und ich auch … Zwei, drei Mal. Ich meine, ich war mit dem ganzen Sportlertross unterwegs, habe danach noch die amerikanische Hallenmeisterschaft gewonnen, auch sonst noch einiges. Da geht man aus, da will man sich amüsieren.« Er schaut aufs Meer hinunter, wirkt, als sei das alles viele Jahrzehnte her, und für einen Moment kann ich mir vorstellen, wie er als alter Mann aussehen wird.

»Sie hat ihr Studium in der Mindestzeit abgeschlossen und ist nach St. Jacobs zurückgekehrt. Ihr Vater hat sie in einem Ministerium untergebracht. Sie hatte Angst, dort zu versauern, wollte nichts wie weg. Aber das war ohnehin, als die Pläne zum Bau des Pleasures schon im Laufen waren. Er hat sie den richtigen Leuten vorgestellt. Sie war beeindruckend. Sie bekam vom Staat den Auftrag, die Vorbereitungen zum Bau des Pleasures zu begleiten. Juristisch und auch sonst.«

»Sie könnte also von gewissen Bestechungen gewusst haben.«

Thomas hält irritiert inne. »Ja, könnte sie wohl. Es hätte aber auch an ihr vorbeigehen können. Ich bin nicht so naiv, wie du vielleicht glaubst. Es wird schon Bestechung gegeben haben. Doch – dass das etwas mit dem Mord zu tun hat?« Er schüttelt den Kopf. »Die das Geld bekommen haben, können wohl zufrieden sein. Warum sollten sie Angela ermorden?«

»Vielleicht wollte sie alles auffliegen lassen?«

»Jetzt im Nachhinein? Warum?«

»Weil du ihr ins Gewissen geredet hast.«

»Du überschätzt mich. Ich mag Korruption nicht sonderlich, ich hätte es lieber gehabt, das Hotel wäre nicht in dieser Bucht gebaut worden. Aber was hätte das jetzt noch geändert?«

Angela hat den meisten ihrer Landsleute Passivität vorgeworfen. Wenn ihr etwas nicht gepasst hätte, dann hätte sie im Gegensatz zu Thomas gehandelt.

Thomas erzählt weiter. »Sie hat also den Bau juristisch vorbereitet und begleitet, und sie hat rechtzeitig dafür gesorgt, dass sie danach nicht mehr als Verwaltungsbeamtin des Ministeriums arbeiten musste. Sie kannte die Konzernverantwortlichen, sie hat gute Arbeit geleistet. Sie hat alles dafür getan, den bestmöglichen Job im Hotel zu bekommen.«

»Alles?«

»Nicht so, wie das klingt. Es war zu der Zeit, als ich aus den USA zurückgekommen bin. In meinen letzten beiden Amerika-Jahren ist es mit meinen sportlichen Leistungen bergab gegangen, ich war einfach schon zu alt. Also habe ich mich auf das Studium konzentriert, ich musste es abschließen, denn meine Stipendien waren an sportliche Erfolge gebunden. Und ich wollte endlich wieder heim. Ich hatte die Nase voll von den USA und dem Leistungsdruck dort. Aber daheim: keine Arbeit. Das heißt, Arbeit genug, ich habe meiner Mutter am Strand geholfen, auch wenn du es nicht glaubst, ich kann sogar ziemlich gut kochen, aber … Man hat mir Jobs angeboten, ich war noch immer so etwas wie ein kleiner Inselheld. Nur konnte ich mich nicht überwinden, im Büro von Doledo zu sitzen und seine Leihwagenfirma, seine beiden Supermärkte und den Baumarkt zu verwalten. Oder mich bei Mac Dougle um den Einkauf von Möbelstoffen zu kümmern. Sie haben mich für hochnäsig gehalten, andere für arbeitsscheu. Dann kamen auch solche Angebote nicht mehr. Manche waren richtiggehend froh, dass aus mir nichts geworden ist. Ich bin allen, aber mir selbst am meisten auf die Nerven gegangen.

Angela habe ich kaum noch gesehen. Sie war mit dem Sohn von Doledo liiert, aber er war ihr nicht wichtig, eher eine Prestigesache, schrecklicher Angeber mit viel zu viel Geld. Vor allem war sie mit dem Hotel beschäftigt, mich hat sie von oben herab behandelt, wie eine etwas skurrile Sandkastenliebe. Und dann habe ich mich um denselben Posten wie sie beworben. Sie war wütend, hat mich zur Rede gestellt, hatte Angst, ich könnte ihr den Job tatsächlich wegschnappen. Mein einziger Trost war, dass sie mit den anderen Bewerbern auch nicht viel freundlicher umgegangen ist. Aber sie hatte ohnehin den besten Zugang, und sie ist schließlich auch Resident Managerin geworden. Und ich habe mich mit einem Posten als Rezeptionist zufrieden gegeben. Dass der oberste Boss ein Weißer sein würde, der vom Konzern entsandt wird, war von vornherein klar.«

»Mit Hoffmann ist sie klargekommen?«

Thomas scharrt nachdenklich mit einem Fuß im Sand, seine Sandalen sind grau vor Staub. »Ich weiß es nicht wirklich. Ich war in den letzten Monaten mit ihr hin und wieder essen, zwei, nein, drei Mal. Sie war wohl wieder etwas trostbedürftig. Er ist ein sehr distanzierter Mensch. Angela, auch wenn sie nicht immer so wirkt, kann ziemlich heißblütig sein. Und ziemlich verletzlich.«

Ohne es zu merken, hat er in die Gegenwartsform gewechselt. Mitleid. Oder ist da immer noch ein wenig Eifersucht dabei?

»Er war der Boss, und das hat er sie auch spüren lassen. Die Arbeit aber hat sie erledigt. Zumindest die, bei der es um Menschen gegangen ist. Und worum geht es sonst in einem Hotel?«

»Ums Geld.«

»Da ist er Fachmann, das stimmt. Laut Angela sogar ein sehr guter. Sie hat den Kopf hinhalten müssen, auch wenn es um die Streitereien mit dem Golden Sand gegangen ist. Man hat sie gefürchtet und beneidet und als hochnäsig abgelehnt. Aber geliebt hat sie keiner.«

»Außer dir.«

»Ja«, erwidert er schlicht und schweigt dann lange. »Es hat so ausgesehen, als hätte ich keine Chance mehr bei ihr. Ein Rezeptionist. Ein gealterter Sportler, der in einer Hütte aufgewachsen ist. Klassen und Hierarchien waren für sie immer sehr wichtig. Sie haben ihr wahrscheinlich Sicherheit gegeben.« Er seufzt.

Besonders sympathisch ist sie mir immer noch nicht, aber ich kann sie besser verstehen. Und was Thomas bisher zu erwähnen vergessen hat: Sie war eine Schönheit. »Wie ist es dann doch gekommen, dass sie dir eine Chance gegeben hat?«

»Unsere Nacht hat nichts damit zu tun, glaube mir. Ich habe dich gebraucht, ohne dich gesucht zu haben, es war …«

»Einzigartig, einmalig«, ergänze ich, den winzig kleinen spöttischen Unterton bemerkt er nicht. Es handelt sich ja auch um Spott, der sich gegen mich selbst richtet.

»Ja. Jedenfalls muss uns irgendjemand gesehen haben. Ich weiß nicht, wie das gegangen ist, aber natürlich kann es auch andere geben, die eine Nacht am Strand verbringen. Coconut Joe war es nicht, der schläft, wenn er draußen übernachtet, immer auf einer Liege gleich bei der Bar. Jedenfalls: Eine Woche zuvor waren wir abendessen, und sie hat mich sehr herablassend behandelt. Beim nächsten Treffen war sie plötzlich eifersüchtig, hat mich ausgefragt, hat mir fast befohlen, dich nicht wiederzusehen, Liebesaffären zwischen Hotelangestellten und Gästen seien laut Konzernstatuten verboten. Man könne mich kündigen. Ich war hin und her gerissen. Ich habe dich nicht benutzt, um sie eifersüchtig zu machen, ich hätte ihr von unserer Nacht nie etwas erzählt. Aber so … Plötzlich hat sie sich um mich bemüht, wir haben lange Spaziergänge gemacht, sie hat mir von ihren harten Kämpfen erzählt und dass sie manchmal müde sei. Von wem sie das von uns wusste, wollte sie nicht sagen. In diesen Tagen habe ich dem nicht genug Bedeutung …« Er seufzt. »Ich habe ihr erzählt, was ich über das Hotel und die Insel denke. Sie hat mir teilweise Recht gegeben, sie wollte einiges ändern. Und … plötzlich war alles, wie es noch nie war. Wir waren ein Paar.« Leiser fährt er fort. »Wir wären zusammengeblieben. Sicher.«

Da wäre ich mir nicht so sicher, aber … Ich lege ihm meine Hand auf die Schulter. Und plötzlich, beinahe wild, umarmt er mich und beginnt zu schluchzen wie ein kleines Kind. Ich lasse ihn weinen, stehe mit ihm an den weißen Pick-up gelehnt auf einem Hügel am Anfang der Welt und streichle meinem Weltklasseathleten sanft und schwesterlich über den Rücken.

Irgendwann, während er noch immer schluchzt, beginne ich zu überlegen: Man muss herausfinden, wer Angela und Officer Bradley von unserer Liebesnacht erzählt hat. Und ich sollte dringend mit Minister la Croix reden. Wer war damals zuständig für den Bau des Hotels? Wer könnte – direkt oder indirekt – davon profitiert haben? Vielleicht wollte Angela spät, aber doch tatsächlich reinen Tisch machen. Es scheint mir zu ihr zu passen. Außerdem muss geklärt werden, ob die Morde an Mick und an Angela la Croix zusammenhängen.

Man sollte dem nachgehen, was mir der eingerauchte Öko-Rasta erzählt hat. Bradley sollte dem nachgehen. Aber ich habe im Moment keine besondere Lust, ihm mehr als nötig unter die Augen zu kommen.

[7.]

Michel will uns mit junger Ziege in Limetten-Rumsauce verwöhnen. Egal, was sonst auf der Welt geschehe, gegessen müsse werden, meint er, und warum solle man ausgerechnet dann schlecht essen, wenn alles andere nicht zum Jubeln sei?

Obwohl: Das Golden Sand ist seine schlimmste Widersacherin los.

Ich kann keinen klaren Gedanken fassen und bin froh, als Michel mich fragt, ob ich ihm in der Küche helfen will. Ich habe ihm erzählt, dass ich für einige Monate in einem Sternerestaurant mitgearbeitet habe, hoffentlich erwartet er sich nicht zu viel von mir. Interessiert sehe ich mich um: Edelstahl, der Herd ähnelt dem im Gasthaus Apfelbaum, vieles ist etwas anders angeordnet, aber mir dennoch vertraut.

Die Küche habe er aus Frankreich importiert, verstehe ich, amerikanische Standards, wie sie hier üblich wären, seien ihm zu schlecht. Keine Ahnung, ob das wirklich so ist. Zwei Schwarze in blendend weißen T-Shirts und ebensolchen Hosen schneiden Bohnen. Noch hat das Abendgeschäft nicht begonnen. Michel hat das Fleisch der Ziege bereits von den Knochen gelöst. Am Herd köchelt ein Topf mit Ziegenjus.

»Man muss die Knochen gut anrösten«, erklärt er mir und macht entsprechende Gesten. Küchenfranzösisch kann ich noch am besten, ich verstehe ihn. Außerdem weiß ich, wie man Jus erzeugt: Knochen anrösten, Wurzelgemüse dazu, grob geschnittene Zwiebel dazu, entweder frische Tomaten oder etwas Mark beigeben, dann mit Wein ablöschen, mit Wasser aufgießen, passende Kräuter dazu und kochen lassen, bis die Flüssigkeit auf mindestens ein Drittel reduziert ist. Sein Ziegenjus riecht hinreißend.

Ich werde gebeten, die Schale einer Limette abzureiben. Michel schneidet inzwischen mit der Präzision und Schnelligkeit, um die ich alle Berufsköche beneide, Zwiebel und Knoblauch fein.

Ob es Thomas schon besser geht? Ich habe ihn am Strand bei seiner Mutter abgeliefert, seine Augen waren noch immer rot. Einer der Taxifahrer hat mich umsonst zurück ins Pleasures gefahren, er ist ein Onkel von Thomas, wenn ich richtig verstanden habe. Man war bemüht, ihn nicht zu viel Mitleid spüren zu lassen, Mitleid kann einem Leidenden doppelt wehtun. Trotzdem war die Sympathie für ihn greifbar. Thomas hat mit den Morden nichts zu tun, da bin ich mir sicher. Und es war auch nicht er, der Bradley von unserer Nacht erzählt hat. Egal, was sich Vesna zusammenreimt.

Michel schneidet den Rücken und die Keule der Ziege in große Würfel und röstet sie in Butter an, Butter sei hier sehr teuer, aber für dieses Gerichte dürfe man einfach nur echte Butter nehmen, doziert er. Oui, Chef. Als das Fleisch Farbe angenommen hat, fügt er Zwiebel und Knoblauch sowie ein paar Scotch Bonnet Peppers und einen scharfen Chili hinzu, röstet noch einmal durch und gießt alles mit einer ziemlichen Menge Rum auf. Es zischt, und ein süßlicher, alkoholschwerer Duft steigt auf.

Ich bekomme Sehnsucht nach einem Mount Gay on the rocks und karibischem Nichtstun, Nichtsdenken.

Nachdem sich die Flüssigkeit etwas reduziert hat, ergänzt er sie mit so viel Jus, dass das Fleisch gut bedeckt ist. Jetzt kommt meine Limettenschale dazu und – voilà – das war es fürs Erste. Das Ragout soll nun mindestens eine Stunde leise vor sich hin köcheln, Michel weist einen seiner Hilfsköche an, etwas Jus nachzufüllen, wenn die Flüssigkeit nicht mehr über das Fleisch reicht.

Ich bekomme meinen Rum, und Vesna und Bata erzählen, was sie in der Stadt gehört haben. Über Angela la Croix herrschen sehr geteilte Meinungen: Die einen halten sie für das Inbild der jungen, tüchtigen Inselfrau, die anderen für eine überhebliche verwöhnte höhere Tochter, die vom wahren Leben in St. Jacobs keine Ahnung hat. Die Wahrheit dürfte wie meist irgendwo in der Mitte liegen. Aber wo genau?

Fast alle waren sich einig, dass beim Bau des Hotels Bestechungsgelder geflossen sind.

»Der Vater von la Croix, Gott hab sie selig, hat sich eine riesige Villa gebaut – genau zu der Zeit, als die Genehmigung des Hotels durchgegangen ist«, berichtet Bata triumphierend. Und Angela selbst hat das Hotelprojekt juristisch überwacht.

»War er eigentlich zuständig für den Bau?«, frage ich.

Bata weiß das nicht so genau, sie fragt Michel, aber der wiegt ratlos den Kopf.

»Weiß man von noch jemand, der sich bestechen hat lassen?«

»Man sagt, es habe auch die Idee gegeben, das Hotel in der Best Bay bauen zu lassen. Aber da hätte Thomas Carlyle interveniert, seine Mutter Rosemary hat viele Kontakte auch zu hohen Stellen.«

»Sie werden kaum jemand bestechen können.«

Vesna sieht mich spöttisch an. »Willst du Wahrheit herausfinden oder Thomas Heiligenschein machen?«

Bata mischt sich ein: »Nein, für Bestechung fehlt denen das Geld, das ist klar. Zwei, drei andere Minister sollen etwas genommen haben. Ich tippe jedenfalls auf Doledo, der hat seine Finger überall drin. Dick abgesahnt hat auch ein Gutachter, der gemeint hat, den Schildkröten werde schon nichts passieren. Was natürlich nicht gestimmt hat.«

Vesna dreht das Glas mit ihrem Ananassaft. »Außerdem – man spekuliert über Mord aus Eifersucht. Irgendwie ist deine Geschichte an die Öffentlichkeit gekommen.«

Ich sehe sie fassungslos an, meine Güte, wie peinlich. Die österreichische Touristin, die sich unsterblich in den Rezeptionisten aus St. Jacobs verliebt. Dabei war doch alles ganz anders, ist ganz anders.

Um es klar zu machen, fügt Vesna hinzu: »Du bist die Mordverdächtige. Zumindest für gewisse Leute.«

Michel nimmt mich an der Schulter. »Wir müssen die Ziege fertig machen«, sagt er. Ich trotte hinter ihm her und denke: Welche Ziege? Ob es seine Hilfsköche auch schon wissen? Ob sie es am Strand gewusst haben? Vielleicht war es gar nicht einfühlsame Zurückhaltung Thomas gegenüber, sondern erstauntes Schweigen, als ich mit ihm … Spätestens jetzt wird auch Thomas schon von diesem Gerücht gehört haben.

Michel wedelt mit der Hand über dem Ziegenragout, schnuppert und stößt begeisterte Laute aus.

»Du bist keine Mörderin. Basta«, sagt er dann, und damit ist für ihn der Fall erledigt, »riech einmal! Formidable!«

Ich bin den Tränen nah, schlucke, schnuppere dann aber, ein zweites Mal. Zarter Duft nach Ziege und Rum und Limette. Michel kostet, rührt einen Löffel Stärkemehl mit etwas Limettensaft und Rum ab, bindet die Sauce damit ganz leicht, zieht den Topf vom Feuer.

Die ersten Gäste treffen ein, ich will nicht neugierig angestarrt werden, will gehen, mich irgendwohin verkriechen, das ist alles zu viel für mich.

Bata flößt mir noch einen Rum on the rocks ein, Vesna schleppt mich mit zu unserem Lieblingstisch am Rand der Terrasse. Vielleicht könnte man wenigstens den großen Blumentopf vor unseren Tisch ziehen, schlage ich vor. Vesna schüttelt bloß den Kopf, und Michel kommt auch schon mit der Vorspeise: roh marinierte Garnelen mit Mangosauce. Ich bin besiegt. Trotzdem: Das Essen schmeckt mir mit jedem Bissen besser. Vesna grinst. »Kunststück, ist wirklich traumhaft.« Wo sie üblicherweise Meeresfrüchte nicht besonders mag.

Der Mord ist auch das Hauptthema der beiden Wochenzeitungen, die auf St. Jacobs erscheinen: Des »Island Spectator« und der »St. Jack's Weekly«. Man hat sich gegenseitig an Schnelligkeit überboten und noch am Abend Sonderausgaben auf den Markt gebracht. Dr. Zeelander, ein amerikanischer Physiker, der sich mit seiner Frau in St. Jacobs niedergelassen hat und Bata gut kennt, bringt beide Blätter mit.

Vesna will Bata die Zeitungen gleich entreißen, möchte nicht, dass ich sie lese, aber Bata lacht nur. »Was anderes als Gerüchte ist noch nie in unseren Zeitungen gestanden, und die Gerüchte kennen wir schon.«

Recht hat sie, verdammt noch einmal, was soll mir passieren? Ich war es nicht. Hm. Aber Christopher Frazer war es wahrscheinlich auch nicht. Wahrscheinlich sollte ich Oskar doch eine Mail schicken. Und ihm alles … Vergiss es. Zum Glück ist die Karibik weit weg von Frankfurt, ein Mordfall hier ist auf der anderen Seite des großen Teiches keine Schlagzeile wert.

Bata behält Recht. Die beiden Zeitungen wiederholen bloß die Spekulationen, die es auf der Insel ohnehin schon gibt. Allerdings aus sehr unterschiedlichen Blickwinkeln.

Für den »Island Spectator« war Angela la Croix beinahe eine Heilige, die sich im Interesse des Fortschrittes und des Wohlergehens der Insel aufgeopfert hat. Als Täter werden »gewisse radikale und gewalttätige US-Amerikaner« vermutet, »die schon seit Monaten St. Jacobs terrorisieren«. Ich fürchte, das könnte ein paar unserer Ökos beinahe stolz machen, so viel Wichtigkeit hat man ihnen bisher nicht zugestanden. Berichtet wird weiter vom gramgebeugten Vater la Croix, einem anderen Wohltäter der Insel. Man braucht nicht lange, um zu erkennen, dass das Blatt den Social Liberals, der Partei, der auch Minister la Croix angehört, nahe steht.

»Viel Unterschied zu den Freedom Democrates, der anderen Partei, merkt man aber in der Politik nicht«, erklärt Bata. »Außer dass die einen immer das Gegenteil von den anderen wollen und umgekehrt.« Vielleicht ein wenig vereinfachend, aber Ähnliches kenne ich von zu Hause auch.

In der »St. Jack's Weekly« berichten Experten, die anonym bleiben wollen, von Korruption beim Bau des Pleasures. Der jetzigen Regierung wird vorgeworfen, statt etwas für die Ärmsten der Armen auf der Insel zu tun, ausländische Investoren zu begünstigen und steuerfrei zu stellen. Als Mordmotiv wird mit zwei Möglichkeiten gespielt: Entweder die Korruption wäre ans Tageslicht gekommen – dann dürften »höchste Kreise« in den Mordfall verwickelt sein – oder es handelt sich um ein »privates Motiv«. Angeblich hätte es am Strand des Pleasures eine »wilde Eifersuchtsszene zwischen der schönen Angela la Croix und einer nicht minder attraktiven europäischen Touristin« gegeben. Der Mann, um den es dabei gehe, bleibe aus Gründen der journalistischen Rücksichtnahme ungenannt. Außerdem wird die Justiz aufgefordert, sich endlich auch um den Mord an Mick Fisher zu kümmern, doch offenbar gäbe es eben eine Zwei-Klassen-Justiz: Ein Arbeitersohn sei nicht so wichtig wie eine Ministertochter.

Bata gurgelt vor Vergnügen, als sie für Vesna übersetzt.

»Man stelle sich das vor, am Strand! Beide in wehendem Kleid! Dramatik pur! Und so ein Unsinn: Sie nennen Thomas' Namen nicht, obwohl jeder auf der Insel weiß, um wen es geht, aber der Chefredakteur ist ein Neffe von Rosemary. Und Rosemary steht den Freedom Democrates nahe, zumindest schimpft sie häufig über die Social Liberals.«

Ich gebe zu, ich lasse mir die Bezeichnung als »nicht minder attraktive europäische Touristin« auf der Zunge zergehen. Natürlich ist mit dem Redakteur die Fantasie durchgegangen, dennoch – es tut gut. Und der Rest des Unsinns kann mich jetzt schon kaum mehr schocken.

»Woher haben die Reporter ihre Informationen?«, frage ich.

Bata lacht. »Woher wohl? Sie sind wie wir auf die Straße gegangen und haben zugehört. Wenn die Polizei schon etwas gesagt hätte, dann wäre das drinnen gestanden. ›Officer Bradley sagt ...‹, ›der Polizeichef meint ...‹, ›wie wir in einem Exklusivgespräch mit dem Polizeichef in Erfahrung bringen konnten ...‹ – so etwas macht sich immer gut.«

Ich nicke. Kenne ich vom »Magazin«.

»Woher weißt du so gut Bescheid mit ...«

Bata schlägt ein Kreuzzeichen. »Hab ich nicht erzählt? Nummer drei, Gott hab ihn selig, ihm hat eine Lokalzeitung gehört.«

»Bradley ist nicht der Polizeichef, oder?«

»Wo denkst du hin? Bradley kümmert sich um die schwierigen Fälle, zum Glück gibt es davon nicht besonders viele auf der Insel. Das Amt des Polizeichefs ist natürlich politisch besetzt. Momentan ist es einer von den Social Liberals, keine Ahnung, was er vorher gemacht hat.«

»Und der mischt sich in die Ermittlungen ein?«

»Nur, wenn es was zu vertuschen gilt. Aber Bradley hat einen sehr guten Ruf. Er dürfte bei ihm nicht leicht damit durchkommen.« Ich habe keine Lust, ins Hotel zu gehen, bleibe nach dem Ziegenragout und dem Papayasorbet sitzen. Niemand von den Gästen scheint mich erkannt zu haben, zum Glück war kein Foto in den Zeitungen, dann wäre auch schnell aufgeflogen, dass ich nicht ganz so attraktiv wie Angela bin. Michel schüttelt den Kopf. Man müsse mir endlich einmal sagen, dass ich sehr gut aussähe.

Ja, mit zehn Kilo weniger, ein paar chirurgischen Korrekturen und im Halbdunkel.

Michel seufzt. Warum Frauen immer glauben, dass Männer nur dürre Gestalten lieben können? Bata nickt: »Ich hätte gerne zehn Kilo mehr, schon wegen der Falten.«

Eine glatte Lüge, da bin ich mir sicher. Aber trotzdem: Ich genieße es, getröstet und betreut zu werden.

Thomas' weißer Pick-up hält vor der Terrasse.

Ich wedle mit den Zeitungen.

»Das tut mir Leid, ich habe mit Bradley gesprochen und ihm gesagt, dass das Unsinn ist.« Er küsst mich auf die Wange.

»Wer hat Bradley von unserer Nacht erzählt?«

»Hat er nicht gesagt. Er war mir gegenüber einigermaßen reserviert.«

Wer weiß, was sich da noch zusammenbraut. »Wie geht es dir?«

»Danke, was soll ich sagen? Nicht gut. Gar nicht. Aber man überlebt alles, sagt meine Mutter. Sie hat Angela … falsch gesehen. Sie hatte keine Chance, sie so kennen zu lernen, wie sie wirklich war.«

Michel bringt Thomas einen Teller mit Ziege in Limetten-Rumsauce. Das ist seine Art, ihm Mut zuzusprechen.

»Ist es ausgeschlossen, dass Angela mit Drogen zu tun hatte?«, frage ich Thomas lange nach Mitternacht. Wir sitzen immer noch auf Michels Terrasse.

Er schüttelt den Kopf. »Völlig ausgeschlossen. Das passt einfach nicht zu ihr.«

»Das hätte eine mögliche Verbindung zwischen den beiden Morden ergeben.«

»Die andere ist: Beide waren im Pleasures beschäftigt.« Er reibt sich nachdenklich die Stirn.

»Wir sollten jedenfalls mehr über Mick und seine Drogengeschäfte wissen.«

»Vielleicht kann meine Mutter helfen.«

Auf alle wäre ich gekommen, nur nicht auf Mutter Rosemary.

Thomas versucht ein Lächeln. »Es gibt fast nichts, was sie nicht hört. Oder was sie nicht in Erfahrung bringen kann. Ich werde sie fragen.«

Als Thomas gefahren ist, merkt Bata trocken an: »Kaum ist Angela tot, traut sich Thomas wieder zu uns ins Restaurant.«

Am nächsten Morgen fahren wir mit Bata zur Best Bay. Vesna will es Thomas nicht allein überlassen, über Mick nachzuforschen.

»Ich kann Rosemary das nicht fragen«, protestiere ich schwach.

»Warum nicht? Rosemary ist klar, du hast Interesse an Aufklärung. Ganz eigenes Interesse.«

Am Vormittag wirkt Rosemarys Bar wie Strandgut. Kein Mensch ist zu sehen, zwei Schirme mit jeweils zwei Liegen warten auf die ersten Badegäste, wann immer sie kommen mögen. Sand und Meer und drei Pelikane auf der Jagd, sie gleiten elegant über die Wasseroberfläche, steigen mit zwei kräftigen Flügelschlägen fünf, zehn Meter auf, starren nach unten, um sich dann, den Schnabel voran, die Flügel angelegt, mit einem eher uneleganten Platsch ins Meer zu stürzen. Der Fisch ist im Schnabel, der Pelikan dümpelt entengleich auf dem Wasser, mit sich und der Ernährungslage zufrieden.

Rosemary kommt aus der Bar, sieht mich freundlich wissend an und umarmt mich.

»Thomas hat mich und meine Töpfe abgeliefert, heute wird nicht viel los sein. Ich habe ihn zurückgeschickt, um aus der Fabrik Soda und Carib zu holen. Er braucht Beschäftigung, der arme Junge.« Sie sieht mich besorgt an. »Ich hoffe, Sie machen sich nichts aus den dummen Gerüchten. Man darf nichts glauben, was in der Zeitung steht. Und auf das Geschwätz der Leute darf man schon gar nicht hören.«

Ich schüttle den Kopf. »Ich arbeite selbst bei einem Magazin.«

»Ja dann.« Es scheint ihr nicht in den Sinn zu kommen, dass ich ihre Sichtweise von Medien als etwas beleidigend empfinden könnte. Sie hat Recht damit.

Ich stelle ihr Vesna vor, die beiden Frauen sind einander auf Anhieb sympathisch. Beide Praktikerinnen, was das Leben angeht.

»Du musst sie fragen, noch hat sie Zeit«, trägt mir Vesna auf.

Ich schüttle den Kopf.

Rosemary sieht mich neugierig an. »Was ist los?«

»Drugs«, sagt Vesna.

Rosemary lächelt ungläubig und sichtlich irritiert.

Ich erkläre. »Vesna meint, wir versuchen dahinterzukommen, in welche Geschäfte dieser Mick von der Wachmannschaft verwickelt war.«

»Ein Verwandter von uns, aber nur weitläufig. Es ist besser, so etwas der Polizei zu überlassen. Manche Sachen soll man nicht wissen.«

»Weil es gefährlich werden kann?«

»Auch. Ich will nicht, dass meine Strandbar brennt.«

»Thomas hat gesagt, wenn es irgendjemand auf der Insel gibt, der etwas über Micks Deals herausfinden kann, dann ist es seine Mutter Rosemary.«

Sie lächelt und breitet ein sauberes Geschirrtuch über einen Stapel Teller. »Gegen die lästigen Fliegen. Das ist typisch Tom. Aber da weiß ich nichts, und ich will auch nicht nachfragen.«

Ich verstehe ihren Standpunkt. Wir werden uns einen Badetag gönnen – falls man uns lässt. Gestern noch hat es so ausgesehen, als würde ich den Rest meines Karibikurlaubs in einer Zelle verbringen. Unter Verdacht stehe ich noch immer. Ich muss mit Minister la Croix reden. Und mit diesem Doledo. Aber ein paar Stunden Frieden …

Thomas ist noch nicht zurück, wir nehmen drei der vier Liegen in Beschlag. Ich muss ins Wasser, endlich wieder ausgiebig schwimmen, vielleicht kommt mir dabei eine Idee.

Als ich müde und entspannt zurückkomme, sehe ich, dass inzwischen einige Strandbesucher dazugekommen sind. Vesna redet mit einem schlaksigen Schwarzen, der ein meterlanges Agavenblatt in der Hand hält. Bata liegt wie eine Eidechse in der Sonne.

»Das ist gut gegen Sonnenbrand«, ruft mir Vesna zu, als ich an Land komme, und deutet auf das Agavenblatt. »Coconut Joe reibt einen damit ein.«

Ich sehe mir Coconut Joe an und weiß, dass ich von ihm nicht eingerieben werden will.

»Zigarette?«, fragt Coconut Joe, und ich brauche ein paar Sekunden, bis ich begreife, dass er mir keine anbieten, sondern sich eine von mir schnorren möchte. Ich schüttle den Kopf. Rosemary stellt neben uns weitere Sonnenschirme auf, sie hat Coconut Joe gehört und schimpft mit ihm auf Patois. Seltsame Mischung aus ganz harten und ganz weichen Lauten.

»Er soll sich hier nicht herumtreiben und die Gäste anschnorren, das weiß er ganz genau. Wenn er mir hilft, in Ordnung, dann bekommt er auch ein paar Dollar dafür. Aber er darf niemanden belästigen. Das kann ich hier nicht brauchen.«

Coconut Joe scheint ihre Autorität anzuerkennen und lächelt schief. Viele Zähne hat er nicht mehr, wie alt kann er sein? Fünfunddreißig? Fünfundvierzig? Fünfundfünfzig? Seine Augen sind gelblich rot, sie sehen ähnlich aus wie die von Öko-Rasta Greg. Ich habe eine Idee. Aber dafür muss Rosemary etwas weiter weg sein.

»Vesna will sich mit Aloe einreiben lassen«, sage ich zu Coconut Joe.

Rosemary nickt. »Das ist wirklich gut. Aber die Agaven wachsen hier überall, man kann ein Blatt abschneiden und muss nichts dafür zahlen.«

Coconut Joe sieht die Geschäftsstörerin wütend an. Vesna sieht mich wütend an. Offenbar will auch sie nicht, dass Coconut Joe an ihr herumfummelt.

»Was kostet es?«, frage ich.

Zehn karibische Dollar verlangt der Geschäftsmann.

Rosemary faucht. »Du bist verrückt. Das sind keine Touristinnen, zumindest keine üblichen. Die stehen unter meinem Schutz.«

»Fünf Dollar«, verbessert sich Coconut Joe.

An der Bar warten einige Gäste auf Rosemary, sie eilt zurück.

»Sag ihm, dass ich das selbst machen will«, befiehlt Vesna.

»Kommt gar nicht infrage, wir brauchen etwas Zeit, um ihn auszuhorchen.«

»Lass du dich einschmieren, Mira Valensky.«

»Ich denke nicht daran. Du hast ihn aufgegabelt. Du wirst es schon überleben.«

Coconut Joe hat sich bereits neben Vesna in den Sand gesetzt und reibt mit der saftigen Schnittstelle der Pflanze über ihr Bein.

»Hast du Mick gekannt?«, frage ich ihn.

»Wen?«

Das war der falsche Beginn.

»Drugs«, probiert es Vesna. Dass sie auch nie den Mund halten kann.

»No drugs«, sagt Coconut Joe und schüttelt bedauernd den Kopf, nein, leider, Drogen könne er uns nicht anbieten, er habe keine und außerdem sei das verboten. Er könne uns grüne Kokosnüsse vom Baum holen, das Kokosnusswasser sei hervorragend gegen Durst. Vielleicht aber … Mal sehen, was er tun könne. Vor morgen gehe es auf keinen Fall.

Ich verstehe ihn sehr schlecht, er spricht einen wilden Dialekt und scheint zudem auch noch zu nuscheln. Ganz auf der Höhe ist der Typ nicht, auch wenn er Kokosnüsse ernten kann. Habe ich richtig gehört? Er will uns morgen vielleicht Drogen bringen? »Ich muss etwas herausfinden, Coconut Joe«, sage ich möglichst langsam und deutlich. »Ich will keine Drogen, aber ich zahle dir Geld, wenn du mir sagst, woher die Drogen kommen.«

Coconut Joe schüttelt den Kopf. Er sei doch nicht dumm, er nicht. Er könne nur so viel sagen: Von der Insel kommen die Drogen nicht, die kommen von auswärts. Per Schiff.

Darauf wäre ich auch alleine gekommen.

Details will er uns keine verraten. Und schon gar nicht will er uns zu einem Zwischenhändler bringen. Aber jetzt will er Geld für die Informationen.

»Welche Informationen?«

Er sieht beleidigt drein. Vielleicht könne er uns noch etwas sagen.

»Vielleicht?«

»Sicher.«

Ich halte ihm einen Zehner unter die Nase und passe auf, dass mich Rosemary nicht sieht.

»Manchmal findet man Drogen hier am Strand.« Er schnappt sich das Geld, kichert und ist weg.

Kein Wunder, dass er über uns lacht. Wenigstens den Agavenzweig hat er dagelassen. Das reine Aloe Vera kühlt tatsächlich fantastisch.

Hoffmann hat Thomas für die nächsten zwei Wochen auf Urlaub geschickt, danach werde man weitersehen. »Ich würde lieber arbeiten. Das lenkt ab. Aber der GM sagt, er weiß, was für mich gut ist. Wahrscheinlich fürchtet er das Gerede der Gäste.«

»Das gibt es sowieso«, stelle ich so sachlich wie möglich fest. Beim heutigen Frühstück habe ich Blicke gesehen ... Ein Teil der Leute hätte mich am liebsten angetatscht, um zu spüren, wie sich eine echte Mörderin anfühlt. Oder bilde ich mir das nur ein? Wie viele Touristen lesen schon die Inselzeitungen?

Thomas trägt schwarze Bermudashorts und ein schwarzes Tanktop. Auch wenn es für den internationalen Leistungssport nicht mehr reichen mag: Er sieht aus, als wäre er noch immer wunderbar in Form. Keine Ahnung, seit wann ich Muskeln sexy finde.

»Zurück an den Strand, zurück zum Beginn«, sagt er und lächelt traurig.

»Nicht auf Dauer und ...« Es wäre pietätlos, ihn damit trösten zu wollen, dass der Posten von Angela la Croix vor kurzem frei geworden ist.

»Liebe Mira Valensky,

soeben habe ich erfahren, dass Sie es geschafft haben, in der friedlichen Karibik in einen Mordfall verwickelt zu werden. Dem Vernehmen nach sind Sie sogar die Hauptverdächtige. Keine Sorge, bisher gibt es darüber lediglich einen Artikel im Blatt – der bekanntlich größten Zeitung des Landes. Bitte umgehend um nähere Aufklärung, vergessen Sie bitte nicht, dass Sie sich quasi auf Dienstreise befinden.

Ihr besorgter Chefredakteur.«

Ich sitze im Computerraum und starre auf den Bildschirm. Wie kann jemand in Österreich so schnell von dem Mord erfahren haben? Wen interessiert so etwas?

Ich hacke in die Tasten, schreibe zurück.

»Lieber Chefredakteur,

ein paar tausend Meilen scheinen einiges verzerrt zu haben: Ja, es gibt sogar zwei Mordfaelle im Pleasures. Nein, ich habe mit keinem der beiden direkt etwas zu tun. Allerdings freue ich mich ueber einen Auftrag – gerne berichte ich ueber Hintergruende und Ursachen. Wir sind wieder einmal naeher am Geschehen als das Blatt. Wenn Sie wissen, wie das Blatt zu der Story gekommen ist, bitte ich um die entsprechenden Infos.

Heisse Gruesse

Mira Valensky.«

So cool wie möglich, ja. Und wenn er nicht gerade in einem Meeting weilt, ist mein Chefredakteur immer online, also warte ich auf eine Antwort und lese unterdessen die anderen E-Mails. Keine von Oskar, keine von Droch dabei. Riesengroß dürfte der Bericht im »Blatt« also nicht gewesen sein. Allerdings: Üblicherweise verweigert Droch die Lektüre des meistgelesenen Schmierblattes. Und Oskar ist in Deutschland.

Ich bestätige der Ressortleiterin das Datum meiner Rückkehr und dass ich gerne bereit bin, zwei Tage danach zu einem Termin nach Salzburg zu fahren. Optimismus ist alles, sie werden mich schon nicht einsperren.

Eine Freundin hat mich zu ihrem Geburtstagsfest eingeladen, ich schicke karibische Grüße und wünsche ihr alles Gute.

Die Retourmail ist da:

»Als Attachment der Bericht vom Blatt. Die Infos haben sie über die Nachrichtenagentur Caribbean Travel News, die Agenturmeldung ebenfalls als Attachment. Story brauchen wir keine, außer Sie gestehen und liefern uns Ihre Geschichte exklusiv, alles andere ist zu weit weg. Sollte die Story auf andere Weise mehr Fleisch bekommen (Sex, Drugs, karibisches Feeling, Prominente, die man auch bei uns kennt), dann kontaktieren Sie mich wieder. Ansonsten rate ich Ihnen, Ihre Nase lieber ins Meer oder in den Sand zu stecken.

Ihr Assistent, üblicherweise Chefredakteur.«

Ich klicke auf die Attachments.

Bericht der Caribbean Travel News, deutschsprachige Ausgabe:

»Heute Früh wurde Angela la Croix, 30, Resident Managerin des Pleasures auf St. Jacobs, im Hotelpool ermordet aufgefunden. Es ist der zweite Todesfall innerhalb weniger Wochen, der erste betraf einen Wachebeamten des Hotels. Über den Täter herrscht noch Unklarheit. Dem Vernehmen nach handelt es sich entweder um radikale US-amerikanische Studenten, die seit Monaten gegen das Luxushotel protestieren, oder um einen Mord aus Eifersucht. Die Wiener Journalistin Mira V. könnte in diesem Zusammenhang demnächst in U-Haft genommen werden. Die Polizei hat eine Nachrichtensperre verhängt.«

Wie viele Wiener Journalistinnen heißen schon Mira V. und sind zur Zeit gerade auf St. Jacobs?

Das »Blatt« in seiner gestrigen Abendausgabe:

»Um Eifersucht unter heißer Sonne scheint es in einem Mordfall zu gehen, in den die bekannte Wiener ›Magazin‹-Journalistin Mira V., 41, verwickelt ist: Wie örtliche Quellen berichten, hatte sie auf der idyllischen Karibikinsel St. Jacobs eine lautstarke Auseinandersetzung mit der schönen Resident Managerin Angela la Croix, 30. Am nächsten Morgen fand man la Croix erstochen im Pool des Luxushotels Pleasures. Die Lifestylejournalistin Mira V. wurde einem breiteren Publikum durch die ›Aufdeckung‹ einiger Kriminalfälle bekannt, auch bei diesen gab es immer wieder Gerüchte, die Frau könnte nähere Kontakte zur kriminellen Szene haben, als es der Polizei lieb ist.«

Dreckschleuder. Natürlich. Gezeichnet ist die Meldung mit H. B. – Hugo, mein spezieller Freund. Ich sollte ihm eine Mail schicken und ihn fragen, ob er solche Sehnsucht nach mir hat, dass er sogar exotische Presseagenturen auf meinen Namen hin durchforstet. Aber wer weiß, was er daraus wieder zaubern würde. Die plausibelste Erklärung für die Story ist wohl, dass nicht nur das »Magazin« eine Einladung vom neuen Pleasures bekommen hat, sondern auch das »Blatt«. Hugo liebt Journalistenreisen und hat wohl etwas im Internet gesurft. Riesengroß ist der Bericht zum Glück nicht. Und ich bin weit weg.

Es klopft, ich sehe mich erstaunt um. Eine junge weiße Hotelangestellte fragt schüchtern und in perfektem Deutsch: »Frau Valensky?«

Ich nicke.

»Eine Dame sucht Sie. Sie wartet in der Hotelhalle.«

»Sind Sie aus Deutschland?«

»Ja, ich mache mein Volontariat hier. Mein Vater ist im Managementboard von Pleasures.«

Ich logge mich aus, stehe auf und gehe mit dem blonden Mädchen Richtung Halle.

»Gefällt Ihnen die Arbeit hier?«

»Ich mache ein Tourismuskolleg, und dafür brauche ich Praxis.«

Klingt gar nicht so begeistert. Wir gehen schweigend nebeneinanderher. Um wenigstens noch etwas zu sagen, meint meine Begleiterin: »Eigentlich wollte ich Medizin studieren.«

»Und Ihr Vater hat anderes mit Ihnen vor.«

»Na ja. Ich darf mich wohl kaum beklagen.«

»In welchem Bereich arbeiten Sie?«

»Rezeption. Ich weiß, dass Sie Thomas Carlyle … Dass Sie ihn gut kennen. Tut mir sehr Leid für ihn, ich finde ihn sehr nett. Ich glaube nicht, dass Sie etwas mit der Sache zu tun haben.«

Bata rudert aufgeregt mit den Armen, diesmal ist ihr Kleid rot, aber schlicht und elegant wie immer. Wenn sie höchstpersönlich auf Feindesgebiet geht, dann …

»Du musst bitte sofort kommen, ich habe dich nicht erreicht. Die Polizei ist bei uns, sie will eine Durchsuchung machen. Überall.«

Ich beruhige sie, Routinehandlung. Überraschenderweise hat die Spurensicherung in meinem Hotelzimmer keine größere Unordnung angerichtet. Ich habe keine besondere Lust, öfter als nötig auf Bradley und seine Leute zu treffen.

»Sie dürfen das doch nicht einfach so«, empört sich Bata.

»Wenn sie einen Durchsuchungsbefehl haben …«

»Irgendeinen Zettel haben sie mit, aber ich kenne mich da nicht so aus, und Vesna hat zwei unserer Amerikaner zur Nachkontrolle ins Krankenhaus gefahren, und du bist nicht ans Telefon gegangen.«

Die Volontärin verfolgt Batas Ausbruch mit offenem Mund.

»Es gibt so etwas wie eine Vertraulichkeitspflicht den Gästen gegenüber, ich hoffe, das ist Ihnen klar«, sage ich möglichst streng zu ihr. Sie scheint gerne und viel und über alles zu plaudern.

Das Mädchen klappt den Mund wieder zu und nickt.

Dann renne ich mit Bata zum Golden Sand. Mag sein, dass sie zu viel Rum trinkt und zu viele Zigarillos inhaliert – laufen kann sie. Ich keuche, als wir ankommen. Von Bradley keine Spur, die Frau mit den violetten Fingernägeln wie Waffen trägt ein Clipbord und scheint auch hier für das Protokollschreiben zuständig zu sein. Zwei jüngere Beamte, ebenfalls in Uniform, stehen im Schatten vor dem Restauranteingang und warten.

»Wo ist Michel?«, frage ich.

»Bei seinem Fischer.«

»Und die Ökos?«

»Drei müssen da sein, der Rest ist im Krankenhaus.«

Der schlankere der beiden Beamten bittet uns, Englisch zu reden.

Ich sehe mir ihre Ermächtigung an. Ein klassischer Durchsuchungsbefehl, Begründung: »Vertraulicher Hinweis auf belastendes Material«.

Keine Ahnung, ob das hierzulande ausreicht, aber ich nicke. Was soll's, sie würden sich in keinem Fall daran hindern lassen, zu ermitteln.

»Du lässt sie alles durchsuchen?«, ruft Bata empört.

»Es bleibt uns nicht viel anderes übrig.«

Bata pflanzt sich in der vollen Größe von einem Meter zweiundfünfzig und ihrem Kampfgewicht von mindestens fünfundvierzig Kilo vor den Ermittlern auf.

»Wir haben nichts zu verbergen!«, ruft sie dramatisch und breitet die Arme aus, als wolle man sie kreuzigen.

Sogar die mit den Waffenfingernägeln muss für einen Moment lächeln.

Die Polizei beschlagnahmt einige Flugzettel der Ökos, auf denen sie zum Boykott gegen das Pleasures aufrufen und alle auffordern, im Internetforum »Save St. Jacobs« für die Schließung des Hotels zu unterschreiben. Gesetzeswidrig ist das nicht, und außerdem: Die Polizei hätte diese Flugzettel einfacher bekommen können. Die Ökos verteilen sie auf den Straßen in Oldtown und am Strand.

Bata weicht den Ermittlern nicht von der Seite. Sie durchforsten Apartment für Apartment.

»Nur noch zwei, und die sind unbelegt«, sagt Bata. »Was soll es hier geben?«

Ich bin nicht mit hineingegangen, die Luft ist abgestanden, und ich will einfach nicht mehr. Ich will endlich meine Ruhe. Mein Rückflug hat eine Zwischenlandung in Frankfurt. Vielleicht sollte ich in aller Ruhe mit Oskar reden. Das hat er sich verdient. Das hab ich mir verdient. Vielleicht sollte ich früher abreisen … Nur müsste ich mit Bradley klären, ob ich das Land überhaupt verlassen darf. Und ich müsste den Flug umbuchen. Das kostet. Ich seufze. Zumindest habe ich bisher sehr wenig Geld ausgegeben, ich bin nicht dazu gekommen.

»Mira, komm«, schreit Bata aufgeregt.

Der Polizeibeamte wirkt, als wolle er das Ding in seinen Händen vor mir verstecken, das kommt ihm dann aber doch lächerlich vor. Er hält eine Puppe hoch. Ich sehe, wie unter seinen Plastikhandschuhen der Schweiß steht.

Die Puppe ist aus schwarzem Stoff, dort, wo bei einem Menschen das Herz wäre, steckt eine Nadel mit einem roten Plastikknopf.

»Voodoo«, flüstert Bata heiser.

Ich schüttle den Kopf. Wir sind in der Karibik, aber wer glaubt wirklich noch an so etwas? Die Nadel scheint von einer recht modernen Pinnwand zu stammen.

Der Beamte starrt mindestens so ratlos wie ich auf die Puppe. In der anderen Hand hält er einen Zettel, die Buchstaben wurden aus einer Zeitung ausgeschnitten. Er ist so irritiert, dass ich ihm den Zettel mit spitzen Fingern abnehmen kann:

»Angela la Croix muss sterben. Sie hat die Geister der Insel verraten.«

Mir fällt der eingerauchte Rasta ein.

»Unsinn«, sagt Vesna später. »Täter hat selbst nicht an Hokuspokus geglaubt, warum hat er sie sonst mit echtem Messer ermordet? Nadel in Puppe, wenn es funktioniert, sie ist tot, wäre viel einfacher und weniger Spuren.«

»Vielleicht, um sicherzugehen?«, rätsle ich.

»Und dann legt er Puppe in Apartment von Golden Sand.«

»Das Apartment stand leer.«

»Vielleicht hat Polizei die Puppe mitgebracht. Wollte sie unterschieben.«

Ich schüttle den Kopf. Bata hat gesehen, wie sie die Puppe unter dem Zierpolster entdeckt haben.

»Sehr einfaches Versteck«, zweifelt Vesna. »Jemand, der klug ist, versteckt Puppe besser.«

»Vielleicht ist jemand nicht besonders klug, der an solchen Zauber glaubt.«

»Mord war klug begangen.«

Ich überlege. »Vielleicht gibt es zwei Täter: den einen, der Angela tatsächlich ermordet hat, und den anderen, der es mithilfe der Puppe versucht hat.«

»Gestorben ist sie«, sagt Bata leise mit ihrer rauen Stimme, »vielleicht hat der Voodoo-Zauber also doch gewirkt.«

Ich sehe sie aufmerksam an. »Sag nicht, dass du …«

»Wo denkst du hin?«

Ich kann mir Bata sehr gut vorstellen, wie sie gemeinsam mit einer alten, dicken schwarzen Voodoo-Zaubererin eine Nadel in die Puppe treibt.

Ich will gerade gehen, um mich für das Abendessen umzuziehen, als

Officer Bradley gemeinsam mit dem schlankeren Beamten von heute Nachmittag vorfährt.

Keine Chance, mich ungesehen aus dem Staub zu machen. Warum auch? Aber vielleicht geht es allen Verdächtigen so: Auch wenn der Verdacht zu Unrecht besteht, wird einem beim Anblick der Polizei unbehaglich zumute.

Bradley will selbst nachfragen, was es mit der Puppe auf sich haben kann. Allzu ernst scheint er die Sache aber nicht zu nehmen.

»Ein Ablenkungsmanöver«, mutmaße ich, »vielleicht hat jemand Interesse daran, dass der Mord aussieht wie der Racheakt eines Einheimischen.«

Er wiegt den Kopf hin und her. »Wer kann es wissen? Aber mit Ihnen wollte ich ohnehin noch einmal reden.«

Mir wird heiß. Labilere Menschen mit noch mehr Fantasie würden jetzt ein Geständnis ablegen. Hoffentlich merkt er nicht, wie mir das Blut ins Gesicht schießt.

»Sie reden mit den Studenten über die Puppe«, weist Bradley seinen Kollegen an.

Er geht mit mir zur Rückseite des Hotels, Richtung Grundstücksgrenze. Die Front des Pleasures ragt wie ein Schlachtschiff vor uns auf.

»Wirklich etwas groß«, murmelt er.

»Ich werde nie begreifen, dass sie eine Baugenehmigung bekommen haben.«

»Das hat mich nicht zu interessieren.«

»Da wäre ich mir nicht sicher. Es ist sehr viel von Bestechung die Rede. Vielleicht wollte Angela la Croix die Sache spät, aber doch auffliegen lassen.«

»Es steht sehr viel von einem Mord aus Eifersucht in unseren Zeitungen. Außerdem: Warum hätte la Croix das tun sollen? Sie wäre doch selbst mit drinnen gehangen. Und ihr Vater unter Umständen auch. Ich kümmere mich um handfestere Spuren.« Er sieht mich aufmerksam an. »Wir haben das Messer gefunden. Es stammt aus der Hotelküche.«

»Zu der hatte ich keinen Zugang.«

»Habe ich Sie danach gefragt?«

Ich schüttle den Kopf.

»Die Hotelküche hat einen Seitenausgang zur Poolbar. Er ist so gut wie nie verschlossen, hat mir das Personal bestätigt. Man geht hier einfach nicht davon aus, dass einer der Gäste in die Küche gehen und einen Schöpflöffel klauen könnte. Und für die Belegschaft ist es so einfacher. Wenn in der Küche niemand mehr da ist, geht der Barkeeper hin und wieder noch spät in der Nacht durch die Seitentür in die Küche, um einem guten Gast einen Sonderwunsch zu erfüllen: etwas Salat, ein Sandwich oder so.«

»Und an diesem Abend?«

»War die Küche um zweiundzwanzig Uhr leer, und der Barkeeper am Pool hat fast pünktlich kurz nach dreiundzwanzig Uhr Schluss gemacht. Die Bar in der Hotelhalle hat ohnehin bis vier Uhr früh offen. Jedenfalls hätte jeder in die Küche gehen, ein Messer nehmen und Angela la Croix erstechen können. Ich habe ein wenig über Sie nachgeforscht: Sie kennen sich in Küchen aus.«

»Um ein Messer zu nehmen, muss man sich nicht auskennen. Wo haben Sie das Messer übrigens gefunden?«

»In der Messerlade. Es war ein mittelgroßes Küchenmesser, alle, deren Klingen halbwegs gepasst haben, sind zur Spurensicherung gegangen. Das Messer war abgewaschen, aber nicht gründlich genug. Wir haben sogar mit unseren Inselmikroskopen feine Blutspuren entdeckt.«

»Bei einem Messer nichts Ungewöhnliches.«

»Es steht zu fünfundneunzig Prozent fest, dass es das Blut von Angela la Croix war. Um hundertprozentige Sicherheit zu bekommen, haben wir die mutmaßliche Tatwaffe nach Santo Domingo geschickt, dort gibt es ein hervorragend ausgestattetes Labor.«

»Also hat der Täter ein Messer aus der Küche geholt, hat Angela am Pool aufgelauert, sie erstochen, ins Wasser geworfen, ist wieder in die Küche gegangen, hat das Messer abgewaschen, zurückgelegt und ist dann verschwunden.« Ich schüttle zweifelnd den Kopf.

»Es war anders«, sagt Bradley trocken. »Sie ist in der Küche ermordet worden. Wir haben Blutspuren gefunden, wenn auch nicht viele. Sie ist in der Küche ermordet worden, durch den Seitenausgang die drei Meter zum Pool und dann über die Stufen des Pools ins Wasser geschleift worden. Dabei dürfte sie sich auch den Bluterguss auf der Wange zugezogen haben.«

»Die Kraft hätte ich nicht.«

Bradley sieht mich wieder von der Seite an. »Habe ich Sie danach gefragt? Außerdem: So schwer war la Croix nicht. Eine kräftige Frau in Panik schafft das schon.«

»Gegen die Panik spricht allerdings, dass sie danach das Messer abgewaschen hat.«

»Das Messer wurde erst im Pool aus Angelas Rücken gezogen. Sonst gäbe es in der Küche viel mehr Blutspuren. Es hat sich mehr oder weniger von selbst abgewaschen.«

»Und niemand hat etwas gesehen?«

»Es war niemand da, la Croix ist zwischen Mitternacht und zwei Uhr früh ermordet worden. Die Zimmer sind weit genug entfernt, und außerdem hatten fast alle die Fenster geschlossen. Wegen der Klimaanlage.«

Ich nicke. Ein Luxushotel eben, mit viel Platz und Ruhe.

»Gibt es noch etwas, das Sie mir sagen wollen?«

Ich sehe ihn an. »Ich habe sie selbstverständlich nicht ermordet. Sehr verschwiegen scheinen Ihre Beamten übrigens nicht zu sein, die ›Caribbean Travel News‹ hat noch am selben Tag eine Meldung hinausgegeben.«

Bradley lächelt. »Der Redakteur der ›St. Jack's Weekly‹ schreibt für die Agentur. Da ist es wohl in einem gegangen.«

»Und wie konnte die Öffentlichkeit überhaupt etwas von Ihrem seltsamen Verdacht gegen mich erfahren?«

Jetzt habe ich Bradley verärgert. »Wie? Ganz einfach: Weil nichts auf der Insel geheim bleibt. Irgendjemand hört immer etwas. So läuft das.«

»Und es reicht für Verdächtigungen.«

»Ich gründe meinen Verdacht auf Fakten. Von der Öffentlichkeit kann man das leider nicht verlangen. Seien Sie nicht so empfindlich. Ich hätte Sie schon längst in Untersuchungshaft nehmen können. Übrigens, falls Sie es noch nicht wissen: Christopher Frazer ist heute aus der Haft entlassen worden, das ballistische Gutachten ist jetzt da: Mick Fisher wurde eindeutig nicht mit der Waffe ermordet, die wir im Apartment des Amerikaners gefunden haben. Das ist noch kein Freispruch, aber ein Indiz weniger. Wir sind ein Rechtsstaat, und ich lege Wert darauf, dass das auch so bleibt. Also haben wir ihn auf freien Fuß gesetzt. In zwei, drei Wochen müsste die Ausweisung der Amerikaner ohnehin durch sein.«

Das erinnert mich an etwas. »Ich habe übrigens auch ein Gerücht gehört: Die Drogen, mit denen Mick zu tun gehabt haben dürfte, kommen per Schiff.«

»Na so eine Neuigkeit.«

»Man sollte die Küsten überwachen.«

»Haben Sie schon bemerkt, dass wir ziemlich viel Küste haben? Sind Sie wirklich so naiv?«

Der Redakteur der »St. Jack's Weekly« hat mir versprochen, gegen zweiundzwanzig Uhr in die Hotelbar zu kommen. Ich werde ihm wohl zwei, drei Drinks ausgeben müssen. Wahrscheinlich erwartet er sich ein Geständnis von mir oder ist zumindest auf ein Exklusivinterview mit der Hauptverdächtigen scharf. Auch schon egal. Außerdem habe ich vor, den Spieß umzudrehen: Ich werde ihn aushorchen.

Zweiundzwanzig Uhr und fünfzehn Minuten und immer noch kein Reporter. In einer der Ledergarnituren neben der Bar sitzen fünf Holländer und haben es offensichtlich sehr lustig. Ganz nüchtern sind sie nicht mehr, in ihren hellen Leinenanzügen wirken sie wie Kolonialherren aus vergangenen Zeiten. Sie scheinen sich auch so zu fühlen.

»He Süße, Sweetheart«, schreien sie der Barkeeperin zu, »noch eine Runde rum punch, aber vom extrastarken!«

Die hoch gewachsene Frau hinter der Bar lächelt süß, sie leert unbeeindruckt und mit flinken Bewegungen jedem eine zusätzliche Portion Rum in die großen, eisbeschlagenen Gläser.

»Für dich auch einen!«, schreit der mit dem rotesten Gesicht.

»Danke«, sagt sie und macht noch einen Strich auf ihren Kassablock. Trinken wird sie ihn kaum, denke ich mir. Ich lächle ihr komplizenhaft zu. Sie lächelt zurück. Der Nächste, der seinen Drink bar bezahlt, bekommt ihren: So wird niemand betrogen, sie muss sich nicht betrinken und erhält das Geld, das ein extrastarker rum punch kostet.

Sie bringt die Gläser zum Tisch der Klubgarnitur und prostet den Herren wenig später mit einer Flüssigkeit zu, die man von weitem und nicht mehr ganz nüchtern für rum punch halten könnte.

Am anderen Ende der Theke, so, dass er für mich fast durch die chromblitzende Saftzentrifuge verdeckt ist, sitzt der amerikanische Polizeibeamte, der am Pool in die Luft geschossen hat. Er nickt zu mir herüber. Offenbar hat mich der Reporter versetzt. Ich bin neugierig. Der Mann hebt sein Glas und deutet fragend auf den Platz neben mir, internationale Verständigungsgeste. Ich nicke.

»Martin Pollac«, stellt sich der Mann höflich vor. Er ist an die fünfzig, schlank mit braunen Haaren, ein Typ, den man sofort wieder vergisst. Nicht schlecht für seinen Beruf. Sein Englisch klingt gepflegt und hat nichts mit jenem zu tun, das amerikanische Cops in TV-Serien reden. Aber die sehen ja auch völlig anders aus.

Ich stelle mich vor. Wahrscheinlich weiß er längst, dass ich verdächtigt werde. Wer sagt, dass er nicht mit der hiesigen Polizei zusammenarbeitet? Er ist vielleicht gar nicht auf Urlaub, sondern von der amerikanisch-deutschen Konzernführung angeheuert, wer weiß.

»Sie haben durch Ihre Schüsse eine schlimmere Prügelei verhindert«, lobe ich ihn.

»Dabei war es nur ein Schreckschussrevolver. Ich mag Waffen nicht, aber ich muss mich an sie gewöhnen.«

Seltsamer Polizist, sehr sympathisch, ich mag auch keine Waffen.

»In ihrem Beruf ...«, setze ich an.

»Sie kennen meinen Namen?«, strahlt er.

Ich bin irritiert. »Ich weiß nicht ...« Warum sollte ich den Namen eines amerikanischen Polizisten kennen?

Pollac seufzt auf. »Entschuldigen Sie, warum auch? Ich bin Schauspieler, aber es kennt mich so gut wie niemand.«

Überrascht sehe ich ihn an. »Und Sie hatten zufällig einen Schreckschussrevolver dabei? Und eine derart gute Reaktion?«

»Ich habe den Tumult gehört und bin hinuntergelaufen, ich bin ein eher ängstlicher Mensch, ich weiß nicht, warum, aber ich habe die Schreckschusspistole, mit der ich für meine nächste Rolle trainieren soll, mitgenommen. Und als ich dann die Schlägerei gesehen habe, da habe ich das getan, was häufig in Drehbüchern steht, ich habe ›aufhören, sofort aufhören, Polizei!‹ gebrüllt.«

»Sie haben eine laute Stimme.«

»Sie gehört zu meinem Handwerk. Hat man eigentlich schon eine Spur?«

»Sie haben nichts mitbekommen?«

»Ich bleibe die meiste Zeit hier im Hotel.«

Um sich das Hotel leisten zu können, muss er ganz gut verdienen. Pollac, Pollac – habe ich trotzdem noch nie gehört. »Sie spielen Theater?« Das scheint mir am ehesten zu ihm zu passen.

»Nein, ich bin Filmschauspieler. Eine meiner Rollen kennen Sie hundertprozentig.«

Hoffentlich, ich möchte nicht unhöflich sein.

»Lilac.«

Lilac ist das nette lila Fellmonster mit Breitmaulfroschmund, Glupschaugen und einem gewissen Hang zur Anarchie. Der Film war der Sommerhit des vergangenen Jahres, A-Movie, Traumfabrik Hollywood, ich hab über die Österreich-Premiere berichtet. Der Film war nett, stellenweise sogar ausgesprochen witzig.

»In Verkleidung ist jede meiner Autogrammstunden fünftausend Dollar wert. Ohne Verkleidung – bin ich ein Niemand.«

»Ist das nicht angenehm?«

»Schon, aber … Man wird in gewisser Weise auch Schauspieler, um erkannt zu werden.«

»Sie haben ja auch in anderen Filmen gespielt.«

»Natürlich, aber das war meine große Rolle, mein Durchbruch.

Und trotzdem: Sogar im Besetzungsbüro und in den Filmstudios muss ich immer ›Lilac‹ dazusagen, damit mich jemand wiedererkennt. Das nagt manchmal ganz schön am Selbstbewusstsein.«

»Ich würde gerne mit Ihnen ein Interview machen: ›Der Mann, der hinter Lilac steckt.‹«

Er strahlt.

»Ich schreibe bloß für ein österreichisches Magazin, aber … Ich bin mir sicher, das ist eine Story, die viele gerne lesen. – Bei der Filmpremiere waren Sie nicht in Wien, oder?«

»Nein, in Europa haben wir jemand anderen in das Lilac-Kostüm gesteckt, er musste sich bloß fotografieren lassen. Die Werbung war ganz und gar auf Lilac ausgerichtet, man wollte gar nicht zeigen, wer ihn spielt. Lilac ist deutlich attraktiver … Offenbar nicht nur für Kinder. Wäre ich Lilac … So aber hat selbst meine Frau mich verlassen, ist mit einem Nebendarsteller davongelaufen und verlangt jetzt Geld von mir, als wäre ich Tom Cruise. Jack Warnheimer heißt der Typ, als ob den jemand kennen würde. Trotzdem. Es hat ihr gereicht. Er ist wenigstens zu sehen, wenn er spielt.«

»Und Sie haben immer solche Felltiere gespielt?«

»Nicht nur, ich war der König der Zirkonier in ›Raumschiff Enterprise‹. Vielleicht haben Sie die Folge gesehen. Aber da war ich natürlich auch in voller Maske. Die Zirkonier haben nur ein Auge und keine Ohren, war gar nicht so einfach, diese Rolle. Und in ›Star Wars 3‹ war ich das Wesen mit dem Rüssel und den Sprungbeinen, das Luke in letzter Sekunde rettet.«

»Wie lange bleiben Sie noch hier?«

»Ein, zwei Wochen, ich weiß nicht, die Dreharbeiten zum nächsten Film beginnen in einem Monat, und im Herbst nehmen wir dann die Fortsetzung von ›Lilac‹ auf.«

»Ihre nächste Rolle? Die mit dem Revolver?«

»Das ist eine gute Rolle, erstklassiger Western mit allen Stars, die Sie sich vorstellen können. Ich spiele einen Revolverhelden. Eine kleinere Rolle, aber in einem Film mit Weltklassebesetzung. Das Problem ist nur: In jeder meiner Szenen habe ich ein Tuch über Mund und Nase gezogen. Ich habe überlegt, wie ich es schaffen könnte, wenigstens kurz unverkleidet im Bild zu sein, aber der Regisseur hat alle meine Ideen abgelehnt. Man würde mich nicht wiedererkennen, wenn ich nicht das rote Tuch über dem Gesicht habe, hat er gemeint.«

Der Inselhit des Jahres sickert aus den Lautsprechern.

Be my star, my star,
I will love you like a star,
Together in the stars,
I will love you,
Be a star, be my star,
Maybe, your mother say, you are no hero,
And teachers called you a fool,
Who cares?
We will make love in the sea,
You are my star, my star …

Die Barfrau singt leise mit, und Lilac, das nette lila Fellmonster, seufzt.

Der Reporter kommt exakt eine Stunde zu spät und behauptet, wir hätten uns um dreiundzwanzig Uhr verabredet. Er ist zirka so alt wie ich, schmächtig und weiß mit einem Gelbstich im Gesicht, der entweder auf ungesunden Lebenswandel deutet oder darauf, dass wenigstens einer seiner Vorfahren afrikanischer, vielleicht auch indischer Herkunft war. Die langen, dünnen schwarzen Haare sind zu einem Zopf gebunden, er versucht abgebrüht dreinzuschauen und erinnert mich an die Kollegen aus der Chronikredaktion des »Magazins«.

Pollac wünscht mir noch einen schönen Abend und hofft, mich wiederzusehen. Ich nicke, ich verspreche, wir machen das Interview.

»Wer ist das?«, fragt der Reporter.

»Lilac.«

»Wer?«

»Lilac, das Fellmonster, kennen Sie es nicht? Ohne Verkleidung.«

Er hält mich für durchgeknallt, aber da kann ich auch nichts machen.

»So sieht also die Hauptverdächtige aus«, sagt er und taxiert mich von oben bis unten.

Ich ärgere mich, halte seinem Blick aber stand. »Wer hat Ihnen von dem absurden Gerücht erzählt?«

»Lady, es gibt einen Informantenschutz, selbst in unserem Kaff.«

»Ich könnte Sie wegen übler Nachrede verklagen.«

»So lange wollen Sie Urlaub machen? Erzählen Sie mir lieber etwas über sich. Soviel ich weiß, sind wir ja so etwas wie Kollegen.«

Ich denke nicht daran, ihm neuen Stoff zu geben. »Sie schreiben auch für die ›Caribbean Travel News‹. Eigentlich keine gute Karibikwerbung, wenn zwei Menschen ermordet werden. Das Pleasures wird Ihnen nicht gerade dankbar sein.«

»Es waren ja keine Touristen. Außerdem bin ich nicht dumm: Ich habe mir die Meldung vom Chef persönlich absegnen lassen. Hoffmann hat gesagt, in diesem Fall sei es besser, an die Öffentlichkeit zu gehen, es zu vertuschen gelänge sowieso nicht.«

»Sie haben ihm auch erzählt, dass Sie mich mangels sinnvoller Ideen zur Verdächtigen machen wollen?«

»Hoffmann sieht das cool. Er weiß, dass Sie verdächtig sind, was soll er unternehmen? Soll er sich der Kritik aussetzen, einen Gast gedeckt zu haben?«

Wer weiß, ob Hoffmann tatsächlich von der Meldung gewusst hat.

»Und was ist die nächste heiße Spur?«

»Sie, Lady.«

»Schnee von gestern sagt man bei uns zu so etwas. Die Leute wollen Neues, wie wäre es mit der Drogengeschichte rund um Mick von der Wachmannschaft?«

»Drogen?«

»Noch nie davon gehört?«, spotte ich.

»Das läuft bei uns total uninteressant, kleine Fische. Da ist die Korruptionsspur schon viel heißer, aber die ist wieder so heiß …«

»Passt Ihnen doch ins politische Bild, oder?«

»Die Regierung besteht aus Gaunern, lassen Sie sich das sagen, ich weiß, wovon ich rede.«

»Während die andere Partei aus Engeln besteht. Korruptionsvorwürfe hat es doch auch gegen Ihre Partei gegeben, als sie an der Regierung war.«

»Meine Partei …«, murmelt er. »Ich weiß nicht. Jedenfalls war das böse Propaganda, und so arg wie in den vergangenen sieben Jahren war es noch nie. Und jetzt die beiden Morde …«

»Also war ich es, oder war es die Regierung? Oder vielleicht die Regierung und ich gemeinsam?« Meine Güte, wie mir diese Art von Schwätzern auf die Nerven geht.

»Sie sind nervös«, erwidert er und sieht mich spöttisch an. »Vielleicht wollen Sie doch ein Geständnis ablegen? Ich rücke Sie attraktiv ins Bild, das kann ich versprechen.«

Ich sehe ihn möglichst gelangweilt an und schweige.

»Okay«, sagt er nach einiger Zeit, »Sie erzählen mir, worum es im Streit mit Angela genau ging, und ich erzähle Ihnen dafür eine Neuigkeit von der Drogenfront.«

»Ich hatte keinen Streit mit Angela la Croix.«

»Habe ich aber anders gehört. Ich erzähle Ihnen die Nachricht von der Drogenfront trotzdem: Kann gut sein, dass Ihr Thomas Carlyle und seine Mutter Rosemary in der Sache mit drinhängen: Die Drogengeschäfte sollen über ihre Bar abgewickelt worden sein. Mick ist ein Cousin von Thomas. Vielleicht hat Thomas auch im Hotel etwas gedeichselt? La Croix hat von der Sache Wind bekommen, und er hat sie ermordet.«

Ich seufze über so viel Dummheit.

Er redet weiter. »Und Mick hat er auch ums Eck gebracht, klar, der wollte einen größeren Anteil an den Drogeneinnahmen und hat Thomas erpresst. Das würde total zu Mick passen.«

»Werden Sie das in der nächsten Ausgabe schreiben?«

Er zuckt unschlüssig mit den Schultern. »Keine Ahnung, die nächste Ausgabe gibt es erst in sechs Tagen – wenn nicht noch ein Mord oder sonst etwas Sensationelles passiert. Das Dumme ist nur, mein Chefredakteur ist irgendwie mit Rosemary Carlyle verwandt. Wir haben in unserem schönen Land viel zu viele Verwandte. Mafios, das Ganze.«

»Apropos: Was halten Sie von Minister la Croix?«

»Wer fragt hier wen aus?« Aber er schafft es ohnehin nicht, irgendetwas für sich zu behalten. »Ein Oberkorruptionist. So etwas wie Inseladel, die Familie war immer schon wichtig, sein Urgroßvater war der erste Schwarze, der in die Regierung gekommen ist. Ein Feind der Arbeiterklasse, Verräter des Volkes, wie immer Sie wollen. La Croix hätte es am liebsten, wenn niemand Steuern zahlen müsste und alle für ihr eigenes Unglück verantwortlich wären. Wer arm geboren ist, ist für ihn eben nicht tüchtig genug.«

»War er für die Baugenehmigung des Pleasures zuständig?«

»Nein, das ist formal der Minister für Bauten und Entwicklung, Doledo.«

»War Doledo nicht eine Zeit lang mit Angela la Croix befreundet?«

»Sein Neffe. Doledo und seinem Bruder gehört die halbe Insel. Baumärkte, Supermärkte, Leihwagenfirma, Touristenvillen. Mister Großkotz persönlich. Kann den Hals nicht voll kriegen. Die Familie ist vor dreißig Jahren oder so aus Südamerika eingewandert. Wahrscheinlich hat man sie aus Argentinien rausgeworfen. Der Sohn seines Bruders ist der einzige Erbe, ein Trottel, ich bin mit ihm aufs College gegangen. Außer schnellen Autos und Frauen hat er nicht viel im Kopf. Wenn Sie mich fragen: Doledo, also der Minister, hat sicher Geld genommen. Aber das zu schreiben … Bei ihm bin ich lieber vorsichtig. Mal sehen.«

»Jedenfalls können Sie über einen Mangel an Verdächtigen nicht klagen«, sage ich spöttisch.

»Nein, kann ich nie.«

Ich verspreche, mich bei ihm zu melden, falls es was Neues gibt. Ich muss mich ja nicht an mein Versprechen halten.

[8.]

Am nächsten Morgen treibe ich mich am Pool herum und versuche die neugierigen Blicke einiger Gäste zu übersehen. Tatsächlich sind es vom Küchenausgang bis zum Schwimmbecken nicht mehr als drei, vier Meter. Ob ich es geschafft hätte, Angela aus der Küche in den Pool zu schleifen? Wahrscheinlich.

Die Fenster zur Küche sind durch eine Hecke abgeschirmt, ich spaziere hinter die blühenden Hibiskusbüsche und ertappe zwei junge Männer in Kochuniform. Sie hocken auf alten Kübeln und rauchen. Wie sie mich sehen, springen sie auf. Aber ihr Fluchtweg ist durch mich blockiert. Ich lächle so beruhigend wie möglich.

»Pause?«, frage ich.

Die beiden nicken etwas zu schnell.

»Ist es nicht schlimm, dass Angela la Croix gerade in eurer Küche …?«

Der eine, er kann kaum mehr als sechzehn Jahre alt sein, sieht mich erschrocken an. »Wir dürfen nicht darüber reden.«

»Ich dachte mir, es weiß ohnehin niemand etwas, das Ganze ist ja mitten in der Nacht passiert.«

Der Ältere, er muss so gegen zwanzig sein, murmelt: »Natürlich war niemand von uns da, aber wir dürfen nicht mit den Gästen darüber reden.«

Ich ignoriere das einfach. »Ich habe auch einmal in der Küche gearbeitet. Niemand hat irgendeine Veränderung bemerkt? Etwas Seltsames?«

Sie sehen mich nun etwas interessierter an. Ein Gast, der in der Küche gearbeitet hat? Vielleicht gibt es auch für sie noch ungeahnte Karrieremöglichkeiten. »Nein, wer Frühschicht hat, ist sowieso immer müde. Die ersten beiden kommen um halb sechs.«

»Und wenn ein Gast mitten in der Nacht etwas möchte?«

»Dann macht das der Nachtportier. Oder der Barkeeper, wenn er noch da ist.«

»War Angela la Croix öfter in der Küche?«

Der Junge sieht mich an und grinst. »Mit ihren Fingernägeln? Sie war unsere Chefin, gleich nach dem General. Die muss nichts in der Küche machen.«

Der Ältere schüttelt den Kopf. »Ich hab sie schon hin und wieder gesehen, aber das war in der Nacht, sie hat oft sehr lange gearbeitet. Vielleicht hat sie sich was zu essen gemacht, ich weiß nicht. Die anderen vom Personal dürfen das natürlich nicht, aber sie schon.«

»Wann war das?«

»Keine Ahnung, eben hin und wieder.«

Man müsste alle, die in der Küche arbeiten, befragen. »War die Polizei schon bei euch?«

»Bei uns?«

»Na in der Küche.«

»Klar, sie haben gefragt, ob jemand etwas Besonderes gesehen hat. Aber es hat niemand etwas bemerkt.«

»Und du hast erzählt, dass sich die Resident Managerin ab und zu in der Küche etwas zu essen gemacht hat?«

»Warum? Es ist Wochen her, dass ich sie zum letzten Mal in der Küche gesehen habe.«

Vielleicht sollte Thomas mit den Köchen reden? Mitten in der Hotelanlage wird eine Frau ermordet, und niemand will auch nur irgendetwas bemerkt haben?

Wie war das eigentlich beim Mord an Mick? Er ist im Geräteschuppen des Golden Sand erschossen worden. Doch als Bata und die Ökos aufgeregt Nachschau gehalten haben, war der Täter schon über alle Berge. Vielleicht müsste er nur durch das Loch im Zaun… Oder es war doch einer der Ökos. Keine Kunst, sich unter die anderen zu mischen und entsetzt zu tun.

Ich werde an die Best Bay fahren und schauen, ob Thomas da ist.

Er wird am besten wissen, ob es Sinn macht, mit dem Küchenpersonal zu reden. Außerdem muss ich ihn vor dem Reporter der »St. Jack's Weekly« warnen.

Und ich will meinem Chefredakteur eine Story liefern, die sich gewaschen hat.

Thomas ist nicht da, ich bin darüber mehr enttäuscht, als mir lieb ist. Rosemary hat keine Ahnung, wo er steckt, er habe gesagt, er müsse in die Stadt. Auch heute sind nur die Stammkunden vom Glorious Sunset zu sehen: das kanadische Ehepaar, ein paar Taxifahrer, die Domino spielen, die zwei älteren schwulen Australier, ein paar aus Rosemarys großer Verwandtschaft.

»Im März ist die Kreuzfahrtsaison fast zu Ende, jetzt haben wir pro Woche nur mehr zwei, drei Schiffe, die bei uns anlegen. Im Januar kommen bis zu zwölf Schiffe die Woche.«

Ich glaube, mir ist die ruhige Jahreszeit lieber. Ich will Rosemary nichts von dem Unsinn erzählen, laut dem ihre Bar ein Drogenumschlagplatz sein soll. Aber vielleicht kann sie mich bei der Sache mit der Voodoo-Puppe auf neue Ideen bringen.

Interessiert hört sie zu, überlegt dann lange. »Da kann schon etwas dran sein, Sie kennen unsere Insel nicht so gut, Mira. Wir sind modern geworden, aber … es gibt fast niemanden, der nicht an unsere Geister glaubt. Die Jumbies, die Geister der Toten, die nicht in Frieden ruhen dürfen. Man geht in der Nacht nicht gerne außer Haus bei uns, schon gar nicht ohne Licht, Jumbies können böse sein.«

Gleich neben der Postkarte von New York, Twin Towers noch intakt, hängt in der Bar eine Plastikuhr mit dem Bild der Mutter Gottes. »Ich dachte, Sie seien … christlich.«

Rosemary lächelt breit und gütig. »Natürlich. Ich bete jeden Tag zur Mutter Gottes, auch für die Gesundheit des Heiligen Vaters, aber das hat doch nichts damit zu tun, dass es die Geister gibt.«

Ich weiß nicht, wie viel der Papst für Jumbies und Voodoo übrig hat. Selbst Geisterbeschwörungen sehen sie im Vatikan als exklusives Recht.

»Und das mit der Voodoo-Puppe funktioniert?«

Rosemary lehnt an der Theke und scheint zu überlegen. »Es hat funktioniert, oder? La Croix ist tot. Ein Messer ins Herz.«

»Vesna meint, würde es wirklich klappen, hätte der Mörder kein reales Messer gebraucht.«

Rosemary schaut aufs Meer hinaus. »Vielleicht wollte jemand ihren Tod, und jemand anderer war das Werkzeug? Die Wege des Herrn, meine Liebe, sind unergründlich.«

»Welche Wege?«, fragt Thomas.

Ich habe ihn nicht kommen hören.

»Die des Herrn«, kläre ich ihn auf und erzähle ihm nun auch von der Puppe.

»Unsinn«, ärgert er sich, »Mom, dass ausgerechnet du auf so etwas hereinfällst.«

»Und wer war es, der sich als kleines Kind nicht in den Garten getraut hat wegen der Geister?«

»Ich bin erwachsen geworden.«

»Manchmal heißt Erwachsenwerden leider auch, den richtigen Blick zu verlieren. Vor lauter Vernunft und Wissen kann man nichts mehr sehen.«

»Mutter! Voodoo-Puppen! Niemand kann das ernst nehmen.«

»Ich sage ja nicht, dass es theoretisch funktioniert. Aber – es hat eben funktioniert. Praktisch.«

»Ein Messer hat funktioniert.«

»Ich sage nicht, dass ich so etwas gutheiße, auch der Zauber mit einer Voodoo-Puppe ist letztlich Mord.«

»Braucht man dafür bloß eine Puppe und eine Nadel, oder muss man mehr dazu tun?«, frage ich.

Thomas stöhnt auf. »Nicht auch du noch.«

»Ich will bloß wissen, ob das jeder kann oder ob jemand mit einer bestimmten Person zusammengearbeitet haben muss.«

»Es gehört schon das Wissen um die Geister dazu«, meint Rosemary.

»Aberglauben«, fährt Thomas dazwischen.

»Gibt es Experten für so etwas?«, will ich wissen.

Rosemary lächelt. »Ja, gibt es. Eine Tante von mir …«

Thomas stöhnt auf. »Bitte nicht Tante Georgia. Sie ist weit über achtzig, kann vor lauter Fett kaum mehr gehen und verwünscht alle, die ihren Weg kreuzen. Ich bitte dich!«

Rosemary zögert. »Du hast schon Recht, Tom, sie ist etwas eigen, aber von Voodoo versteht sie eine Menge.«

»Vielleicht kann man sie fragen, ob jemand bei ihr einen Zauber bestellt hat?«

Rosemary schüttelt den Kopf. »Dagegen sind Priester und Ärzte Plaudertaschen. Sie würde so etwas nie sagen, sie würde den Schutz der Geister verlieren.«

»Aufwachen«, ruft Thomas, »das hier ist das 21. Jahrhundert!«

Rosemary sieht ihn mitleidig an. »Du bist momentan natürlich etwas mitgenommen. Glaube mir, wenn du trauerst, trauere ich auch. Aber Mira hat Recht, man muss etwas tun, damit der Fall gelöst wird. Ich werde mit Tante Georgia sprechen.«

»Da will jemand nur ablenken«, beharrt Thomas.

Kann gut sein. Aber wer?

Von der Idee, mit den Köchen zu reden, hält Thomas wenig. »Es ist schon möglich, dass sie der Polizei weniger erzählen, als sie wissen. Mir erzählen sie es dann aber auch nicht. Abgesehen davon: Wüssten sie etwas Konkretes über den Mord, sie würden es sagen. Es ist eher so: Die sind froh, wenn sie aus der Küche draußen sind, und kommen freiwillig nicht mehr in ihre Nähe bis zur nächsten Schicht. Nach Dienstschluss sehen sie nichts.«

»Hat sich Angela in der Nacht häufig noch etwas zu essen gemacht?«

Thomas sieht mich erstaunt an. »Angela? Kann ich mir nicht vorstellen. Natürlich hat sie oft lange gearbeitet und immer wieder im Hotel übernachtet, das gehört zu den Aufgaben einer Resident Managerin, sie muss zumindest dann im Haus sein, wenn der General Manager nicht da ist. Aber Angela war sehr stolz auf ihre Figur, sie hatte

Angst, wie die meisten Frauen der Insel im Laufe der Jahre etwas üppig zu werden. Wenn wir zum Abendessen ausgegangen sind, hat sie meistens nur Fisch oder Hummer und Salat gegessen.«

»Mmmm, Hummer«, wiederhole ich.

»Sie mögen Hummer?«, fragt Rosemary interessiert.

»Natürlich.«

»Ich mag ihn nicht so besonders. Aber wenn Kreuzfahrtschiffe da sind, grille ich meistens welchen. Wenn Sie wollen – es ist kein Problem, ich schaue, dass unser Fischer welche mitbringt.«

Voodoo hin oder her, warum sollte man an den ganz realen Freuden des Lebens vorbeigehen? Ich nicke begeistert.

Das Meer ist heute wilder als in den letzten Tagen, Thomas borgt mir seine zweite Schwimmbrille. Wir werfen uns gegen die Wogen, es gischtet, brodelt, die Kraft des Wassers zieht mir den Boden unter den Füßen weg. Dann haben wir die Brandung überwunden und schwimmen die Küste entlang: Thomas mit regelmäßigen Kraultempi, ich mit kräftigen Brustzügen. Er passt sich meiner Geschwindigkeit an. Wir reden nicht, das Meer redet mit uns, durch die Schwimmbrille sehe ich eine Unzahl von bunten Fischen, die ich sonst nur aus dem Aquarium kenne. Große blaue mit einem gelben Fleck auf der Stirn, knallgelb und schwarz getigerte, einen Schwarm Tintenfische, kleine rote mit einem grünen Schwanz. Thomas deutet nach unten. Neben dem Riff liegt eine Decke. Ein Rochen, sicher zwei Meter groß. Ich hätte ihn wohl übersehen, er lässt sich vom bewegten Sand am Meeresboden zustauben. Die großen, runden Kinderaugen aber hat er nach oben gedreht. Er beobachtet uns interessiert und ohne Furcht. Ich strahle Thomas an, und seit langem sehe ich ihn wieder lächeln.

»Man sollte mit den Köchen reden«, sage ich zu Bata und Vesna.

»Wo ist das Problem?«, fragt Bata zurück. »Da kann Michel auch einmal etwas tun. Von Koch zu Koch, meine Süße, ist doch bestens.«

Ich schüttle den Kopf. »Er kann nur Französisch, und ob es ein Dolmetscher bringt ...«

Bata schickt eines ihrer Serviermädchen, um Michel zu holen.

Er wischt sich die Hände an der Schürze ab. »Die pikante Haifischsuppe kommt gleich. Sie ist vielleicht etwas scharf geworden, aber dafür mit Kokosrum …« Er schnalzt mit der Zunge.

Wenn er über das Essen spricht, verstehe ich Michels Französisch inzwischen ziemlich gut.

Aber als Bata auf ihn einredet, ist es mit meinen Sprachkenntnissen wieder so gut wie vorbei. »Pleasures« verstehe ich bloß und »Koch«. Michel nickt mehrere Male heftig und antwortet. Langsam sagt er dann in meine Richtung: »Ich kann mit einem Koch von drüben reden, er hat einige Jahre bei uns gearbeitet.« Damit eilt er wieder zu seiner Haifischsuppe zurück.

Bata sieht zufrieden drein. »Ich wollte nur das Einverständnis meines Chéri, Sinhap hat einige Jahre bei uns gekocht, Michel hat ihn nicht gerne gehen lassen, aber Sinhap hat Familie, und die Arbeitszeiten bei uns sind nicht so klar definierbar wie im Pleasures, sie arbeiten im Schichtbetrieb. Wir waren Sinhap nicht böse. Ich habe ihn vor kurzem in der Stadt getroffen, er hat gemeint, dass Michel schon um Klassen besser kocht als ihr Küchenchef. Michel hat Sinhap viel beigebracht.«

»Die Haifischsuppe …«, schwärme ich Michel an, als er nach dem Abendessengeschäft zu uns auf die Terrasse kommt. Er ist bereits umgezogen.

»Oui«, nickt er befriedigt. »Und jetzt treffe ich mich mit Sinhap bei ihm zu Hause. Er wohnt im Nachbardorf, seine Frau hat schon wieder ein Kind bekommen. Die Inder sterben so schnell nicht aus. Er scheint etwas erzählen zu wollen, aber was weiß man …«

Bata übersetzt, doch diesmal hab ich beinahe alles verstanden.

»Die Haifischsuppe«, wiederhole ich. Üblicherweise lässt Michel sich nicht so lang um ein Rezept bitten. Hätte ich bloß die Möglichkeit, hier selbst zu kochen. Mit all den Früchten und Fischen und Gewürzen …

Michel hat es heute eilig. »Fischfond kochen, also: Gräten und

Kopf und Reste, halb Wasser, halb Weißwein aufgießen, Pfeffer, ganz wenig Salz, Piment, Thymian, eine Tomate, eine Karotte, etwas gelben Kürbis, Jungzwiebel. Nach einer Viertelstunde abseihen, noch einmal aufkochen. Frischen Ingwer ganz fein hacken, Haifischfleisch in kleine Würfel schneiden, Kürbis in winzige Würfel schneiden, alles mit etwas Hot Sauce in den kochenden Fond, drei Minuten ziehen lassen, einen Spritzer Kokosrum dazu – servieren. Voilà. Ich muss fahren. Geht auch mit anderem Fisch.«

Am nächsten Morgen erwache ich bei Sonnenaufgang. Von einer Minute auf die andere geht das Nachtkonzert in das Tageskonzert über: Die Baumfrösche und Grillen verstummen, die Vögel fangen an zu singen, zu kreischen. Von irgendwoher höre ich eine Kuh, wahrscheinlich steht sie mitten auf der Straße und hält den Frühverkehr auf. Heute geht die Sonne ohne dramatische Farbeffekte auf, ruhig, der Himmel ist hell und klar. Ein strahlender Tag kündigt sich an. Das Meer ist über Nacht ruhig geworden, fast wirkt das Wasser so, als könnte man darauf gehen. Aus dem Schlafzimmerfenster sehe ich hinunter zum Golden Sand. Michel trägt Abfall zur Mülltonne. Ich werde ihn überraschen.

Michel gibt mir vor Freude einen Kuss auf die Wange. Bata schlafe immer lang, aber er liebe den Morgen, lächelt er. Eigentlich gehöre auch ich eher zur Fraktion der Langschläferinnen.

Michel macht ein wichtiges Gesicht. »Ich habe viel zu erzählen«, beginnt er.

Jetzt wäre es doch gut, wenn Bata mit dabei wäre.

Ich versuche mich zu konzentrieren und werde zunehmend aufgeregt. Wenn ich Michel richtig verstehe, dann hat Sinhaps Schwager sehr wohl etwas gesehen. Aber er will nicht mit der Polizei reden, weil er sich fürchtet. Sinhaps Schwager scheint auch in der Küche zu arbeiten. Ein paarmal bitte ich Michel, langsamer zu reden. Michel weiß nicht, ob Sinhaps Schwager nun seine Angst überwinden wird, aber … Sinhap wird es probieren. Er sei gleich dafür gewesen, alles zu erzählen.

»Wir sollen zu Sinhap kommen?«

Michel schüttelt den Kopf. »Nein, wenn Sinhaps Schwager reden will, dann kommt er.«

»Hierher?«

Michel nickt.

»Wann?«

»In der Früh. Jetzt.«

Ich sehe auf die Uhr, es ist halb sieben. Die Hotelküche ist sicher mit den Vorbereitungen fürs Frühstück beschäftigt. Ob ich Sinhaps Schwager suchen …

Michel schüttelt lebhaft den Kopf. Wenn er komme, dann rede er, wenn er nicht komme … Er dreht die Handflächen nach oben.

Eine Klapperkiste, gegen die selbst Batas alter Subaru wie ein Luxusschlitten wirkt, staubt über die Zufahrt.

Zwei Inder steigen aus. Der eine ist groß und dick, der andere klein und dünn. Der Dünne scheint nicht so recht zu wissen, was er hier soll.

Michel eilt auf die beiden zu, ich halte mich lieber im Hintergrund. Wer weiß, vielleicht läuft der Dünne sonst weg.

Michel zieht die beiden in meine Richtung und redet auf den Dicken ein. Sinhap hat wohl im Laufe der Jahre gelernt, Michel zu verstehen. Oder sich zusammenzureimen, was er sagt. Er begrüßt mich höflich, indem er sich leicht verneigt.

»Das ist mein Cousin Bramaton. Er spricht sehr gut Englisch. Aber kein Französisch.«

Ich lächle Bramaton zu. Also nicht der Schwager, sondern der Cousin, auch recht. Er verneigt sich vor mir, sein Blick bleibt am Boden kleben.

»Bramaton ist erst seit kurzem in St. Jack«, erklärt Sinhap. Auch er scheint froh zu sein, mit mir Englisch sprechen zu können. »Ich bin Chef Michel zu großem Dank verpflichtet, er hat mich Kochen gelehrt und ich habe nie einen besseren Chef gehabt. Bramaton hat Angst. Er ist … Er ist als Besucher im Land, noch wissen wir nicht, ob er bleiben darf.«

»Aber er arbeitet in der Küche des Pleasures.«

»Zur Probe. Als Abwäscher.«

Man könnte dazu wahrscheinlich auch Schwarzarbeit sagen – wenn es hier so etwas wie Arbeitsgenehmigungen gibt.

»Er will dableiben dürfen. Da ist es besser, ruhig zu sein.«

Bramaton nickt. Er ist wohl Anfang zwanzig, von hinten könnte er auch als ein vierzehnjähriger Knabe durchgehen.

»Es geht um Mord«, sage ich langsam und ruhig zu dem jungen Inder.

Er sieht mich ernst an und nickt. Hat er mich nicht verstanden?

Dann sagt er in einem erstaunlich guten Englisch: »Ich weiß. Doch ich kann es mir nicht leisten, zurückgeschickt zu werden. Ich bin legal da, aber nur als Besucher. Ich dürfte nicht arbeiten, und ich will dem Pleasures keine Probleme machen. Ich will von ihnen angestellt werden. Sie testen mich. Mein Cousin ist ein großer Koch. Ich werde es lernen.«

Michel wird ungeduldig. »Ich verstehe nicht«, murrt er.

Ich lege ihm beschwichtigend die Hand auf den Arm. Er habe das »fantastique« eingefädelt, versuche ich zu radebrechen, er solle mich bitte mit Sinhap und Bramaton reden lassen, Sinhap werde ihm alles erzählen und Bata dann noch den Rest.

Michel murmelt etwas in der Art, dass alle zivilisierten Menschen Französisch sprächen. Sinhap fühlt sich sichtlich geehrt. In einem eher skurrilen indisch-englischen Französisch bedankt er sich. Bramaton werde mit der Lady reden, und dann werde man entscheiden, was zu tun sei. Er lege das Schicksal seines Cousins in Michels Hände. Das gefällt Michel wieder. Er nickt gütig, wird wieder praktisch und bedeutet uns, an einem Tisch auf der Terrasse Platz zu nehmen. Er werde gehen und Kaffee machen.

Wir setzen uns.

Bramaton starrt jetzt auf die Tischplatte.

»Was haben Sie gesehen?«, frage ich geradeheraus.

»Ich habe Angst«, erwidert er.

Was kann ich ihm versprechen? Ich habe keine Ahnung, wie Officer Bradley wirklich denkt. Kann man mit ihm einen Deal aushandeln? Einen Zeugen schützen? Zuallererst will ich aber Bramatons Geschichte hören.

»Erzähle«, drängt ihn auch Sinhap. »Ich bin es meinem Lehrmeister schuldig. Und du bist es mir schuldig. Wer hat dich nach St. Jacobs gebracht? Wir werden später entscheiden, was zu tun ist. Wenn die Lady eine Freundin von Chef Michel ist, dann kannst du ihr vertrauen.«

Ich nicke.

Bramaton zeichnet mit dem Finger auf die Tischplatte. »Ich …«, beginnt er und verstummt wieder. »Ich werde nicht heimgeschickt?«

»Ich werde alles tun, damit es nicht so ist«, ermutige ich ihn.

»Ich habe lange Dienst gehabt an diesem Tag. Sinhap hat früher heimfahren müssen, seine Frau hat erst vor einer Woche ihr Kind bekommen. Also sollte ich mit dem Bus nachkommen. Aber im Bus habe ich bemerkt, dass ich mein Geld und meinen Ausweis im Hotel vergessen habe. Ich bin wieder ausgestiegen und den Weg zu Fuß zurückgegangen. Es gibt eine Küchentür auf der Hinterseite des Hotels, die zu den Mülleimern führt. Da gehen wir üblicherweise rein. Zum Glück war sie noch offen. War mir lieber, als durch den Garten gehen zu müssen.«

»Haben Sie gesehen, ob beim Pool noch Betrieb war?«

»Ich bin in die Küche gegangen und dann gleich nach unten. Unter der Küche, im Keller, haben wir unsere Spinde. Ich habe meine Geldtasche geholt, da war es schon nach dreiundzwanzig Uhr. Ich gehe, ohne Licht zu machen, durch die Küche, da bemerke ich Stimmen und verstecke mich hinter der Küchentür. Es war …«

Ich halte die Luft an.

»Es war im Garten beim Pool. Die schöne dunkle Dame und ein Mann von der Wachmannschaft. Die Männer von der Wachmannschaft tragen diese Uniformen. Und sie haben sich ein paar Tage vorher über mich lustig gemacht. Ich habe ihren Dialekt nicht verstanden, sie haben mich umzingelt und ausgelacht.«

»Und?«, frage ich heiser.

»Die beiden haben schrecklich gestritten. Die schöne Dame hat ihm etwas befohlen, sie ist der Chef, das weiß ich. Und der Mann hat widersprochen. Nicht laut, aber wie gezischt. Sie verstehen – böse. Ich habe nichts verstanden zuerst, sie haben in einer anderen Sprache gesprochen. Dann hat die Chefin auf Englisch, es war ein sehr schönes Englisch, gesagt, dass er gefälligst das tun muss, was sie ihm sagt. Sonst wird er gekündigt. Am besten ist, sie kündigt die gesamte Wachmannschaft. Und der Mann hat darauf böse gesagt, er lässt sich von einer Frau nichts sagen, sie versteht davon nichts, er ist kein Diener von Ausländern oder so. Und sie war sehr wütend und hat gesagt: ›Du bist entlassen‹, und hat ihm das Abzeichen des Hotels von der Brusttasche gerissen. Da hat er sie geschlagen. Mitten ins Gesicht. Mit der Faust. Sie ist umgefallen.«

»Und?«

»Und er ist davongerannt, und ich bin in die andere Richtung durch die Küche gerannt, nach hinten und hinaus und davon auf die Straße.«

»Sehr ritterlich.«

Bramaton sieht auf die Tischplatte. »Ich habe mich gefürchtet vor dem Mann. Was hätte ich tun können?«

»Schauen, wie es Angela geht.«

»Sie wäre sicher nicht froh gewesen, mich zu sehen. Und zu wissen, dass ich weiß, dass sie jemand von der Wache geschlagen hat. Da hätte sie doch ihr Gesicht verloren. Ich konnte ja nicht ahnen …«

»Wohin ist der von der Wachmannschaft gelaufen? Zur Küche?«

»Nein, bei der Küchentür war ja ich. Er ist Richtung Strand gelaufen.«

»Und dann wiedergekommen.«

»Das weiß ich nicht.« Er flüstert es fast.

»Hat sich Angela la Croix bewegt?«

»Ich weiß es nicht, sie ist ins Gebüsch gefallen. Ich bin davon…«

»Kennen Sie den Typ von der Wachmannschaft? Wissen Sie seinen Namen?«

Bramaton schüttelt den Kopf. »Er war groß, sehr groß. Mit vielen Muskeln.«

So sehen sie alle aus. »Würden Sie Ihn wiedererkennen?«

»Ich weiß nicht … Ja, vielleicht. Er hat einen sehr runden Kopf gehabt.«

»Man muss zur Polizei gehen«, erkläre ich Sinhap.

Beide Männer starren mich erschrocken an.

Ich wollte es Thomas überlassen, mit Bradley zu reden. Er kennt ihn seit Jahren, ich hingegen bin für ihn eine verdächtige Touristin. Doch Thomas hat mich überredet mitzugehen. »Du kennst die Details.«

»Er wird glauben, dass ich ablenken will.«

»Er wird sich selbst ein Bild machen. Bradley wirkt groß und schwerfällig, vielleicht ist er es auch, aber er ist ein guter Polizist.«

Kann ich nur hoffen.

Wieder einmal sitze ich in Officer Bradleys Büro, für Thomas hat er einen zweiten Stuhl bringen lassen, der zumindest genauso windschief ist wie meiner.

Bradleys alter Schreibtischsessel knarrt, als er sich zurücklehnt. Er hört zu, sagt nichts, während ich Sinhaps und Bramatons Geschichte erzähle – freilich ohne ihre Namen zu nennen.

Zum Schluss fährt sich Bradley nachdenklich mit der Hand über das Gesicht.

»Gibt es eine Chance, dass Sie diese Informationen vertraulich behandeln?«, fragt Thomas.

Bradley schüttelt langsam den Kopf. »Ich muss mit dem reden, der das gesehen hat. Außerdem muss er den Angreifer identifizieren.«

»Zeugenschutz?«, frage ich.

»Ich weiß nicht … Soviel ich verstanden habe, ist der Zeuge illegal im Land.«

»Nein, er ist legal als Besucher da, aber er hätte nicht in der Küche arbeiten dürfen. Das Hotel hat ihn quasi ›ausprobiert‹, und wenn er taugt, dann wollen sie sich um eine Arbeitsgenehmigung kümmern.«

»Natürlich, das ist allgemein üblich. Wer nimmt schon jemand, den er nicht kennt? Ich sehe kein Problem, ich werde das Pleasures nicht anzeigen.«

»Uns geht es mehr um den jungen Mann«, stellt Thomas klar.

»Wenn er legal im Land ist … Man wird ihn deswegen nicht hinauswerfen.«

»Können Sie das garantieren?«, frage ich nach.

Bradley sieht mich verärgert an. »Nein, Miss, das kann ich nicht. Ich weiß nicht, was Sie wollen: Da kommen Sie mit einem Zeugen, der, wenn die Geschichte stimmt, auch Sie entlasten könnte, und dann wollen Sie auch noch Garantien.«

»Ich habe dem Zeugen versprochen …«

»Wer weiß, ob überhaupt etwas dran ist an seiner Aussage. Zuerst sollte den Amerikanern alles in die Schuhe geschoben werden und jetzt der Wachmannschaft …«

»Vielleicht war der Typ von der Wachmannschaft, der auf Angela la Croix losgegangen ist, ebenso wie sein ermordeter Freund in eine Drogensache verwickelt?«, mutmaße ich.

»Vielleicht waren auch Sie in eine Drogensache verwickelt, Frau Valensky. Bevor der Tourismus gekommen ist, hat es auf unserer Insel kaum Drogen gegeben.«

Thomas beschwichtigt. »Ich werde dafür sorgen, dass der Zeuge aussagt. Und ich sehe zu, dass er bei uns angestellt wird.«

Bradley spöttelt: »Etwa als Lohn für eine Falschaussage?«

Ich fahre hoch.

Bradley wiegelt ab und meint dann nachdenklich: »Natürlich scheint es eine Spur zu sein, nur … Mir kommt das alles zu einfach vor.«

Ich will schon sagen, dass die meisten Morde einem einfachen Muster folgen: Liebe, Hass, Geldgier. Aber ich lasse es bleiben.

Die Gegenüberstellung findet bereits am Nachmittag statt. Bramaton erkennt meinen Mister Netzleibchen als Angreifer. Er ist so etwas wie der Anführer der Wachmannschaft, das haben wir ja auch im Orange gesehen. Seine Kollegen nennen ihn »Big Tin«, große Dose: Ein Name, der zu hundert Prozent passt.

Bramaton wird befragt, ich sitze mit Thomas in der Police Cafeteria. Vibrierende Lautsprecher, eine dunkle Frauenstimme, Sweet Rock.

Did you think that's all to life?
Man you're crazy,
Smelling of summer daisies,
Smelling of summer daisies …

Thomas rührt nachdenklich in seinem Kaffee. Das Gebräu schmeckt grauenvoll nach Abwaschwasser und Sand und – nun ja, Scheiße. »Ich begreife nicht, warum Hoffmann so unfreundlich war«, sagt er jetzt schon zum zweiten Mal. »Er müsste doch jedes Interesse daran haben, dass die Sache aufgeklärt wird. Warum hat er mir nicht versprechen wollen, dass diesem Bramaton nichts geschieht? Wir brauchen Küchenhilfen, das weiß ich aus der Personalabteilung. Und niemand kümmert sich darum, dass wir sie zuerst einmal ausprobieren.«

»Ich kapiere es auch nicht.«

»Hoffmann hat etwas von Loyalität geredet und dass Bramaton zuerst zu ihm hätte kommen müssen. Ein zwanzigjähriger Küchengehilfe auf Probe zum General. Absurd. Ich weiß noch gar nicht, wie ich es dem armen Kerl beibringen soll, dass er den Job womöglich nicht bekommt.«

»Ob seine Aussage ausreicht, um Big Tin in Untersuchungshaft zu nehmen?«

»Es gibt keinen Grund, warum er lügen sollte.«

»Bradley hat etwas gemurmelt, dass ihn ja wir angestiftet haben könnten, damit ich entlastet werde.«

»Das meint er nicht ernst.«

»Sicher?«

Thomas nickt. »Angela hatte einen Bluterguss auf der Wange. Auch das ist ein Indiz, dass Bramaton die Wahrheit sagt.« Er greift nach dem Plastikbecher mit Kaffee und stellt ihn so plötzlich und so wütend wieder ab, dass der Inhalt überschwappt. »Wenn ich den in die Finger kriege, der Angela, eine Frau …«

»Das passt«, sagte ich möglichst ruhig. »Sie haben auch Vesna und mich verprügelt.«

Thomas sieht mich an. »Warum hast du nie …?«

»Es war alles so unwirklich und dann, nach dem Mord an Angela – wer hätte mir geglaubt? Es hätte sofort geheißen, ich will ablenken.«

»Du musst es Bradley sagen.«

Damit hat er wahrscheinlich Recht. Und trotzdem: Wir wissen nicht mehr, als dass Big Tin und seine Freunde gerne zuschlagen. Ob er zurückgekommen ist und Angela ermordet hat … Hat es ausgereicht, dass sie ihn entlassen wollte?

»Sie haben absurde Ehrbegriffe«, murmelt Thomas, »sonst haben sie ja nicht viel. Ich weiß nicht, es ist nicht meine Welt, ich meine, wir sind auf derselben Insel aufgewachsen, aber sie sind viel jünger, die meisten von ihnen sind friedlich und freundlich, aber ein paar sehen ihre Lage viel weniger optimistisch. Er könnte schon ausgerastet sein.«

Unterdessen muss sich die neue Wendung im Mordfall in Oldtown herumgesprochen haben. Ein Fotograf taucht vor dem Polizeigebäude auf, dann noch einer, dann sogar ein Kamerateam. Ich sehe den Redakteur der »St. Jack's Weekly«. Man fordert ein Statement von Bradley. Zum Schluss warten rund fünfzehn Menschen, wer von ihnen aus beruflichem Interesse da ist und wer aus blanker Neugier, lässt sich nicht ganz ausmachen. Jedenfalls: Ich werde mit ihnen warten.

Der eine Fotograf schießt ein Foto von Thomas und mir in der Police Cafeteria. Ich will schon empört auffahren, aber Thomas hält mich zurück. »Wir werden ihnen nicht noch mehr Stoff liefern.« Er geht, ich bleibe. Der Reporter von der »St. Jack's Weekly« schlendert herüber.

»Sie sind auf der Warteliste der Verdächtigen weiter nach hinten gerutscht?«

»Sieht danach aus.«

»Wissen Sie, was drinnen vorgeht?«

»Keine Ahnung, ich warte wie Sie.«

»Warum?«

»Schon vergessen? Ich bin eine Kollegin.«

»Man sagt, man hat jemand von der Wachmannschaft festgenommen.«

»So? Sagt man?« Es macht mir richtiggehend Spaß, den Typen anrennen zu lassen.

»Sie halten mich wohl für blöd, was? Da wird die gesamte Wachmannschaft vom Hotel vorgeladen, und einer ihrer Leader kommt nicht wieder heraus. Ich kann zwei und zwei zusammenzählen.«

»Vielleicht hat er was gesehen.«

»Jetzt plötzlich? Lady ...«

»Trauen Sie ihm den Mord zu?«

Er grinst stolz. »Ich traue jedem einen Mord zu.«

»Auch Doledo? Oder ist Ihnen diese Sache zu heiß?«

»Ich bin dran, Lady. Mehr sag ich nicht.«

Warum braucht Bradley so lange, bis er sich zu einem kurzen Statement durchringt?

Wir warten noch eine halbe Stunde, dann fährt der Wagen des Polizeichefs vor. Er wiegelt ab. »Kein Kommentar.«

Die Police Cafeteria macht das Geschäft ihres Lebens. Eine weitere Stunde, zwei klebrige Hotdogs und zwei Cola light später tritt der Polizeichef aus dem Haus. Allein. Alle, die in der Cafeteria herumgehockt sind, rennen los. Der Polizeichef wartet, bis das Licht der Kamera angeht. Er ist mittelgroß, mittelbraun, und sein helles Sakko ist um einiges zu elegant. Ein eitler Typ.

»Sehr geehrte Damen und Herren von der Presse«, beginnt er.

»Das, was ich Ihnen mitteilen kann, ist schnell gesagt: Wir haben nach intensiver Arbeit einen dringend des Mordes an Angela la Croix Verdächtigen. Er wurde bereits in Haft genommen. Das Gesetz zwingt mich, Ihnen seinen Namen zu verschweigen.« Man sieht ihm an, dass es ihm Leid tut. Außerdem: Das Gesetz ist gut gemeint, aber sinnlos.

»Es soll Big Tin sein, nicht wahr?«, schreit einer nach vorne. »Ich meine, Timothy Wilford.«

»Dazu kann ich leider nichts sagen.«

»Das Motiv? Was hatte Big Tin für ein Motiv?«, will der TV-Redakteur wissen.

»Das Motiv ...« Der Polizeipräsident überlegt einige Momente. »Gekränkte Eitelkeit und Rache. Man wollte dem Verdächtigen kündigen und ihm in gewisser Weise seine Macht nehmen.«

»Hat Big Tin schon gestanden?«

»Kein Kommentar.«

»Hat es Zeugen für den Mord gegeben?«

»Es sieht so aus. Im Vorfeld jedenfalls. Der Zeuge wird von uns geschützt.«

»Ist auch besser, bevor die Wachmannschaft ihn zerlegt!«

»Ich danke Ihnen«, beendet der Polizeipräsident seinen Auftritt.

»Ist es üblich, dass Bradley bei solchen Presseerklärungen nicht dabei ist?«, frage ich meinen Kollegen von der St. Jack's Weekly.

Jetzt lässt er mich anrennen. »Das werden Sie schon selbst herausfinden müssen.«

[9.]

Michel flucht auf Französisch. Das Pleasures hat Bramatons Probezeit für abgeschlossen erklärt: Es tue ihnen Leid, man habe keinen Platz für ihn. Sinhap steht mit hängenden Armen neben mir. »Sie haben mir versprochen, dass sie ihn nehmen werden, wenn er fleißig ist. Bramaton ist sehr fleißig.«

Ich versuche Thomas am Mobiltelefon zu erreichen, er hebt nicht ab.

»Was haben sie offiziell als Grund genannt?«

»Gar nichts, nur dass sie keinen Platz für ihn haben. Er hat keine Rechte. Und mir haben sie gedroht.«

»Wer sind ›sie‹? Hoffmann?«

»Nein, meine Lady, natürlich jemand von der Personalabteilung. Wir sind kleine Fische«, erwidert Sinhap traurig.

Dann endlich habe ich Thomas in der Leitung.

»Ich habe es befürchtet«, sagt er. »Ich kann nicht lange reden, ich bin am Strand. Mom ist ausgefallen. Sie hat Probleme mit dem Blutdruck. Sie muss daheim bleiben, dabei kommt gerade heute ein Kreuzfahrtschiff. Und …«

»Und?« Ich bin wütend, auf alle, auch auf Thomas. Mit etwas mehr Einsatz hätte er sicher dafür sorgen können, dass Bramaton eine Chance bekommt.

»Nichts.«

Ich lege auf. Ich werde zu Bradley fahren. Er hat versprochen, sich für Bramaton einzusetzen und seinen Namen, so gut es geht, geheim zu halten.

Und es ist höchste Zeit, mit Doledo zu reden.

Bata borgt mir den alten Subaru. Ich parke ihn vor dem Pleasures, hole Aufnahmegerät, Fotoapparat, Journalistenausweis. Für alle Fälle.

In der Lobby sitzen einige Touristen, umgeben von ihren Koffern, und warten, bis sie abgeholt werden.

Große Fauteuils, zu weit voneinander entfernt, als dass man ohne Kraftanstrengung mit seinem Sitznachbarn reden könnte. Aus einem erhebt sich ein schwerer mittelbrauner Mann im grauen Business-Anzug. Er sieht mich an, sieht dann zu einem der Kellner, dieser nickt, er kommt auf mich zu, sein Blick ist wütend, er packt mich an der Schulter. »Eines sag ich Ihnen, Sie bringen uns hier keine Unruhe, das schwöre ich Ihnen. Wenn Sie nicht sofort mit Ihren falschen Verdächtigungen aufhören …«

Jetzt fällt bei mir der Groschen, ich habe Doledo bisher nur auf einem schlechten Zeitungsfoto gesehen, zu ihm muss ich nicht mehr, er steht vor mir. »Welche falschen Verdächtigungen?«, frage ich so ruhig wie möglich und schüttle seine Hand ab.

»Dieser schmierige Reporter von der Opposition glaubt, er kann uns etwas anhängen. Sie haben ihn angestiftet, er hat es zugegeben.«

Unschuldiger Augenaufschlag. »Aber alle reden doch davon, dass beim Bau des Pleasures Schmiergelder geflossen sind, wer immer sie bekommen hat. Jedenfalls wäre das Hotel wohl sonst nie in dieser Bucht …«

Jetzt brüllt er, und zwar so, dass alle in der Lobby hören können, was er mir zu sagen hat: »Wenn Sie so etwas noch einmal behaupten, dann werden wir andere Maßnahmen ergreifen! Ich lasse mir meine Insel nicht in Verruf bringen, auch nicht von einer frustrierten Weißen, die offenbar nichts Besseres zu tun hat, als ehrliche Bürger zu beschuldigen!«

Neugierige Blicke aus den tiefen Fauteuils. Besorgte Blicke der Rezeptionisten. Sensationsfreudiger Blick des Kellners. Aber niemand schreitet ein. Er ist eben Minister. Ich atme tief durch.

»Einen schönen Tag noch«, sage ich zu ihm und rausche mit möglichst festen Schritten an ihm vorbei, durch die Eingangshalle, hinaus ins strahlende Licht. Mein Herz rast. Hauptsache, ich bin nach außen ruhig geblieben. Bradley. Jetzt gibt es einen Grund mehr, mit ihm zu reden.

Ich kreise zweimal um den Block, heute ist besonders viel los in Oldtown, der nächste freie Parkplatz ist ein ganz schönes Stück entfernt von der Polizeistation. Ich renne an den Menschen vorbei, stoße an einer Straßenecke fast mit Coconut Joe zusammen. Er lehnt da, scheint zu warten und greift sofort erfreut nach meinem Arm.

Es wäre unhöflich, gar nichts zu sagen. Es soll ihm nicht auffallen, dass ich ihn, nun ja, wenig ansprechend finde. »Was machst du hier? Heute nicht am Strand?«

»Ich warte auf die Touristen.« Er grinst. »Geschäfte.«

Zu verkaufen scheint er nichts dabeizuhaben.

Er bemerkt meinen Blick und grinst wieder: »Ich mache ein Geschäft mit ihnen – sie zahlen, und dann bekommen sie etwas. Später.«

Oder auch nicht, denke ich mir und will weitereilen.

»Die Polizei war am Strand, da bin ich lieber weg.«

»Bei Rosemary?«

Er nickt. »Keine Ahnung, was die wollten. Sie kommen hin und wieder auf ein Bier, aber gestern Nachmittag waren sie im Dienst.«

Kann Rosemarys Blutdruck damit zusammenhängen?

Noch etwas, das ich Bradley fragen werde.

Nur dass ich ihn nicht antreffe. Er sei bei einer Sitzung im Justizministerium, teilt mir die Dienst habende Beamtin mit. Ob sie ihm etwas ausrichten könne?

Ich schüttle den Kopf. Weiter zum Strand.

Thomas steht hinter der Bar und brät am Holzkohlengrill Hühnerteile an. Bis auf die beiden schwulen Australier ist noch niemand da.

»Was war gestern mit der Polizei?«, frage ich ihn statt einer Begrüßung.

Er sieht auf. »Ich dachte, du bist auf mich wütend.«

»Bin ich auch. Ich kann mir nicht vorstellen, dass man nichts für Bramaton hätte tun können.«

»Du überschätzt meine Position.«

»Ich glaube, manchmal tust du einfach nicht, was du könntest.«

»Jetzt redest du schon wie Angela.« Ein Schatten huscht über sein

Gesicht. »Ich habe nichts davon gewusst, dass sie ihn sofort rauswerfen. Daran hab ich einfach nicht gedacht.«

»Was machst du da?«

Thomas seufzt. Über seinen Bermudashorts trägt er Rosemarys knallgrüne Kochschürze. »Man muss die Touristen füttern. Gibt es nichts, beschweren sich die paar, die essen möchten, auch wenn sich die meisten ohnehin auf dem Schiff voll stopfen – und die Konkurrenz an den anderen Stränden schläft nicht.«

»Kann ich dir helfen?«

»Normalerweise kocht Mom daheim vor, aber ... Ich habe sie gleich ganz in der Früh zum Arzt gebracht. Ihr Blutdruck war viel zu hoch.« Er seufzt. »Jetzt mache ich Chicken Rosemary, das Fleisch für gegrillte Ribs und für gegrilltes Huhn hat sie zum Glück schon gestern mariniert.«

Ich habe eine Idee. »Bramaton hat Zeit. Wie wäre es, wenn er dir zur Hand geht? Viel kostet er sicher nicht.«

Thomas nickt eifrig – dann schüttelt er den Kopf. »Und was, wenn die Polizei wiederkommt?«

»Du glaubst, sie haben an ihm Interesse? Er wird wohl mithelfen dürfen.«

»Ich weiß schon nicht mehr, was ich glauben soll.«

Ich telefoniere mit Bata. Sie hält es für eine ausgezeichnete Idee, Michel habe sich auch schon überlegt, ihn zu nehmen. Aber bei der momentanen Lage des Golden Sand ... Man werde Thomas anrufen, wenn Bramaton auf dem Weg sei, er müsse ihn dann nur von der Abzweigung der Inselrundstraße abholen.

Ich schneide Zwiebel, Ingwer, Knoblauch, reichlich Scotch Bonnet Peppers, zwei Paprika und etwas gelben Kürbis klein. Thomas heizt inzwischen den Gaskocher an und lässt im Topf etwas Margarine zergehen. Wir rösten die Zutaten an.

»Warum war die Polizei da?«, frage ich Thomas noch einmal.

»Es ist lächerlich.«

»Erzähl.«

Er seufzt. »Ich kenne die Beamten, sie kommen hin und wieder nach Dienstschluss auf ein Bier vorbei. Es war ihnen selbst peinlich. Sie … Man sollte uns befragen. Es gibt das Gerücht, dass über unsere Bar Drogenschmuggel läuft.«

Ich hätte ihm rechtzeitig erzählen sollen, was der aufgeblasene Redakteur gesagt hat.

»Man muss etwas Zucker dazugeben«, murmelt Thomas und schüttet eine Hand voll Zucker aus einer Papiertüte in den Topf. »Jetzt gut rühren, der Zucker darf nicht anbrennen. Machst du die Dose auf?«

Zwei Literdosen mit passierten Tomaten stehen auf dem Bord. »Warum Dosen? Bei euch gibt es doch das ganze Jahr über frische, großartige Tomaten.«

»Das ist einfacher. Außerdem kann man zum Schluss ohnehin noch frische hineinschneiden.«

Ich öffne die Dosen, und er kippt sie mit einem Schwung in den Topf. Das, was in der Dose bleibt, gießt er mit etwas Rum auf und leert es dazu. Er dreht sich zu mir um.

»Ich weiß nicht, wer so ein idiotisches Gerücht aufgebracht haben kann.«

Ich erzähle ihm vom Redakteur.

»War angeblich in New Mexico auf der Journalistenschule«, murmelt Thomas und wendet am Grill die Hühnerteile. »Ich weiß nicht, ich hab mit ihm bisher nicht viel zu tun gehabt.«

Aber dass die Polizei dem nachgeht, was sich ein Reporter aus den Fingern saugt? – Stopp: Das Gerücht wurde ja noch gar nicht veröffentlicht.

»Wahrscheinlich ist Bradley in diesem Fall übervorsichtig, er will absolut jedem Hinweis nachgehen«, überlegt Thomas und würzt mit Salz, Pfeffer, frischem Thymian und etwas Hot Sauce.

»Bloß: Woher hat er diesen Hinweis? Ist es eigentlich üblich, dass Pressestatements nur vom Polizeichef abgegeben werden?«

»Keine Ahnung. So etwas hat mich bisher nicht rasend interessiert. Aber warte: Nein, ich glaube nicht, dass das üblich ist. Wann immer im Lokalfernsehen über einen Kriminalfall berichtet worden ist, stand entweder Bradley allein vor der Kamera oder Bradley gemeinsam mit dem Polizeichef.«

»Diesmal ist der Polizeichef allein aufgetreten.«

»Vielleicht glaubt Bradley nicht daran, dass es Big Tin war.«

Ich sehe Thomas an. »Glaubst du es?«

Er zuckt mit den Schultern. »Hast du eine bessere Idee? Außerdem: Wir wissen, dass er wütend auf sie war, er hat sie niedergeschlagen.«

Als wolle er Big Tin treffen, stößt Thomas mit einem Messer in einen knusprigen Hühnerteil und nimmt ihn vom Grill.

»Der ist aber noch nicht durch«, warne ich ihn.

»Soll er auch nicht sein, die Hühnerteile müssen nur gut angegrillt werden, wegen des Aromas. Dann kommen sie in unsere Caribbean Sauce und müssen so lange kochen, bis das Fleisch fast von den Knochen fällt.« Er sieht das aufgespießte Huhn an. »Das mit dem Messer – es scheint mir nicht zu Big Tin zu passen. Das ist keiner, der sich ein Messer aus der Küche holt. Er hat Waffen genug, braucht nicht einmal welche, er hätte sie mit bloßen Händen ...« Thomas schüttelt sich und legt die Hühnerkeule in die blubbernde rote Sauce.

»Mir kommt es vor, dass Coconut Joe etwas über die Drogensache weiß.«

Thomas sieht mich genervt an. »Ich muss Liegestühle aufstellen, höchste Zeit. Meine Güte, Coconut Joe. Der ist doch nicht ganz dicht. Dem hat das Marihuana das letzte bisschen Verstand weggeblasen. Natürlich weiß er etwas über Drogen, er weiß, wo man sie kaufen kann.«

»Zum Beispiel bei Mick.«

»Ja, das dürfte so gewesen sein.«

»Coconut Joe hat gesagt, die Drogen kommen per Schiff, ja, ja, ich weiß: Das ist relativ klar, es ist der einfachste Weg. Er hat gesagt, dass er sogar einmal welche am Strand gefunden hat.«

»Man darf nicht genau hinhören, was er sagt. Vielleicht haben sie das blödsinnige Gerücht von ihm. Obwohl: Freiwillig würde der nie mit den Cops reden.«

»Die Typen von der Wachmannschaft könnten etwas wissen. Sie

sind verunsichert, weil ihr Anführer hinter Gittern ist. Vielleicht plaudert einer«, überlege ich.

»Oder er schlägt dich nieder. Oder – mehr noch«, erwidert Thomas streng.

»Gibt es eine Chance, mit Big Tin zu reden?«

Thomas schüttelt den Kopf. »Der sitzt in Haft. Du bist weder verwandt noch sein Anwalt.«

Warum blockt Thomas gar so ab? Ist doch etwas dran an den Vorwürfen gegen die Bar? Aber Mom Rosemary – das kann ich mir beim besten Willen nicht vorstellen.

»Vorausgesetzt, Big Tin war es doch nicht – er hätte größtes Interesse, sich zu entlasten.«

»Das hat er auch der Polizei gegenüber. Außerdem wird er es schon gewesen sein.«

»Der Polizeichef ist froh, dass er einen Täter hat. Er wird ihm nicht zuhören.«

»Aber Bradley.«

»Aber Bradley muss die richtigen Fragen stellen. Wir kennen den Fall aus einem anderen Blickwinkel.«

»Bitte Mira, vergiss es«, sagt Thomas genervt. »Sei froh, dass du entlastet bist, und genieße die letzten Tage deines Urlaubs. Unsere Insel kann auch sehr schön sein.«

Ich sehe ihm in die Augen. »Ich weiß.«

Wenig später hole ich Bramaton von der Straßenkreuzung ab, gemeinsam mit den ersten Taxis voller Touristen vom Kreuzfahrtschiff komme ich wieder bei der Bar an. Ab da haben wir keine Zeit mehr nachzudenken. Und Bramaton, das kann man wirklich sagen, ist fleißig.

Vesna gibt mir Recht: Man sollte mit Big Tin reden. Hat er la Croix bloß geschlagen, oder hat er sie erstochen? Und: Wie hängt das alles mit dem Mord an Mick zusammen? Wenn Bradley gestern Abend Beamte zum Glorious Sunset geschickt hat, dann ist auch für ihn der Fall noch nicht geklärt.

Da wir aber an Big Tin nicht rankommen, bleibt uns nur mehr die zweitbeste Möglichkeit: Wir fragen seine Freunde von der Wachmannschaft.

»Wenn wir im Orange mit ihnen reden, sind Leute genug da. Da können sie nicht prügeln«, überlegt Vesna.

Hoffentlich. Mir ist beim Gedanken, die Schläger noch einmal zu treffen, nicht besonders wohl zumute. Wenn sie wissen, dass ich es war, die Bramaton …

»Es wird Zeit, wir klären ein paar Dinge«, ermuntert sie mich.

»Wie geht es eigentlich deinem Arm?«

Sie macht eine wegwerfende Handbewegung. »War nur eine Prellung, wie ich gesagt habe.«

Mein Kopf dröhnt immer noch, vor allem in der Nacht.

Das Orange ist heute Abend viel voller als bei unserem letzten Besuch, kein Wunder, es ist erst kurz nach zehn. Wir arbeiten uns vor an die Theke. Inzwischen kenne ich alle von der Wachmannschaft zumindest vom Sehen und einige leider hautnah. Drei von der Truppe lehnen an ihrem Stammplatz. Einer schnippt im Takt der Musik mit den Fingern, aber selbst das wirkt irgendwie bedrohlich. Dunkle Frauenstimme.

Running, running,
No longer,
My love,
You want me,
And I am,
Running, running,
You don't want me,
And I am waiting,
No longer,
My love,
No longer I am running,
Emancipation is more than
A question of colour,
Slavery not only a question of race,

From now on you are
Running, running,
And no longer I wait,
Running, running no longer …

Sie sehen mich und richten sich zu voller Größe auf. Unwillkürlich greife ich nach Vesnas Arm.

»Hallo«, grüße ich sie möglichst unbefangen. »Ich hoffe, es geht euch gut.«

»Verschwinde«, faucht der mit der silbernen Kette um den Hals, »das ist besser für dich.«

Ich lächle, zumindest hoffe ich, dass das, was ich an Gesichtsgymnastik mache, wie ein Lächeln aussieht.

»Wir glauben nicht, dass es Big Tin war«, erkläre ich. Das ist zwar etwas übertrieben, aber …

»Hier bist du nicht Gast des Hotels, verschwinde«, wiederholt der mit der Kette. Der Anhänger stellt übrigens einen Anker dar, so groß, dass man damit kleinere Segelschiffe festmachen könnte.

»Wenn ihr Gäste verprügelt, dann bin ich lieber nicht Gast«, gebe ich zur Antwort. Die drei großen schwarzen Burschen wirken irritiert, vielleicht bekommt man wirklich etwas raus aus ihnen.

»Sag endlich Sache mit Drogen«, fordert mich Vesna auf.

»Hat Big Tin auch etwas mit Drogen zu tun gehabt?«

Die beiden anderen kommen mir so bedrohlich nahe, dass ich das billige Aftershave riechen kann. Mir dreht sich fast der Magen um. Wer sagt, dass sie uns hier nicht zusammenschlagen können? Vielleicht bleibt es dieses Mal auch nicht bei einer Warnung.

»Mischt euch nicht in Angelegenheiten, die niemanden etwas angehen. Big Tin hat sie nicht ermordet. Und mit Drogen hatte er nie etwas zu tun. Big Tin soll nur herhalten. Ist am einfachsten so für die Bosse.«

»Oder«, fügt der Kleinste der drei hinzu, »weil eine Touristin Angela aus Eifersucht ums Eck gebracht hat.« Er lacht dreckig.

Vesna geht. Ich sehe ihr voll Panik nach.

»Warum geht sie?«, fragt der mit der Silberkette misstrauisch.

»Sie kann euer Geschwätz nicht mehr hören.«

»Und? Wir reden nicht mit euch. Wahrscheinlich waren es sowieso die aus dem Golden Sand, die uns jetzt alles in die Schuhe schieben wollen.«

»Bata und Michel haben für die Mordnacht ein gutes Alibi: Sie hatten bis nach zwei Uhr in der Nacht Gäste, eine Geburtstagsfeier des Direktors der United Caribbean Bank.«

»Was wollt ihr von uns?«

»Stimmt es, dass la Croix euch entlassen wollte?«

»Unsinn. Kein Wort ist wahr.«

»Ein Zeuge hat es gehört.«

»Wenn wir den finden, dann nehmen wir ihn an den Eiern und… Wo ist er?«

Vielleicht hat Hoffmann Bramaton aus Sicherheitsgründen nicht mehr beschäftigen wollen.

»Woher soll ich das wissen? Hat Big Tin irgendetwas gesagt, nachdem Angela …«

Der Kleine schüttelt den Kopf. »Er hat frei gehabt. Wir haben ihn nachher, also nach dem Mord, nicht mehr gesehen.«

»Niemand von euch?«

»Geht Sie das was an?«

»Wer hört euch sonst zu?«

»Wir regeln unsere Sachen selbst«, fährt Silberanker auf.

»Wie gut das funktioniert, sieht man«, sage ich trocken. »Kann Big Tin übrigens etwas über die Bestechungen gewusst haben, die beim Bau des Hotels gelaufen sind?«

Die drei schütteln den Kopf. »Mann, das ist eine ganz andere Clique, wenn Sie verstehen, was ich meine, mit denen haben wir nichts zu tun, die lassen uns bestenfalls ihre Autos waschen.«

»Ihr kommt alle von dieser Insel. Ist niemand von euch mit jemand von der Regierung verwandt?«

Großes Gelächter. »Dann wären wir fein heraus.«

»Hat jemand von euch für einen von der Regierung, vielleicht für Doledo oder la Croix, gearbeitet?«

Silberanker kratzt sich am Kopf. »Big Tin«, sagt er dann langsam, »der war bei Doledo, der hat so eine Art private Security. Aber er hat mies gezahlt, hab ich mir sagen lassen.«

»Was hat er für ihn getan? Kann er Botendienste übernommen haben?«

»Woher soll ich das wissen?«

»Gibt es eine Chance, mit Big Tin zu reden?«

Ich weiß nicht, was mir eingefallen ist, ausgerechnet sie zu fragen. Sie schauen mich groß an. Vesna kommt zurück.

»Wo warst du?«, zische ich ihr zu.

»Ich habe geglaubt, ich habe Hoffmann gesehen.«

»Warum nicht? Das ist die beste Bar der Stadt.«

»Habe mich offenbar getäuscht. »Vielleicht, habe ich mir gedacht, hat er auch reden wollen mit der Wachtruppe.«

»Da braucht er sie im Hotel nur zu sich zu bestellen.«

»Informell, du verstehst.«

»Was ist jetzt?«, mischt sich Silberanker ein. »Warum willst du mit Big Tin reden?«

»Um die Wahrheit herauszufinden.«

Die drei finden mich offenbar sehr lustig.

Ich sehe sie so spöttisch wie möglich an. »Okay, wir haben mit dem Golden Sand zu tun. Wir sind weiß. Und wir sind Frauen. Sonst noch was? Übrigens: Interessiert sich Big Tin für Voodoo?«

Sie sehen mich überrascht an. »Ganz sicher nicht. Mit so etwas haben wir nichts zu tun, wir glauben an uns selbst, nicht an solches Zeug. Big Tin hat über den Hokuspokus immer nur gelacht.«

»Puppen mit Nadeln im Herz?«

»Das ist was für alte Weiber und für Touristen und für eingerauchte Rastas. Was hat das mit Big Tin zu tun?«

Alles wissen sie also doch noch nicht.

»Damit ist total klar, dass Big Tin nicht der Mörder war«, sagt der Dritte im Bund, nachdem ich sie über die geheimnisvolle Voodoo-Puppe aufgeklärt habe. »Dann war es einer von den amerikanischen Schwuchteln, was wir schon immer gesagt haben.«

»Oder es hatten zwei unabhängig voneinander Interesse daran, dass Angela la Croix stirbt.«

Ich weiß nicht, wahrscheinlich ist es eine Falle. Aber die Typen der Wachmannschaft haben uns eine Möglichkeit beschrieben, tatsächlich zu einem Gespräch mit Big Tin zu kommen. Vielleicht. Falls er mit uns redet.

Als wir gegen Mitternacht zum Auto gehen, ist der Himmel so hell, dass man jedes Wölkchen sehen kann. American Night, fällt mir ein, die alte Hollywoodmethode für angebliche Nachtaufnahmen – bloß ein Filter, der vor das Tageslicht gelegt worden ist. Die Luft ist lau, ich drehe mich sicherheitshalber noch einmal um. Aber nichts verfolgt uns, abgesehen von einem spöttischen Calypsosong.

Who, man, made this guy so fat,
Who, man, gave him the big car,
Who, man, made him so white,
That no longer he is no brother?
When, man, he checks out, that money nobody can eat,
When, man, he checks out, that love nobody can buy,
But forget it, man, still he is President.
Who man …

Ein strahlender Inselvormittag. Wir kurven durch die Town Heights, das Nobelviertel von Oldtown. Eine alte, weiße Villa mit holzgeschnitzter Veranda, die rund um den ersten Stock führt. Palmwedel im Wind. Zwei neuere Bauten, fast zur Gänze abgeschirmt durch rosa-orange-pink leuchtend blühende Bougainvillea-Hecken. Ein Herrenhaus aus Stein, vor dem die kubanische Flagge weht. St. Jacobs beherbergt nur wenige Botschaften, es ist für die meisten Staaten zu klein, als dass sich der Aufwand lohnen würde. Atemberaubender Blick auf die Bucht von Oldtown und den Pier. Drei Fischerboote kommen herein, begleitet von Möwen und Pelikanen.

Ganz oben am Hügel das Haus, das Minister la Croix gehören muss. Ein imposanter Neubau. Ich weiß nicht, wie viel Minister hier verdienen, aber auch in Österreich würde so eine Villa das eine oder andere Bestechungsgerücht nähren. Vesna deutet auf den Garten hinter dem Haus. Ein Schwarzer in kurzen Hosen wäscht hingebungsvoll ein Mercedes Sportcoupé. Das wird wohl nicht Angelas Vater sein. Ich habe ihn in der Zeitung gesehen: Eine distinguierte, elegante Erscheinung. Ein Vorzeigemann dafür, wie weit es auch Menschen dunklerer Hautfarbe bringen können – vorausgesetzt, sie gehören zum Inseladel und haben die richtigen Verbindungen.

Ich habe keine Ahnung, wie wir zu ihm vordringen sollen. Ich weiß auch nicht, ob ich es will. Aber ansehen sollte man sich seinen umstrittenen Besitz schon einmal. Außerdem: Vielleicht findet sich ja hier das »Fleisch«, das meinem Chefredakteur eine Story schmackhaft machen würde. Wäre eine gute Sache, zumal ich heute vielleicht mehr Geld ausgeben werde als geplant. Um vierzehn Uhr sollen wir bei der Mülldeponie einen weißen Wachebeamten treffen, der uns sagen kann, wie wir zu Big Tin kommen. Die Aktion ist Wahnsinn, aber trotzdem oder gerade deswegen werde ich Thomas nichts davon erzählen. Wie heißt es so schön? Hopp oder dropp. Man hat mich verdächtigt, tut es vielleicht immer noch. Ich habe auch persönlich Interesse daran, herauszufinden, was läuft.

Vesna stellt das Auto am Straßenrand ab. »Muss von nahem sehen, was der Minister hat.«

Was sollen wir sehen? Es ist peinlich, um sein Haus zu schleichen.

»Also werden wir klingeln und uns mit ihm unterhalten«, spotte ich.

»Genau«, erwidert Vesna. »Er ist Minister von dreißigtausend Leuten, das ist wie Stadtrat in einer kleinen Stadt bei uns. Da hast du nicht so viel Respekt.«

Bevor ich noch protestieren kann, hat Vesna tatsächlich auf den Knopf der Gegensprechanlage gedrückt. Ich sehe mich gehetzt um. Einen Leibwächter scheint er nicht zu haben, aber oberhalb des Tores ist eine Videokamera angebracht. Wer immer das Läuten gehört hat, sieht uns bereits.

»Video«, flüstere ich Vesna zu, ohne sie anzusehen.

»Weiß ich«, erwidert sie ungerührt und blickt, als ob sie in Eile wäre, auf die Uhr.

»Du sagst, du machst Interview mit ihm.«

»Und das glaubt er?«

»Er hat dich nie gesehen. Kein Bild war in der Zeitung. Kennt er dich doch wieder, wissen wir: Er hat großes Interesse an der Sache.«

»Hat er klarerweise. Seine Tochter ist ermordet worden.«

»Du sagst, du bist Schweizerin. Bekannte von Hoffmann.«

»Und du?«

»Taubstumme Freundin.«

»Vergiss es.«

Mit einem Summen geht das Tor auf, der Garten ist groß und sorgsam gepflegt, der Rasen kurz geschnitten und saftig grün. Unter einer Palme steht ein ausladender Korbsessel. Niemand zu sehen. Ich blicke mich mit Herzklopfen um und folge Vesna auf dem gepflasterten Weg zum Haus. Bevor wir die Tür erreicht haben, geht sie auf. Eine Frau in einfachem schwarzen Kleid öffnet. »Sie wünschen?«

Kann das Angelas Mutter sein? Sie wirkt zu jung. Und zu wenig elegant.

»Ich habe Minister la Croix eine E-Mail geschickt. Ich bin Journalistin und schreibe einen Artikel über die wirtschaftliche Entwicklung kleiner Karibikinseln. Ich komme aus der Schweiz, Peter Hoffmann hat mir geraten, mit Minister la Croix zu reden.«

Jetzt kann ich nur hoffen, dass sie weder Visitenkarte noch Presseausweis sehen will.

Die Frau sieht mich zweifelnd an. »Ich weiß nicht … Der Minister hat mir nichts von einem Termin gesagt.«

»Ich bin auf der Durchreise, ich habe mein Kommen kurzfristig angekündigt, wenn er keine Zeit hat, dann kann man auch nichts machen, ich will nicht stören.«

Vesna gibt mir einen verstohlenen Tritt.

Die Frau verschwindet, und ich übersetze Vesna kurz, was ich gesagt habe. Sie nickt zufrieden. »Und ich? Was hast du über mich gesagt?«

»Wer du bist, hat sie nicht gefragt.«

Das scheint Vesna etwas zu kränken, aber ich bin froh darüber. Ich weiß immer noch nicht, wie ich Vesna vorstellen soll. Wenn sie wenigstens einen Fotoapparat mithätte.

Interessiert schaue ich mich in der Lobby um: Hier wurde an nichts gespart. Weißer Marmor, es scheint derselbe zu sein wie in der Hotelhalle. Vielleicht ging es billiger so? Vielleicht gratis? La Croix hat jedenfalls Geschmack. Der chinesische Schrank mit den roten Einlegearbeiten scheint echt zu sein, die Möblierung ist reduziert, aber umso wirkungsvoller.

La Croix kommt, sein Blick ist weniger misstrauisch als neugierig. Er trägt schwarze lange Hosen und ein kurzes, blütenweißes Hemd.

»Ich habe Ihre Mail nicht bekommen«, sagt er zu uns beiden.

Ich stoße einen enttäuschten Laut aus. »Es tut mir Leid, dass ich nicht nachfragen konnte ...«

»Wie ist Ihr Name?«

Für einen Moment wird mir siedend heiß. Seine Tochter ist ermordet worden. Der Mann hat Einfluss, er wird den Namen der Verdächtigen kennen.

»Vesna Krajner«, sage ich dann. Vesna gurgelt etwas. »Meine Begleiterin und Assistentin Vroni Kraut.« Was Besseres ist mir nicht eingefallen. Ich hoffe, la Croix kann nicht Deutsch.

»Ich würde Ihre Zeit nicht lange beanspruchen. General Manager Hoffmann, ich kenne ihn aus der Schweiz, hat mir empfohlen, mit Ihnen zu reden. Ich schreibe über die wirtschaftliche Entwicklung kleinerer Inselstaaten.«

»Mag sein, dass die Mail irgendwo hängen geblieben ist«, erwidert er unsicher, »ich arbeite die letzten Tage fast durchgehend von daheim aus. Meine Tochter ...«

Ich sehe fragend drein.

»Sie ist ermordet worden.«

Entsetzter Blick, Stammeln: »Das wusste ich nicht, ich bin erst heute früh angekommen und dann gleich zu Ihnen ... Mein Beileid, unter diesen Umständen gehen wir natürlich sofort wieder.« Ich komme mir mies vor. Egal, ob la Croix Bestechungsgelder genommen hat oder nicht, er trauert um seine Tochter, das ist offensichtlich.

»Nein«, er lächelt müde. »Etwas Zeit habe ich für Sie. Das Leben geht weiter.«

Für dieses Wohnzimmer hätte ich mich wahrscheinlich auch bestechen lassen. Die eine Längsfront ist zur Gänze verglast, man sieht über die Stadt und das Meer und wird dennoch nicht gesehen, denn der Garten reicht ein schönes Stück den Hügel hinunter und endet in einer hohen Hecke.

La Croix bietet uns zwei Plätze an, seine Haushälterin bringt etwas zu trinken. Wir lehnen ab, wollen keine Umstände machen. Sie bringt dennoch Mineralwasser. Perrier. Wer hätte es sich gedacht. Chic.

»Was mich interessieren würde, Herr Minister la Croix, ist eine Aufzählung der Entwicklungsprojekte der letzten zehn Jahre samt der entsprechenden Finanzierung und der Planung. Soviel ich verstanden habe, sind Sie Finanzminister, aber auch Infrastrukturminister.«

La Croix nickt. »Wenn es um Bauten geht, so wenden Sie sich bitte an meinen Kollegen Doledo. Unsere Finanzierungsmodelle sind klar: Wir sind ein armes Land. Wir sind im Infrastrukturbereich auf Hilfe größerer Staaten angewiesen. Alle anderen Projekte können wir bloß unterstützen, wir können unsere Kontakte anbieten, finanziert werden müssen sie von privater Hand.«

»Und die größeren Staaten helfen?«

»Sie wissen, unser Land war früher eine britische Kolonie, daher rühren enge Kontakte. Wir sind assoziiertes Mitglied der EU, das gibt uns die Chance, um gewisse, wenn auch nicht besonders hohe Förderungen einzukommen. Um ehrlich zu sein: Diese Förderungen sind in den letzten Jahren laufend zurückgegangen. Die Erweiterung kostet die EU viel Geld. Man bietet uns bestenfalls Unterstützung durch Fachleute an. Aber ohne überheblich sein zu wollen: Wie es geht, wissen wir schon – uns fehlen bloß bisweilen die Mittel.«

»Ich habe chinesische Müllautos gesehen«, erwidere ich. Ich muss ihn in Sicherheit wiegen. Nicht zu schnell vom Pleasures anfangen.

La Croix nickt. »Darauf bin ich stolz, das ist etwas, das ich für mein Land aushandeln konnte.«

»Warum die Chinesen?«

»Wir haben bisweilen, wenn auch nicht häufig, gleiche Interessen. Sie wissen, unser Land steht für die freie Marktwirtschaft. Es ging um die Beseitigung von Handelshemmnissen im Bereich der Computertechnologie.«

»Ihr Land exportiert Computertechnologie?«

La Croix lächelt schmal. »Nein, aber wir würden nicht gerne daran gehindert werden, wenn wir die Möglichkeit hätten. Also haben wir in der UNO mit China gestimmt.«

Man könnte wohl auch sagen, St. Jacobs lässt sich eine Stimme mit Müllautos abkaufen. Vielleicht nicht politisch edel, aber … Also damit kann ich leben.

Vesna ist unruhig geworden. »Frag endlich wegen Pleasures.«

La Croix sieht Vesna aufmerksam an.

»Meine Kollegin meint: Das Pleasures ist eine andere Art von Vorzeigeprojekt. Ein wunderschönes Fünfsternehotel mit offenbar guter Auslastung.«

»Ich dachte, Sie seien erst heute früh …«

Es ist angenehm kühl hier, wahrscheinlich Klimaanlage, trotzdem beginne ich zu schwitzen. »Das weiß ich von Peter Hoffmann.«

»Vielleicht können wir gemeinsam abendessen gehen? Ich muss meine vier Wände ohnehin irgendwann wieder verlassen.« Er seufzt.

Sonst noch was. Ich lächle. »Das würde mich freuen, aber ich fürchte … heute Abend muss ich schreiben, und morgen geht es weiter. Das Pleasures …«

»Ja, ich verstehe. Es ist für mich schwer, darüber zu reden: Meine Tochter war Resident Managerin und ist dort ermordet worden.«

Ausruf meinerseits. Wir sollten abhbauen, was wird er uns schon erzählen?

»Das Hotel ist ein Vorzeigeprojekt. Von Anfang an gemeinsam geplant: da unsere Regierung, dort der Pleasures-Konzern.«

»Der Bau in der Bucht war umstritten.«

La Croix runzelt die Stirn. »Ja, er war umstritten. Und es hat Korruptionsvorwürfe gegeben. Aber alles ist lückenlos nachvollziehbar.«

Vielleicht bis auf Ihre Villa, Herr Minister.

»Es ist auch alles wiederholt geprüft worden. Wir haben dem Bau zugestimmt, weil er ökologisch unbedenklich war, dafür gibt es ein entsprechendes Gutachten.«

»Und der Abstand zum Nachbarn?«

Er runzelt die Stirn: »Sie wissen aber erstaunlich gut Bescheid. Nun gut, man hat dem Nachbarn Kooperation angeboten. Als das gescheitert ist, Querulanten gibt es leider überall, hat man die Genehmigung erteilt. Bevor Sie mich auch das noch fragen: Das Hotel ist auf zehn Jahre steuerfrei gestellt, ansonsten hätten wir wohl kaum den Zuschlag bekommen. Außerdem ist deutlich wichtiger, dass der Tourismus auflebt, und: Es wurden hundertsechzehn Arbeitsplätze geschaffen.«

Klingt alles so, als gebühre ihm ein Orden. Ich frage nicht nach, was die Angestellten verdienen. Wenn Angela la Croix von Bestechungen gewusst hat, dann hat sie ihr Wissen mit ins Leichenschauhaus genommen. Das könnte einigen sehr recht sein.

»Tja …«, sage ich und stehe langsam von der Ledergarnitur auf. »Wir wollen Ihre Zeit nicht mehr länger …«

Auch la Croix ist aufgestanden.

»Hat man übrigens schon einen Verdacht, wer Ihre Tochter …«

»Man hat einen jungen Mann festgenommen. Er soll sie im Zorn über eine geplante Kündigung … Schlimm, aber so wird es wohl gewesen sein, ich bin mir ganz sicher, der Täter ist gefasst, es macht meine Tochter nicht mehr lebendig, aber es ist ein Trost: Unsere Justiz arbeitet gut. Auch wenn Hoffmann meint, er sei nicht so sicher … Sie werden wahrscheinlich ohnehin mit ihm darüber reden, er fürchtet eine Drogenangelegenheit, in die einer seiner Mitarbeiter verstrickt sein soll. Ich kann es mir nicht vorstellen, angeblich hat meine Tochter ihn besser gekannt, als ich wusste. Aber sie war sehr schön, da gibt es solche Gerüchte häufig. Angela hat gewusst, welche Männer zu ihr passen. Er ist der Sohn einer Strandbarbesitzerin. Eine angesehene Frau, trotzdem … Wie auch immer, über ihn sollte ich nicht nachdenken, der Täter ist gefasst. Und nur um keine falschen Vorstellungen aufkommen zu lassen: In Wirklichkeit haben wir hier kein Drogenproblem. Oder jedenfalls ein geringeres als in Teilen Europas.«

»La Croix ist ein überhebliches Arschloch und wahrscheinlich korrupt, aber er trauert um seine Tochter«, fasse ich das Gespräch Vesna gegenüber zusammen. Sie verlangt Details, aber mich interessiert vor allem eines: Woher kennt Hoffmann das Drogengerücht? Sieht ganz so aus, als hätte der Reporter doch einen direkten Draht zu ihm. Oder es gibt jemanden im Polizeiapparat, der plaudert. Soll auch anderswo schon vorgekommen sein. Jedenfalls muss man Thomas vor der nächsten Ausgabe der »St. Jack's Weekly« warnen.

[10.]

Eigentlich wollte ich Bata eine Nachricht hinterlassen – für alle Fälle. So etwas in der Art: Wenn wir uns bis sechzehn Uhr nicht melden, holt bitte die Polizei, und fahrt mit ihr zur Mülldeponie. Aber wir haben zu viel Zeit bei la Croix verbracht. Und dann stellt sich auf der Straße auch noch ein alter, übervoll mit Getränkekisten beladener Laster quer. Wir können unmöglich an ihm vorbei.

Vesna hupt. Die Menschen rundum sehen uns irritiert an. Wenn es nicht weitergeht, dann wartet man eben. Eine braune, kurzhaarige Hündin mit schlaffen Zitzen legt sich in den Schatten unseres Autos. Hinter uns steht ein brandneuer bulliger Chrysler. Der Fahrer ist ausgestiegen und plaudert mit einem jungen Mann, der an einer Hausecke lehnt. Es dauert und dauert. Dann endlich kommt einer im Mechanikeroverall, weitere zehn Minuten, der Getränke-Lkw springt wieder an, alle fahren weiter.

Ich kurve, so schnell es geht, durch die Stadt, kann gerade noch für zwei junge Hühner bremsen, dann sind wir Richtung Westen unterwegs. Vesna glaubt zu wissen, wo die Deponie liegt. Sie war mit den Ökos dort. Man sehe einen Palmenwald und man sehe Rauch, meistens sehe man den Rauch zuerst, erzählt sie.

So ist es auch heute. Die Landschaft rundum ist idyllisch, sanfte Hügel hin zum Meer, das Haus aber, das am Straßenrand steht, ist halb verfallen. Hier wohnt keiner mehr. Wir biegen ab, der Rauch wird dichter, er beißt trotz der geschlossenen Autofenster in den Augen. Wir blinzeln und erspähen an der Küste einen Palmenwald. Palme neben Palme, aber wie im Nebel, die Abgase verändern die Farben. Als wir noch näher kommen, sehen die Palmen aus wie giftige Riesenpilze.

Das rote Häuschen. Hier sollen wir warten. Vesna sieht mich an. Da ist niemand.

»Wir dürfen auf keinen Fall aussteigen«, sage ich. »Wenn das eine Falle ist … Wir müssen das Auto wenden, damit wir sofort davonfahren können.«

Vesna nickt. Ich drehe.

»Weiter unten verbrennen sie die Abfälle. Da sind Männer, die Mist in das Feuer werfen.«

»Dass das jemand aushält …«

»Sie haben Ökos mit Eisenstangen vertrieben. Wollen Arbeit nicht verlieren, sie sind bei der Regierung angestellt.«

»Vielleicht haben die von der Wachmannschaft uns nur zum Narren gehalten.«

Vesna schüttelt den Kopf. »Ich weiß nicht, so viel Humor haben sie nicht.«

Ein Wagen nähert sich von der Inselstraße her. So viel zu unseren Fluchtplänen. Der verbeulte schwarze Geländewagen steht mit unserem Schnauze an Schnauze. Der Weg ist viel zu schmal, als dass wir an dem Fahrzeug vorbeikommen würden. Ich beginne Autobahnen zu lieben.

Im Wagen sitzt ein wieselgesichtiger Weißer, der uns misstrauisch anstarrt. Ich schalte die Scheibenwischer ein, aber gegen den Rauch in der Luft sind sie machtlos, die paar Tropfen Wasser, die aus der Scheibenwischanlage kommen, führen nur dazu, dass sich die Windschutzscheibe mit gelbbraunen Schlieren überzieht.

Ich sehe undeutlich, dass der Mann uns ein Zeichen gibt. Die Beschreibung könnte auf den Wachebeamten passen.

»Wir wollen was von ihm, wir müssen aussteigen«, sagt Vesna, »abhauen können wir so nicht.«

Ich schüttle den Kopf.

Vesna öffnet die Tür und taucht in den Giftnebel. Ich mache das Gleiche. Die Luft ist wie Müll in einem anderen Aggregatzustand. Ich glaube, nicht atmen zu können. Der Mann lässt das Autofenster herunter, beugt sich heraus.

»Sie sorgen dafür, dass wir mit Big Tin reden können?«, frage ich. Meine Nase rinnt.

Der Mann wiegt den Kopf. »Nicht so einfach.«

»Was kostet es?«

»Tausend Dollar.«

»Vergessen Sie es. Wir sind keine reichen Touristen.«

»Sie wohnen im Pleasures.«

Man hat ihn also über uns informiert, eine Gefahr mehr. »Ich kann Ihnen nicht mehr als hundert Dollar bieten. Wir brauchen maximal eine halbe Stunde Zeit.«

»Und wenn Sie sich ungeschickt benehmen? Dann bin ich meinen Job los.«

»Wir verraten Sie nicht.« Meine Güte, lange halte ich es hier nicht mehr aus.

»Sie gestatten, dass ich vorsichtig bin?«

»Falls es auffliegt: Sie könnten alles abstreiten.«

»Ich kann noch mehr: Wenn Ihr Besuch bekannt wird, landen Sie hinter Gittern. Bradley hat für so etwas nichts übrig. Ich und meine Freunde bewachen die Zellen. Auch Ihre. Sie können sich vorstellen, was passiert, wenn Sie reden?«

Mir wird eiskalt. »Kann ich. Es ist allein unser Risiko.«

»Und meines.« Der Typ überlegt. Ich sehe nach oben, irgendwo über dem gelben Rauch und den vergifteten Palmen ist der Himmel karibikblau.

»Also!«, ruft Vesna aufmunternd dazwischen und hustet.

»Zweihundert Dollar.«

»Hundertfünfzig.«

»Noch eines: Es geht nur heute Nacht, da habe ich Dienst. Dann eine Woche lang nicht.«

»Okay. Sie sagen, was wir tun sollen.«

»Zuerst das Geld.«

Ich ziehe die Scheine aus meiner Tasche, man bekommt viele nette Drinks dafür. Oder auch ein paar der hübschen gebatikten Pareos, die ich in einem der Läden gesehen habe. Ob ich eine Chance habe, die Summe wiederzubekommen? Von wem? Von Big Tin sicher nicht. Ich halte die Geldscheine so, dass er sie nicht erreichen kann.

Wovor fürchtet sich Wieselgesicht? Wir könnten ohnehin nicht wegfahren, solange sein Geländewagen unseren Subaru blockiert.

Ich bin nervös und warte. Wir haben vereinbart, dass ich den Abend im Pleasures verbringen werde. Je mehr Menschen mich sehen, desto besser. Für alle Fälle. Ich esse zum ersten Mal auf der Hotelterrasse zu Abend. Was soll ich dazu sagen? Weder der Fruchtsalat mit Schinken noch der Meerestiere-Spieß waren schlecht, sie waren nur auch nicht gut. Braver internationaler Einheitsgeschmack zu gesalzenen Preisen. Vielleicht bin ich zu anspruchsvoll. Vielleicht aber hätte mir heute Abend Besseres auch nicht geschmeckt.

Ich gehe in den Computerraum. Ich bin offenbar die Einzige, die in den Cyberspace möchte. Die anderen genießen den lauen Wind auf der Terrasse und den einen oder anderen Drink.

Eine Mail von Oskar.

»Liebe Mira,

seit Tagen habe ich nichts von dir gehört, ich mache mir Sorgen, ich hoffe, das darf ich noch. Bitte melde dich.

In der Hoffnung, dich wiederzusehen

(dein) Oskar.«

Ich seufze. Es geht nicht darum, dass ich ihm den Seitensprung nicht verzeihen kann, aber – es war eben ein Schock. Werde ich wieder die Sicherheit haben, die ich bei ihm …? Eigentlich war es eine sehr bequeme Angelegenheit, fast zu bequem. Ich hab mich auf ihn verlassen, war mir seiner Zuneigung hundertprozentig sicher und bin nun beleidigt, weil ich sie nicht selbstverständlich habe, sondern dafür auch etwas tun muss. Ich habe ihn in gewisser Weise behandelt wie einen netten, treuen Hund. War da Liebe? Ist da noch Liebe? Ich will meine Unabhängigkeit, und ich will gleichzeitig jemand, der bei mir ist. Und auf den ich mich verlassen kann. Einen Fixpunkt. Oskar. Und was bin ich bereit zu geben?

Aber so etwas kann ich Oskar nicht schreiben, vielleicht später einmal. Ich weiß ja selbst nicht, was ich will. Also nur ein paar Zeilen.

»Lieber Oskar,

hier ist es wunderschoen, (fast) wie im Bilderbuch, aber du weisst ja, zu viel Idylle ist auch nicht mein Fall. Es geht mir gut, Vesna laesst gruessen. Ich hoffe, wir sehen uns nach meiner Rueckkehr,

ich schicke dir viel karibische Sonne,

deine Mira.«

Das »deine« setze ich nach einigem Überlegen, ebenso wie er es gemacht hat, in Klammern. Was immer das heißen soll. Es lässt jedenfalls hoffen.

Ich sehe auf die Uhr. Noch eine halbe Stunde.

Vesna hat Bata und Michel vorgeschwindelt, sie möchte mit mir im Hotel einen Drink nehmen. Ob sie auch für den kurzen Weg das Auto nehmen dürfe? Tatsächlich wollen wir uns, sicher ist sicher, nach unserem Besuch im Untersuchungsgefängnis an einer der Bars des Pleasures zeigen. So, als ob wir nie weg gewesen wären. Ich setze mich in Bewegung, schlendere durch den Garten, grüße zum Schauspieler hinüber, der schon wieder an der Poolbar hockt, verschwinde rasch hinter der Rückseite des Wirtschaftsgebäudes, gehe dicht am Zaun bis zur Hotelauffahrt, renne durch ein Stück beregnete Wiese, bin auf dem Weg zur Inselstraße. Vesna wartet mit abgeschalteten Scheinwerfen. Ich steige rasch ein, sage nichts, erst auf der Hauptstraße dreht Vesna das Licht an.

Wir parken eine Querstraße oberhalb des Polizeigebäudes. Zum Glück ist der alte Subaru unauffällig. Der Hintereingang soll offen stehen, hat uns der Wieselgesichtige versprochen. Die Straßenbeleuchtung ist hier, abseits der Hauptstraße, noch spärlicher. Lange Schatten. Heute bin ich froh darüber. Wir atmen flach, versuchen, uns lautlos zu bewegen, uns eng an die Hausmauern zu halten und dennoch, für den Fall, dass jemand kommt, völlig harmlos zu wirken. Grüne Tür aus Eisen, die Farbe blättert ab. Ich sehe mich vorsichtig um. Musik dringt aus irgendeinem Haus herüber.

She knows how to caress me,
Her love is sweet like sugar,

And all the love she gives to me, yeah,
Yeah, yes it's pure like honey ...

Die Tür steht tatsächlich einen Spalt offen, Vesna entfernt das Steinchen, das sie am Zufallen gehindert hat. Wir schleichen wie vereinbart den rechten Gang entlang. Es ist beinahe stockfinster. Durch die kleinen Fensterluken hoch oben dringt kaum Licht. Es ist Wahnsinn, uns in die Hände dieses Unbekannten zu begeben. Auf Empfehlung einer Schlägertruppe. Ein Geräusch. Ich halte die Luft an. Im nächsten Moment wird es hell werden, Bradley wird vor uns stehen und wir ... Es ist das Wieselgesicht.

»Mein Kollege ist gegangen, um mit seiner Frau zu telefonieren, wie immer. Es läuft nach Plan.«

Wir schleichen eine Seitentreppe nach oben, es riecht nach feuchtem Stein, scharfem Putzmittel, Urin, nach Verlies. Der Mann öffnet eine Tür, späht hinein, winkt uns. Licht. Wir zwinkern, rennen an einem verlassenen Doppelschreibtisch vorbei. Er sperrt die massive Stahltür auf, löst den Sicherheitsriegel, schließt sie wieder. Wenn es stimmt, was er uns gesagt hat, dann sitzt in diesem Trakt nur Big Tin. Wir kommen an zwei leeren Zellen vorbei, die Türen stehen offen. Die Tür zur dritten Zelle ist geschlossen. Man muss den Riegel zur Seite ziehen. Was, wenn Big Tin uns ... Wenn er uns anfällt, kommen die beiden Wachebeamten. Aber dann ...

Die Tür lässt sich beinahe lautlos öffnen. Big Tin hat einen festen Schlaf. Er liegt in Unterwäsche auf der Pritsche und schnarcht leise. Der muskulöse Brustkorb hebt und senkt sich. Keiner, dem ich allein im Finstern begegnen möchte. Aber Vesna ist ja bei mir. Sie rüttelt Big Tin am Arm. Er fährt hoch, will etwas sagen, sieht uns dann aber an, als hätte er einen schlechten Traum. Kann ich ihm nicht verdenken.

»Wir wollen dir helfen«, beginne ich.

Für Engel scheint er uns dennoch nicht zu halten, er knurrt Unverständliches.

»Wir glauben, dass du unschuldig bist«, mache ich weiter. »Wir haben einen Wärter bestochen, um mit dir reden zu können.«

»Warum?«

Er scheint etwas begriffsstutzig zu sein.

»Weil du helfen kannst.«

Schön langsam wird er munter. »Moment einmal, warum sollte ich ausgerechnet euch helfen?« Er richtet sich zu voller Größe auf, es scheint ihm komplett egal zu sein, dass wir ihn in Unterwäsche sehen. Besonders sexy ist sie nicht: verwaschene Boxershorts und ein rosastichiges Unterleibchen.

»Weil du dir damit selber hilfst. Oder hast du la Croix ermordet?«

Er schreit auf, wir zucken zusammen. Die Tür zum Trakt der Polizisten ist dick, trotzdem.

»Da rede ich noch lieber mit der Polizei als mit euch.«

Er spricht ein einfaches Englisch, auch Vesna scheint einiges zu verstehen.

»Sage ihm, dass Polizeichef ihn längst als Täter feiert. Schnelle Sache, Minister la Croix ist das auch recht.«

Ich nicke und übersetze. »Sie sind froh, jemanden gefunden zu haben, dem sie alles in die Schuhe schieben können. Fall gelöst, an der Bestechungssache wird nicht gerüttelt. Und dass nicht mehr von Drogen die Rede ist, tut dem Inselimage auch nur gut. Sie werden schon einen Grund finden, warum du auch Mick umgebracht hast.«

»We go«, sagt Vesna und dreht sich Richtung Tür um.

Big Tin hält mich fest, ich kann jeden seiner Finger in meinem Unterarm spüren.

»Dumm für dich, aber die Einzigen, die dir zuhören, sind ausgerechnet zwei weiße Frauen, die mit dem Golden Sand zu tun haben. Deine Freunde sehen das auch so. Von ihnen haben wir den Tipp mit dem Polizisten.«

Big Tin setzt sich auf die Pritsche. Ich hoffe nur, er entschließt sich zu reden, bevor Wieselgesicht kommt. Er muss die nächste Abwesenheit seines Kollegen nutzen, um uns zurückzuschleusen.

»Hat euch Angela la Croix zum Brand angestiftet?« Diese Frage habe ich mir als erste ausgedacht: Sie soll ihm zeigen, dass wir eine ganze Menge wissen. Eine ehrliche Antwort ist ungefährlich. La Croix ist tot. »Wir sind offiziell nie hier gewesen, es ist keine Gefahr für dich, wenn du redest.«

Big Tin zögert. »Wir wissen ... Wir wissen selbst, was am besten ist. Sie sind herumgeschlichen, haben mit diesen Amerikanern gemeinsame Sache gemacht, haben uns belogen, wir mussten Ihnen zeigen, dass wir uns so etwas nicht gefallen lassen.«

»Ohne Auftrag?«

»Unser Auftrag lautet: das Hotel schützen. Das tun wir.«

»Angela la Croix wollte dich kündigen.«

»Das hat sie nicht ernst gemeint.«

»Sie wollte euch alle kündigen, sie hat dir befohlen, zu gehorchen. Sie hat dir das Abzeichen vom Hemd gerissen. Ist übrigens inzwischen ein wichtiges Beweismittel.«

Man kann zusehen, wie Big Tin immer heftiger atmet. Wenn sich sein Zorn gegen uns richtet ...

»Sie war auf einmal – anders. Verdammt noch mal, sie hat uns gebraucht. Wir haben für sie gearbeitet. Gut gearbeitet. Wir lassen uns nicht hin- und herschieben wie kleine Kinder. Wir hatten einen Auftrag.«

»Den Ökos alles in die Schuhe zu schieben.«

»Die Amis endlich weg vom Hotel und weg von St. Jack zu kriegen. Sie hatte kein Recht ...«

»Also hast du sie niedergeschlagen.«

»Ich ... Bei mir ist eine Sicherung durchgebrannt, wie sie mir das Abzeichen vom Hemd ...«

Fragt sich nur, ob das zu einem totalen Blackout geführt hat.

»Aber ich habe sie nicht ermordet, glauben Sie mir ...« Seine Stimme verliert etwas von ihrer Kraft, wird beinahe weinerlich. »Ich habe irgendetwas gehört, hab sie im Gras liegen sehen, bin einfach davongerannt. Es hat mir Leid getan danach. Sehr Leid. Ihre Familie ist einflussreich. Mit solchen legt man sich besser nicht an. Sieht man jetzt ja. Sie werden mich verurteilen. Aber ich war es nicht.«

»Wo waren deine Kollegen?«

»Wir sollten in dieser Nacht vorne am Strand Dienst tun. Die Ökos bereiteten eine Aktion vor, hat uns die Direktion gewarnt, sie haben wie immer einen Zettel an unser Bord gehängt. Hat ja auch gestimmt. Die Amerikaner waren unterwegs …«

»Und wie ist es dann gekommen, dass du auf der Gartenseite mit la Croix geredet hast?«

»Sie wollte mit mir reden, vertraulich, quasi als Anführer der Wachmannschaft. Sie hat mir gesagt, dass sich einiges ändern soll. Man müsse vorsichtiger vorgehen und weniger – aggressiv. Sie hat mit einem Mal nicht mehr gewollt, dass wir gegen die Ökos kämpfen. Wir sollten mehr so eine – Servicetruppe werden, die alten Ladys den Weg zeigt und Müll zusammenträgt, das Sportprogramm sollten wir nur weitermachen dürfen, wenn wir Manieren zeigten. Was das sein soll, als ob wir … Sie hat geredet, als hätte sie keine Ahnung …«

»Du hast ihr widersprochen.«

»Ich wollte ihr wieder klar machen, wo es langgeht. Ich meine, sie war überheblich, weil sie studiert hat und ihr Vater Minister ist und all das, aber sie war doch auch eine von uns. Und sie konnte kämpfen.«

»Offenbar hat ihr das nichts genützt.«

Big Tin murmelt: »Das tut mit Leid, Mann, glauben Sie mir, das mit ihrem Tod tut mir wirklich Leid.«

»Und was war mit dem Tod von Mick?«

Big Tins Stimme wird wieder fest und aggressiv. »Damit habe ich nichts zu tun, gar nichts. Der ist bei den Ökos gefunden worden, schon vergessen?«

»Aber er wurde nicht mit der Waffe erschossen, die man bei Christopher …« Es ist nur so eine Idee. »Ihr habt ihm die Waffe untergeschoben.«

Big Tins Muskeln straffen sich, er wirkt, als wolle er mich anspringen. Unwillkürlich weiche ich einen Schritt zurück.

»Mit der Waffe ist niemand ermordet worden, oder?«, faucht er.

»Aber ihr habt sie ihm untergeschoben.«

»Das war die Idee von Angela la Croix. Man sollte der Polizei auf die Sprünge helfen, hat sie gemeint.«

»Und dann hat sie euch eine Waffe gegeben?«

»Die haben wir schon selbst gehabt, taugt ohnehin nicht viel.«

Offenbar wieder so ein Fall, in dem Angela den Anstoß gegeben, die Wachmannschaft dann aber ihre eigenen wirren Ideen umgesetzt hat. Angela war intelligent. Sie hat gewusst, wie die Burschen auf gewisse Signale reagierten. Kein Wunder, dass Big Tin sauer war, als plötzlich vieles anders werden sollte.

»Wer hat Mick ermordet?«

»Die Amis«, beharrt Big Tin.

Ich werde ungeduldig, uns läuft die Zeit davon: »Mick hat mit Drogen zu tun gehabt, ihr auch?«

»Nein. Ehrlich nicht. Das kotzt mich an, schau sie dir an, die Trangesichter, wenn sie drauf sind. Keine Männer.«

»Mick wollte größer ins Geschäft einsteigen, richtig?«

Big Tin zögert. »Vielleicht.«

»Sie wollen dir auch den Mord an Mick anhängen, ist dir das klar? Das geht in einem Aufwasch.«

»Bradley hat mich nicht viel zu Mick gefragt.«

»Glaubst du, dass er entscheidet? Der Polizeichef entscheidet. Und die Regierung.«

Das scheint Big Tin einzuleuchten. »Ich … Also ich habe wirklich nichts mit Drogen zu tun, ist schlecht für den Körper. Mick war auch nicht tief drinnen, genommen hat er selten was, nur ein wenig gehandelt. Alle haben gewusst, dass man bei ihm kaufen kann. Zumindest ab und zu. Und nur weiche Drogen.«

»Plötzlich wollte er zum Big Boss werden.«

»Er hat jemand kennen gelernt, der die Drogensache auf der Insel neu aufziehen wollte. Ich habe ihn gleich gewarnt. Das war eine gefährliche Angelegenheit. Das hat man dann ja auch gesehen.«

Vesna nickt. »Best Bay, drugs?«, fragt sie.

Ich sehe sie wütend an, muss auch sie noch auf dieses idiotische Gerücht aufspringen.

Big Tin sieht sie an. »Ja, Lady, das war der Nachschubweg. Mick war ein guter Kumpel, er hat mir einmal davon erzählt, als er zu viel hatte – Alkohol, meine ich. Es ist ein Typ von der Maritim III, Sie wissen schon, dem großen Kreuzfahrtschiff mit den Segeln, es ankert alle zwei Wochen in der Best Bay. Sie machen Picknicks und Büfetts am Strand. Der Typ hat an einem Platz Geld gesucht, wenn das Geld da war, hat er es genommen und Drogen hingelegt. Und die hat sich Mick dann in der Nacht geholt. Aber das war kein großes Geschäft. Er wollte mehr, und irgendwie ist es ihm gelungen, an diesen neuen Typen aus der Dominikanischen Republik heranzukommen. Oder vielleicht ist auch der an ihn herangekommen, so genau weiß ich das nicht. Der hat ihm jedenfalls den Kopf verdreht, ihm billigere und vor allem mehr Drogen verkauft. Das haben die anderen mitbekommen. Und da hat man offenbar jemanden geschickt.«

»In den Schuppen beim Golden Sand?«

»Sieht so aus. Warum auch nicht? Dort drüben ist Chaos pur, da fällt nichts auf.«

»Der Jemand war von der Insel?«

»Ich weiß nicht, was Sie denken, Lady. Bei uns auf der Insel laufen keine Killer herum. Der ist von auswärts gekommen und wieder verschwunden, da bin ich mir sicher. Ein Killer, der hätte bei uns einfach zu wenig zu tun.«

»Zumindest die Einschüchterungsaktionen werden ihm ja abgenommen.«

»Mann, Killer sind wir wirklich keine.«

»Ich hoffe, wir werden den Polizeichef davon überzeugen können.«

»Was ist jetzt eigentlich? Wird unsere Truppe aufgelöst?«

»Ich habe nichts davon gehört. Und deine Kumpels auch nicht. Angela la Croix ist tot.«

»Ich bin keiner, der eine Frau mit dem Messer …«

»Nein«, sage ich spöttisch, »nur mit den Fäusten. Ich kann mich erinnern.« Das Großsprecherische ist ihm jedenfalls ziemlich vergangen, kann nicht schaden.

»Wenn ich nur bei den anderen geblieben wäre. Scheiß Amerikaner mit ihren Aktionen.«

»Den Mord an la Croix wirst du ihnen aber nicht …«

Die Tür geht auf, das Wieselgesicht winkt.

Ich sehe ihn gehetzt an, dann wieder zu Big Tin. »Eines noch: Du hast für Doledo gearbeitet. Hast du Geld übergeben? Oder eine Übergabe begleitet? Gesehen? Schmiergeld?«

»Ich war bei der Security. Klar haben wir ihn begleitet. Und Geld … Er hat Anteile am Geschäft seines Bruders. Ich weiß nicht …«

»Raus jetzt«, zischt Wieselgesicht.

»Wenn dir etwas einfällt zu Doledo: Du musst es Bradley sagen, hörst du?«

»Ich hab die Wahrheit gesagt«, flüstert Big Tin mir hinterher, es klingt, als würde er nach seiner Mutter rufen.

Wir rennen durch den viel zu hellen Raum, hin zur Hinterstiege. Wieselgesicht dreht wortlos um, verschwindet. Mein »Danke« bleibt mir im Hals stecken. Manchmal ist Höflichkeit einfach nicht angebracht.

Wir schleichen die Stiegen hinunter, durch den finsteren Gang. Vesna geht voraus, steckt vorsichtig den Kopf durch die Tür. Nickt mir zu, zwei, drei Schritte, und wir sind wieder auf der Straße. Niemand zu sehen. In der Nacht gehen die Jumbies um. Heute fühle ich mich ihnen verwandt.

Vesna stellt das Auto am Hotelparkplatz für Gäste ab. Es ist gegen Mitternacht. Wir haben für unseren Ausflug ins Untersuchungsgefängnis nur eine knappe Stunde gebraucht. Ich sehe zweimal auf die Uhr, kann es nicht fassen. Auf der Fahrt haben wir wenig geredet. Ich glaube Big Tin, zumindest im Großen und Ganzen. Vesna scheint es auch zu tun.

Drogenübergabe … Doledo … Egal, jetzt ist es Zeit, an unserem Alibi zu basteln. Wir gehen seitlich ums Hotel herum Richtung Strand. Der Mond spiegelt sich im Meer, es glitzert und schillert und lockt. Vesna nimmt mich energisch am Arm. Wir gehen laut lachend den gepflasterten Weg vom Strand zur Terrasse. Überflüssig, auf der Terrasse ist niemand mehr. Die Gäste gehen im Allgemeinen früh schlafen. Sonne und Sand machen müde, oder ist es das Alter?

Ich gähne. Trotzdem. Wir müssen noch an die Bar. Zuerst probieren wir es beim Pool. Der Garten wird nur durch die kleinen Lämpchen entlang der Wege beleuchtet, heute ist das Mondlicht kräftiger als sie. Die Bar hat bereits geschlossen, nicht immer werden die Öffnungszeiten so exakt eingehalten. Der Pool ist geleert und neu gefüllt worden.

Wir versuchen es an der Hotelbar. Ein Mann und eine Frau flüstern aufeinander ein, ich kann nicht erkennen, ob es liebevolle Worte sind oder ein Versuch, sich endlich auszusprechen.

Auf dem Hocker am Eck sitzt Pollac.

»Geh hinüber, und verlange ein Autogramm von ihm«, zische ich Vesna zu. Ich habe ihr vom Lilac-Darsteller erzählt.

»Wie heißt er?«, zischt sie zurück.

Der Arme. Niemand kann sich seinen Namen merken. »Pollac.« Wenigstens irgendjemand soll sich heute noch freuen. Außerdem: So kann er bestätigen, dass wir nach einem Spaziergang am Strand an der Bar noch etwas getrunken haben. Vesna läuft hinüber. Ich sehe, wie er wichtig in der Brusttasche seines Hemdes kramt, vom Barkeeper einen Kugelschreiber erbittet. Er hat offenbar Autogrammkarten dabei und signiert eine. Erst jetzt entdeckt er mich, sieht Vesna an, fragt sie etwas, lacht und kommt herüber.

»Trotzdem danke«, sagt er und lacht immer noch, »so etwas Nettes.«

»Thank you«, sagt Vesna und deutet auf die Karte. Nicht Lilac ist drauf, sondern ein Brustbild von Pollac. Er versucht, sexy auszusehen. Das sollte er lassen. Es steht ihm nicht. Ich sage zu ihm: »Sie sind mehr ein Typ für Charakterrollen.«

Pollac nickt begeistert. Irgendwie lebt ja auch Lilac von seinem Charakter. Okay, und vom lila Plüsch.

Wir reden darüber, wie still das Hotel in der Nacht wirkt.

»Ich mag diese Atmosphäre«, gesteht Pollac, »vielleicht bin ich auch deswegen so lange auf. Ich bin jedenfalls ein Nachtmensch. Jetzt ist das Hotel noch ruhiger geworden.«

»Warum?«

»Seit die Resident Managerin ... Sie hat oft sehr lange gearbeitet. Oder sie hat wie ich diese Atmosphäre genossen, ich weiß nicht.«

»Haben Sie mit ihr geplaudert? So von Nachtvogel zu Nachtvogel?«

Pollac schüttelt den Kopf. »Sie hat mich natürlich gefragt, ob alles zu meiner Zufriedenheit wäre oder ob ich etwas Spezielles brauche. Sie war sehr gut in ihrem Job. Aber geredet … Ich bin Frauen gegenüber eher schüchtern. Und sie war so jung und schön.«

»Sie sind ein Star.«

»Lilac ist ein Star. Glauben Sie, dass Angela la Croix gerne mit einem lila Fellmonster ausgegangen wäre? Außerdem war ihr die Arbeit wohl am wichtigsten. Noch am Abend bevor sie ermordet wurde, habe ich gesehen, wie sie mit dem General Manager gesprochen hat, nicht geplaudert, das war eine Geschäftsbesprechung, das hat man gemerkt. Es muss schon gegen Mitternacht gewesen sein. Wenn Sie mich fragen, sie war die Kompetentere der beiden. Er ist eher eine Rechenmaschine im Maßanzug. Aber vielleicht ist das auch ein Vorurteil, das die ganze Welt den Schweizern gegenüber hat.«

Ich bin plötzlich wieder hellwach: »Wann haben sie Angela und Hoffmann gesehen? In der Nacht vor der Mordnacht oder in der Nacht, in der sie ermordet wurde?«

Pollac sieht mich irritiert an. »In derselben Nacht.«

»Haben Sie das der Polizei erzählt?«

Vesna versucht angestrengt, unserem Gespräch zu folgen, sie hat meine Aufregung bemerkt.

Pollac schüttelt langsam den Kopf. »Ich habe nicht daran gedacht, gleich danach. Ich hatte la Croix und Hoffmann schon einige Male in der Nacht reden sehen. Manchmal bleibe ich an der Poolbar sitzen, wenn der Barkeeper geht. Er hat nichts dagegen, dass ich in Ruhe mein Glas austrinke. Die Polizei hat sich viel mehr für meinen Schreckschussrevolver interessiert, und in der Aufregung habe ich das fast Alltägliche … Und als es mir wieder eingefallen ist, hab ich angenommen, dass ich nichts mehr sagen muss, denn Hoffmann wird wohl selbst …«

»Sie waren auch in dieser Nacht an der Poolbar? Haben Sie den Streit Angelas mit dem Typ von der Wachmannschaft mitbekommen?«

»Nein, habe ich nicht. Ich war an der Poolbar, bin dann aber hineingegangen, als sie dicht gemacht hat. Ich ging an die Hotelbar. Aber es war laut dort, es gibt eine Gruppe holländischer Gäste, die trinken gerne einen über den Durst, sie haben mich angequatscht, warum ich immer allein bin und so, das kann ich nicht brauchen. Sie wollten mir eine Frau besorgen.« Pollac verzieht angewidert das Gesicht. »Ich wollte auf die Terrasse gehen. Hoffmann und la Croix sind in der Hotellobby gestanden, dort, wo die Tür zu den Büroräumen ist. Sie hat zu ihm so etwas gesagt wie ›Das muss noch heute geklärt werden‹.«

»Wie hat sie ausgesehen, wie hat sie gewirkt?«

»Wie immer. Das heißt, sie hat es sehr nachdrücklich gesagt, sie schien etwas nervös zu sein. Aber es war ja schon spät, ich habe mir gedacht, sie ist müde, sie will endlich Schluss machen und ins Bett.«

»Aufgeregt?«

»Vielleicht auch das. Ich habe eine gewisse Spannung in der Luft gespürt.«

»Und Hoffmann?«

»Ich weiß nicht. Ich bin rasch weitergegangen, ich wollte nicht lauschen. Mir ist so etwas peinlich.«

»Haben die beiden Sie bemerkt?«

»Ich denke, nein. Warum ist das so wichtig?«

»Big Tin, der eine von der Wachmannschaft, sitzt wegen Mordverdachts in Untersuchungshaft. Er hat Angela la Croix zu Boden geschlagen, dafür gibt es einen Zeugen, das war zirka um dreiundzwanzig Uhr. Man nimmt an, er hat sie kurz danach getötet. Doch wie sich jetzt herausstellt, war la Croix zumindest um Mitternacht noch am Leben.«

Pollac nickt. »Das kann ich bezeugen.«

»Das werden Sie auch müssen.«

Aber warum hat Hoffmann es nicht getan? Oder hat die Polizei entlastendes Material unterschlagen? Natürlich kann Big Tin Angela la Croix auch später getötet haben. Vielleicht, als sie nach ihrer Besprechung mit Hoffmann in der Küche war, um sich eine Kleinigkeit zu essen zu machen.

Nachdem ich Vesna die Details erzählt habe, wiegt sie den Kopf:

»Hoffmann wollte schnelle Lösung, also Big Tin. Nicht viel Gerede im Hotel, Wachmann ist kleiner Angestellter, auf Insel wissen alle über den Mordverdacht, hier fast niemand. – Oder jemand hat befohlen, dass es Big Tin war. Doledo?«

Ich gehe durch die Lobby Richtung Aufzug und weiß nicht, ob ich werde schlafen können. Ein schöner großer Mount Gay auf der Terrasse meines Hotelzimmers. Ich habe eine Flasche oben, ich wollte sie eigentlich mit nach Hause nehmen. Wien ist unendlich weit. Ich werde eine neue kaufen.

»Wird Ihre Freundin im Hotel übernachten?«

Ich sehe mich irritiert um. Die deutsche Praktikantin, offenbar hat sie heute Nachtdienst. »Nein, sie fährt gerade wieder weg.«

»Ich glaube, ihr Wagen steht auf dem Besucherparkplatz. Deswegen habe ich gefragt.«

»Schon in Ordnung. Wie sehen Sie von hier aus übrigens auf den Parkplatz?«

»Ganz einfach. Unser Aufenthaltsraum liegt einen Stock höher. Mit dem Fenster direkt über dem Eingang. Man sieht die ganze Auffahrt hinunter.«

»Keine Videokameras?«

»Nein, es hat welche gegeben, soviel ich weiß, aber die haben gleich nach ein paar Wochen ihren Geist aufgegeben. Der Wind und das Salz und die Sonne. Sie verstehen.«

[11.]

Mein erster Gedanke ist: Ich muss zu Officer Bradley. Noch nicht ganz wach, setze ich mich auf. Es ist strahlend hell draußen, ich muss lange geschlafen haben. Viel zu lange. Ich muss mich beeilen, ich will mit Bradley reden, bevor Pollac seine Aussage macht. Ich brauche gute Karten. Ich möchte herausfinden, warum es niemand zu kümmern scheint, dass Hoffmann noch um Mitternacht mit la Croix konferiert hat. Oder warum Hoffmann das verschwiegen hat.

Ich dusche im Schnellzugtempo, putze mir die Zähne, stutze: Wer sagt, dass Bradley mir glauben wird? Ich will ihm vom Drogenkurier auf der Maritim III erzählen. Von wem ich die Informationen habe? Ach, ich habe mit Big Tin geredet. Vergiss es, Mira.

Ob Thomas etwas von dem Drogennachschub weiß? Vesna will es nicht ausschließen. Unsinn. Er muss davon nichts wissen und Rosemary auch nicht. Man sollte klären, wer die Drogen nun, nach Micks Tod, übernimmt. Oder ob der Weg stillgelegt worden ist. Dann hätte man Mick aber wohl nicht ermorden müssen. Vielleicht doch. Ein Exempel.

Coconut Joe hat gesagt, ab und zu findet man Drogen am Strand. Vielleicht hat er ein Päckchen entdeckt, das für einen anderen bestimmt war? Vielleicht ist er der neue Kurier? Viel gehört nicht dazu. Aber er ist wohl ein zu unsicherer Partner.

Gedankenverloren hetze ich durch die Lobby. »How sweet!«, kreischt es hinter mir, ich zucke zusammen, drehe mich um. Eine dürre Amerikanerin mit viel zu viel Lippenstift presst eine Puppe an sich. Sie sieht exakt aus wie jene, die man im Golden Sand gefunden hat. Nur ohne Nadel.

»Woher haben Sie die?«, frage ich etwas schroff.

Die Amerikanerin sieht mich erschrocken an und deutet auf den Souvenirladen des Hotels. Ich versuche ein beruhigendes Lächeln, »very sweet«, bestätige ich und betrete den Laden. Neben der Kasse, unübersehbar, liegen in einem großen Weidenkorb zwanzig, dreißig solche Puppen. Hinter der Kasse eine schlanke Schwarze in Hoteluniform.

»Die sind aber entzückend«, sage ich zu ihr und hebe eine hoch. »Werden wohl gern gekauft, nicht nur von Touristen, oder?«

Sie muss mich für nicht ganz dicht halten.

»Von Touristen«, wiederholt sie.

»Mir kommt vor, ich hab Minister Doledo vor kurzem mit so einem Ding in der Halle stehen sehen.«

»Den Minister? Ich weiß nicht, ich habe nicht Dienst gehabt.«

»Und General Manager Hoffmann ...«

Sie lächelt. »Der muss sie doch hier nicht kaufen, es gibt eine ganze Schachtel voll oben in der Werbeabteilung, wahrscheinlich hat sie Minister Doledo auch von dort.«

Ich will ihr eine der Puppen abkaufen, quasi als Erinnerung, aber dann überlege ich es mir anders. Wenn ich zu Bradley gehe, ist es vielleicht besser, er sieht mich nicht damit. Keine zusätzlichen Verwirrungen. Und zuerst muss ich ohnehin an den Strand.

Ich gehe durch den Garten des Pleasures, vorbei an einer Truppe ältlicher Ladys, die im Pool unter Anleitung eines stattlichen Schwarzen mit Kommandostimme Wassergymnastik treiben. Offenbar hat man schon vergessen, dass hier vor ein paar Tagen Angela ... Life must go on und so. Ich blicke mich vorsichtig nach den Typen der Wachmannschaft um, sehe keinen, schlüpfe durch die Lücke im Zaun. Bata und Michel sitzen auf der Terrasse und trinken Kaffee.

»Guten Morgen«, rufe ich ihnen zu. »Bata, darf ich mir bitte noch einmal dein Auto ausborgen? Wo ist Vesna? Sie muss mit.« Schon bin ich in Richtung ihres Apartments unterwegs.

Michel murmelt etwas vor sich hin, das wenig freundlich klingt. Bata widerspricht auf Französisch.

»Du kommst nicht essen, du fragst nicht, wie es uns geht, du willst nur wieder weg und Auto und Vesna«, ruft mir Michel zu. Das hab ich leider verstanden. Er hat ja Recht. Ich laufe zu ihnen hinüber, küsse Michel auf beide Wangen, sein Bart sticht.

»Bonjour«, sage ich, »das Essen im Pleasures war une catastrophe!« Das ist zwar übertrieben, aber Michel hört es gerne. An Bata gerichtet erkläre ich: »Es spitzt sich zu, ich muss rasch an den Strand und dann zu Officer Bradley, natürlich zahle ich für das Benzin und auch Leihgebühr, es stimmt schon, ich habe die letzten Tage ...«

Bata schüttelt den Kopf: »Du arbeitest für uns, du musst dich nicht entschuldigen. Am Morgen ist mein Chéri manchmal launisch.«

Offenbar hat er einen Teil davon verstanden.

»Am Morgen?«, erwidert er. »Ich mache schon Kaffeepause.«

Ich habe zwar nicht den Eindruck, dass ich für Bata arbeite, aber letztlich ist schon etwas dran. Zumindest haben wir die vorläufige Schließung des Golden Sand verhindert.

Vesna hat uns reden gehört, sie kommt aus ihrem Apartment. Während wir fahren, erkläre ich ihr, was ich vorhabe.

»Ist es nicht unvorsichtig, von dir aus Bradley ...?«

»Zuerst müssen wir ohnehin zu Thomas an den Strand. Und was Bradley angeht: Mir wird schon einfallen, wie wir Big Tins Informationen gefahrlos weitergeben können.«

»Und wenn er Polizeichef bei Vertuschungsaktionen hilft?«

»Glaube ich eigentlich nicht. Er war nicht einmal mit dabei, als der Polizeichef Big Tins Verhaftung verkündet hat. Ihm scheint das nicht gepasst zu haben. Außerdem muss ich mit ihm über Doledo reden. Doledo war für die Baugenehmigung zuständig. Und er hat extrem wütend reagiert, als ich den Reporter auf ihn gebracht habe. Big Tin hat für ihn gearbeitet, vielleicht ist es ihm besonders recht, dass er unter Verdacht geraten ist. Und Angela la Croix war immerhin mit seinem Neffen liiert. Wenn man sich privat kennt, lassen sich manche unsauberen Geschäfte viel einfacher abwickeln.«

»Was du von privater Bekanntschaft sagst, ist richtig. Auch was Thomas angeht. Du machst bei ihm alle Augen zu. Besser, wir fahren gleich zu Bradley.«

»Thomas hat nichts mit der Drogensache zu tun, man muss ihn warnen – oder eben ausfragen. Vielleicht hilft auch dabei ›private Bekanntschaft‹?«

Rosemary sitzt am Meer und schuppt mit einem Holzstück, auf das umgedrehte Bierkapseln genagelt sind, bunte Fische. Eine erstaunlich einfache und effiziente Methode.

»Wie geht es?«, frage ich und lächle ihr zu.

»Wieder gut, mein Tom macht sich viel zu viele Sorgen. Der dumme Blutdruck. Man nimmt eine Tablette, und alles ist wieder normal.«

Ich will sie trotzdem nicht mit der Drogensache aufregen. Thomas aber muss davon erfahren, egal, was Vesna meint. Ich sehe mich um. Rosemary deutet meinen Blick richtig.

»Tom ist gleich zurück. Er ist schon seit mehr als einer Stunde unterwegs, er hat sein Lauftraining an den Strand verlegt, früher ist er oft da gelaufen, hier hat es angefangen: Die ganze Küste ist er auf und ab gelaufen, während die anderen herumgesessen sind.«

Einige Liegestühle und Sonnenschirme stehen schon bereit, Gäste sind noch keine zu sehen.

»Heute wird ein wunderschöner Tag, wir werden mehr zu tun haben, bei diesem Wetter kommen auch Leute aus der Stadt. Und mehr von den Ausländern, die sich hier ein Haus gekauft haben. Ich habe Hummer bestellt. Wenn Sie einen wollen, Mira …«

Mir läuft das Wasser im Mund zusammen. Ich nicke begeistert. Davon, dass das Wetter schlecht war, habe ich nicht viel bemerkt. Daran könnte ich mich gewöhnen, dass »kühler« sechsundzwanzig statt neunundzwanzig Grad bedeutet und »wechselhaft« heißt, es ziehen ein paar Wolken vorüber und für fünf Minuten kann da und dort ein Schauer niedergehen.

Ich sehe Thomas, er läuft mit bloßen Füßen und trägt eine der seidigen Laufshorts, die man in teuren Sportgeschäften oder bei TV-Sportübertragungen bewundern kann. Sein dunkler Körper glänzt vom Schweiß. Er winkt, ist mit zwei raschen Schritten im Meer, krault bis zum Felsen. Der Pelikan flattert beleidigt auf, Thomas krault zurück und kommt tropfnass zu uns. Rosemary reicht ihm ein Handtuch.

»Ihr seid früh dran. Es wird ein wunderschöner Tag.«

Man sollte alles Bradley überlassen, schwimmen gehen und sich danach auf einen Hummer vom Grill freuen.

Aber wir haben schon zu viel unternommen, um jetzt aufzuhören. Wir gehen zur Bar, ich warte, bis Rosemary, die noch einen halben Kübel Fische zu schuppen hat, außer Hörweite ist. Von unserem illegalen Treffen mit Big Tin erzähle ich Thomas nichts. Vesna würde mich lynchen.

Als ich ihm vom Offizier der Maritim III berichte und von der Drogenübergabe, starrt er mich fassungslos an. Ich kann es nicht deuten: Ist es, weil er keine Ahnung hatte? Ist es, weil er davon gewusst hat und die Sache nun ans Licht kommt?

»Woher hast du das?«

»Kann ich dir nicht sagen.«

»Und ich soll dir glauben?«

Ich sehe ihn flehend an, beinahe kommen mir die Tränen. Wenn er mir schon nicht vertraut, wie soll es dann Bradley tun?

»Die Maritim ankert alle zwei Wochen in der Bucht, das stimmt«, sagt er langsam. »Sie kommt übrigens heute.«

Wie soll das ausgehen? Ich muss zu Bradley. Oder sollen wir alleine herauszufinden versuchen, wie die Übergabe läuft? Fotos. Das wäre eine Möglichkeit. Mira, bleib am Boden. Mick haben sie umgebracht.

»Du weißt von der Sache?«

»Natürlich nicht.« Thomas ist eindeutig wütend. »Glaubst du, ich durchwühle das ganze Gebüsch, weil ich annehme, dass hier jemand Drogen deponiert?«

»Du hast einmal gesagt, deine Mutter weiß alles, was auf der Insel vorgeht. Das hier ist ihre Bucht, ist eure Bucht.«

»Meine Mutter hat keine Ahnung von Drogen, dieses Problem gibt es bei uns noch nicht lange. Einige Inseln waren immer schon Umschlagplätze, wir waren lange davon verschont. Unsere Insel ist zu leicht überschaubar, auch jetzt sind wir wohl eher ein kleiner Fisch. Man hat einigen Kids gezeigt, dass sie sich mit Drogen an ihrem wenig erfreulichen Leben vorbeimogeln können. Zumindest eine Zeit lang. Und es gibt Touristen, die davon ausgehen, dass sie sich hier einrauchen können.«

»Und was ist mit den Rastas?«

»Erstens sind lange nicht alle von denen auf Drogen und zweitens: Früher haben sie etwas Hanf angebaut, das war es dann auch. Jetzt ist das streng verboten, wird entsprechend bestraft, und sie kaufen ihre Drogen bei Händlern. Stärkere Drogen, wenn du mich fragst, auch schlechtere.«

»Du hast nie …«

»Hast du?«

Ich schüttle den Kopf. Außer zwei, drei Haschischzigaretten vor Jahren, aber damals hab ich keine Wirkung gespürt.

Thomas nimmt mich am Unterarm, der Griff ist beinahe so fest wie jener von Big Tin gestern Nacht. Er ist lange nicht so massig und auch nicht mehr so jung wie die Burschen, aber er hat zumindest so viel Kraft wie sie. Ich weiß nicht, warum mich dieser Gedanke auch in der jetzigen Situation eher beruhigt.

»Ich war Sportler, sagt dir das etwas? Ich bin es gewohnt, auf mich zu achten. Ich mache mich nicht kaputt. Und was das Geschäftemachen mit Drogen angeht: Ganz abgesehen davon, dass ich auch andere nicht kaputtmachen will – vielleicht ist dir schon aufgefallen, dass ich ein verdammt schlechter Geschäftsmann bin.«

»Ich … ich wollte dich nicht beschuldigen. Ich wollte nur, dass du weißt …«

Aber er hat wohl den Zweifel in meinem Blick gesehen. Verdammte Vesna, sie hat mir den Unsinn eingeredet.

Ich rede rasch weiter: »Man müsste wissen, wo genau Drogen und Geld versteckt werden. Bradley hätte dann etwas Konkretes in der Hand. Wir wissen ja nicht, welcher Offizier der Maritim hinter den Drogengeschäften steckt.«

»Ich kann dir nicht helfen.«

»Coconut Joe. Er hat gesagt, dass man manchmal am Strand Drogen findet. Ich hab das damals für ein Hirngespinst gehalten.«

»Wir können ihn fragen. Er ist bei den Palmen drüben, erntet Agaven und grüne Kokosnüsse. Er kommt gleich.«

Zeit habe ich verdammt wenig.

Vesna deutet auf den Horizont, dann sehe ich es auch: Ein großes Segelschiff kommt majestätisch herein, fünf hohe Masten zähle ich. Die Maritim III.

Coconut Joe trägt ein Netz voller Kokosnüsse, er ist eindeutig guter Laune.

»So ein schöner Tag«, sagt er. Das habe ich heute schon mehrfach gehört.

Thomas nimmt Coconut Joe zur Seite und redet auf ihn ein. Coconut Joe schüttelt wild den Kopf. Thomas scheint ihm zu drohen.

Coconut Joe versucht davonzulaufen. Thomas hat ihn sofort eingeholt, hält ihn auf. Was …?

Vesna sprintet auf die beiden los, ich hinterher.

»Hat er etwas geklaut?«, ruft mir Rosemary hinterher.

»Später«, rufe ich zurück.

»Er will nichts sagen«, knurrt Thomas.

Vesna lächelt Coconut Joe an. »Help«, sagt sie dann mit dem zarten Stimmchen einer bosnischen Prinzessin.

Coconut Joe sieht sie verlegen an.

»Help«, sagt Vesna noch einmal, »please.« Sie deutet auf mich, er soll mir bitte zuhören.

Ich erzähle möglichst langsam und einfach, was wir erfahren haben.

Thomas knurrt dazwischen, dass er das schon gesagt habe, aber …

Vesna deutet Richtung Strandbar. »You go!«, sagt sie zu Thomas. Sie kann sich verdammt gut verständigen. Thomas will widersprechen, ich sehe ihn bittend an. Er geht.

»Money«, sage ich zu Coconut Joe. Wenn er uns verrät, wo das Drogenversteck ist oder wer der Offizier ist, dann bekommt er Geld.

»Wenn die Lady mich bittet … Aber ich brauche kein Geld. Oder wenn ihr zufällig welches habt … Es ist gefährlich, zu reden.«

Ich zeige ihm einen Zehndollarschein.

»Früher war das Versteck gleich da drüben, in den Felsen. Da ist eine kleine Höhle. Aber dann, dann habe ich das Versteck gefunden. Vor dem, der die Sachen holt. Er hat dann mich gefunden und …« Er macht den Mund auf und deutet auf die paar letzten Zahnstummel. »Sie haben mir die Zähne eingeschlagen. Und wochenlang habe ich nicht gehen können. Seither gibt's ein anderes Versteck.«

Wie immer kann ich seinem Slang schwer folgen, ich bitte ihn, langsamer zu reden. »Kennst du das neue Versteck?«

»Ich kenne jedes Sandkorn in der Bucht. Aber ich nehme mir nichts mehr. Er versteckt die Drogen in einem Plastiksack. Rosemary lässt den Abfall da. Er gibt den Sack zu den anderen Säcken mit Abfall im Gestrüpp. Dort ist auch ein Platz, wo die Männer pinkeln gehen. Fällt nicht auf.«

Joe deutet auf die dornigen Büsche, die in der Nähe des Ufers zahlreich wachsen.

»Wie sieht der Drogenkurier aus?«

Coconut Joe kratzt sich am Kopf. »Weiß. Die sehen irgendwie alle gleich aus.«

Fast muss ich grinsen. Meine Tante behauptet das von den Schwarzen.

»Er ist nicht besonders groß und nicht besonders dick. Er hat eine weiße Hose an und ein Hemd, wie alle Offiziere von der Besatzung. Ab und zu klaue ich ihnen Sonnenschirme«, grinst er. »Sie packen alles so schnell ein, wie sie es ausgepackt haben: Tische und Essen und Trinken und Sonnenschirme und Liegen. Da passen sie nicht immer auf, und schon ist ein Schirm im Gebüsch. Geschieht ihnen recht, sie bringen uns gar nichts, sagt Rosemary.«

»Wann deponiert er die Drogen?«

»Bevor sie abfahren, ich bin ein guter Beobachter.«

»Sonst noch etwas, das du beobachtet hast?«

»Man muss sie in Ruhe lassen, sonst …« Er reißt erneut den Mund auf.

Wir haben also drei, vier Stunden Zeit, nicht mehr. Ich muss zu

Bradley. Vesna will lieber am Strand bleiben, Coconut Joe wird ihr den Offizier zeigen, und er verspricht, sie unter Einsatz seines Lebens zu beschützen. Vesna lächelt ihn an und entkommt dann zu Rosemary.

Ich sehe, wie Thomas weitere Liegestühle nach vorne trägt, und gehe zum Auto, ohne mich zu verabschieden. Keine Ahnung, warum. Außerdem komme ich ja wieder.

»Es ist dringend«, insistiere ich, »ich muss Officer Bradley sofort sprechen, nicht erst am späten Nachmittag.« Da sind das Schiff und sein Offizier schon über alle Berge. Oder besser, über alle Meere. Heute ist es ein junger Mann in Uniform, der den Dienst erledigt.

»Sie bekommen ernsthafte Schwierigkeiten, wenn Sie mich nicht sofort zu Bradley lassen«, drohe ich, »es geht um den Mord an Angela la Croix. Und um den Mord an Mick Fisher.«

»Der Mörder sitzt in Haft«, erwidert der junge Polizist und deutet auf die Decke über sich. Verdammter Mist, ich warte schon mehr als eine Stunde. Ich hätte fragen sollen, wie lange das Kreuzfahrtschiff bleibt.

»Haben Sie ein Blatt Papier und einen Kugelschreiber?«

Der Polizist zögert zuerst, reicht mir das Gewünschte dann aber. Ich versuche, möglichst leserlich zu schreiben. Ich bitte Bradley, mich anzuhören. Ich wisse, in welches Drogengeschäft Mick verwickelt gewesen sei. Er sei Kurier für einen weißen Offizier auf der Maritim III gewesen. Die Maritim III liege in der Best Bay vor Anker. Vor ihrer Abfahrt werde der Offizier das nächste Drogenpaket deponieren. – Hoffentlich.

Ich falte den Zettel zusammen und bitte den Polizisten, ihn zu Bradley zu bringen.

Er runzelt die Stirne. »Officer Bradley ist nicht hier.«

»Das sagen Sie mir erst jetzt?« Ich schreie, ich kann nicht anders.

»Ich habe Ihnen doch gesagt, dass Sie ihn nicht sprechen können.«

»Wann kommt er wieder?«

Der Beamte zuckt mit den Schultern.

»Wo ist er?«

»Beim Polizeichef.«
»Ist der hier im Haus?«
»Nein, im Justizministerium.«
»Dann werde ich dorthin gehen.«
»Dort kommen Sie nicht hinein.«
»Wir werden sehen.«

Er behält Recht. Vor dem Justizministerium stehen zwei uniformierte Wachen mit geschultertem Gewehr. Der Portier hat Anweisung, niemanden ohne Termin vorzulassen.

»Aber wenn er erfährt, worum es geht, gibt er mir sofort einen Termin«, flehe ich ihn an.

»In Polizeiangelegenheiten wenden Sie sich bitte an die zentrale Polizeistation. Sie ist in der Innenstadt, gleich wenn Sie …«

»Ich weiß«, fauche ich ihn an.

Neben einigen großen dunklen Limousinen stehen Schwarze in kurzen weißen Hemden und rauchen. Ich erkenne den jungen Mann, der das Auto von la Croix gewaschen hat. Es ist nur ein Versuch: »Ist der Fahrer von Minister Doledo da?«

Ein bulliger Typ löst sich von der Kühlerhaube eines BMW. »Bin ich. Was wollen Sie?« Klingt nicht gerade freundlich.

Ich lächle ihn strahlend an. »Ich kenne ihn, ich wollte Minister Doledo nur schnell etwas erzählen, dann brauche ich ihn nicht anzurufen. Wie lange dauert die Besprechung mit Bradley und dem Polizeichef noch?«

»Keine Ahnung, Lady, wer hier mit wem redet und wie lang das dauert. Und wenn, würde ich es Ihnen nicht erzählen.«

Trotzdem: hochinteressant. Der Polizeichef, Doledo, la Croix, Bradley und wohl der Innenminister. Zurück zum Strand.

Das Schiff ist eine Schönheit, der Rumpf aus dunklem Holz gefertigt, die meisten Segel sind nun geborgen, nur einige Sonnensegel hat man gesetzt. Seefahrer- und Seeräuberromantik, aber jeden erdenklichen Luxus inklusive.

Am Strand ist das Picknick bereits in vollem Gang. Im westlichen Teil der Bucht wurden zwei große weiße Partyzelte aufgestellt, Berge von Plastikcontainern hat man ausgeladen. Vier fernöstliche Köche mit hohen, blütenweißen Mützen stehen hinter Holzkohlengrills. Es duftet verführerisch. Traumschiffwunderwelt. In dem einen Zelt ist eine Bar aufgebaut, zwei schwarze Barkeeper mixen Drinks, zwei jüngere Frauen schenken Bier und Wein und Fruchtsaft aus. In dem anderen Zelt stehen Tische mit bodenlangem Tischtuch, darauf das Büfett. Ich sehe Früchte und Hummer, Platten mit Schinken und Huhn, kleine Pastetchen. Kein Wunder, dass Rosemary mit diesem Schiff nicht viel Geschäft macht. Eigentlich müsste sie eine Riesenwut auf die Betreiber haben. Ich weiß, alle Strände in St. Jacobs sind öffentlich zugänglich, aber das ist doch irgendwie Rosemarys Bucht, die, in der sie ihr köstliches Inselessen verkauft, auch wenn es nicht auf feinstem Porzellan daherkommt.

Der Strand ist übervölkert mit bleichen oder teilweise, vor allem am Rücken und an den Beinen, rot verbrannten Menschen. St. Jacobs dürfte am Beginn ihrer Tour liegen. Zwei Beiboote bringen laufend neue Landgänger, andere lassen sich schon wieder zurückfahren, offenbar haben sie nur um zu essen den Boden der Insel betreten.

Es gibt noch immer genug Leute, die sich beim Büfett und vor dem Grill anstellen. Eigentlich unterscheidet sich dieser Lunch von einem im Hotel oder auf dem Schiff nur darin, dass die Gäste am Strand auf – kreuzfahrtschiffeigenen – Liegestühlen sitzen und essen. Für manche ist das wohl Abenteuer genug. Zu viel Neues wollen die Touristen nicht, hat Hoffmann gemeint. Vielleicht ist da wirklich etwas dran.

»Es ist der dort drüben, der mit Walkie-Talkie hinter dem Büfett bei Containern steht«, flüstert mir Vesna zu.

Ich sehe einen Typ Mitte dreißig mit blondem Schnurrbart, mittelgroß.

»Er treibt sich die ganze Zeit beim Gebüsch herum.«

Ich nicke. »Das Geld muss schon dort liegen. Habt ihr es …«

»Wir haben nicht mehr schauen können, Schiff war schon zu nah. Mit gutem Fernglas …«

Ich erzähle ihr von meinem Misserfolg bei Bradley, was sollen wir tun? Das nächste Mal ankert die Maritim erst in zwei Wochen.

»Man muss ihn stellen«, befindet Vesna.

»Bist du verrückt? Wie? Vielleicht soll ihn dein Coconut Joe überwältigen?«

»Erstens ist nicht ›mein‹ Coconut Joe und zweitens ist vor Angst davongelaufen. Wir werden fotografieren. Hast du Fotoapparat mit?«

Missmutig nicke ich, ja, natürlich habe ich ihn mit. Der Mann wird sich nicht so ohne weiteres aufhalten lassen. Wenn sie einen Sicherheitsdienst an Bord haben … Aber wem wird man glauben? Und was, wenn die Aktion misslingt? Dann könnten wir die nächsten Opfer der Drogenbosse sein.

Wider Erwarten ist Thomas einverstanden. Er will uns helfen. »Wenn wir Bradley nicht erreichen, müssen wir es eben alleine versuchen. Ich will endlich, dass das Drogengerede vom Tisch ist.« Er ballt die Fäuste.

Mir wäre trotzdem wohler, ein paar biedere staatlich beeidete Polizisten wären da.

Immer mehr Kreuzfahrttouristen verlassen den Strand, die Belegschaft beginnt mit einer Routine zusammenzupacken, die zeigt, sie machen das jeden Tag. Zelte werden abgebaut, Tische zerlegt, Besteck und Gläser und Flaschen in Containern verstaut. Wie lange wird der Offizier warten? Er gibt Anweisungen, legt hie und da auch selbst Hand an, benimmt sich völlig unauffällig. Wir haben uns so weit als möglich genähert. Näher hin können wir nicht, das würde auffallen. Mein Fotoapparat hat ein Teleobjektiv. Ich hoffe, es ist stark genug.

Vesna stößt mich an. Der Offizier hat sich rasch umgesehen, nimmt aus einem der Container einen blassblauen Plastiksack, verschwindet im Gebüsch. Ich drücke ab, immer wieder. Ob ich ihn erwischt habe? Mit etwas Pech ist er zu schnell abgetaucht. Er kommt ohne Sack wieder. Wo hat er das Geld? Thomas und Vesna sprinten los. Ich fotografiere, renne ihnen nach. Thomas hat ihn gestellt, der Offizier schreit empört: »Lassen Sie mich los, Männer, helft mir, der Typ ist verrückt geworden!« Oststaatenenglisch.

Thomas wälzt sich mit ihm auf der Erde, die Besatzung des Schiffes kommt ihrem Offizier zu Hilfe, ich rufe: »Er hat Drogen versteckt!«

»Das auch noch!«, brüllt der dickste der indonesischen Köche und versetzt Thomas einen Boxhieb.

»Nicht Thomas, euer Offizier«, versuche ich alle zu übertönen. Thomas kämpft wie ein Löwe, Vesna versucht ihm zu helfen, wird aber von zwei Männern festgehalten. Ich nehme eine Plastikflasche vom Boden und schlage auf alle rund um mich ein. Unsinnig.

»Schnell zum Schiff«, befiehlt der Offizier, »haltet ihn fest, bis wir weg sind.«

»Soll man nicht die Polizei …?«

»Nein«, befiehlt er. »Keine Komplikationen, die Touristen gehen vor.«

Rosemary hat den Tumult gesehen und läuft in unsere Richtung, sie lässt einen derartigen Schrei los, dass alle irritiert in ihre Richtung sehen. Vesna nützt die Gelegenheit, reißt sich los und springt den Offizier wie eine Raubkatze an, sie greift in seine Hosentasche, Bündel von Geldscheinen fallen in den Sand. Wo ist mein Fotoapparat? Außerdem muss jemand die Drogen …

Blaulicht. Bradley bewegt sich schneller, als ich es ihm jemals zugetraut hätte.

Er sieht mich an. »Wenn das jetzt ein Fehlschlag ist …«

»Im Gebüsch liegen die Drogen.«

»Er hat uns angegriffen«, protestiert der Offizier und zeigt auf Thomas. Der liegt immer noch am Boden, wird von vier Männern gehalten.

Bradley weist eine Polizistin an, das Geld sicherzustellen.

»Es ist meines«, versucht es der Offizier.

Ich gehe mit Bradley zum Gebüsch. »Hier drinnen!«

Wir biegen ein paar Dornenzweige zur Seite, sehen in diese Höhle unter dem Gestrüpp, dort drüben bei den Wurzeln liegen acht, zehn Plastiksäcke. »Es ist der blassblaue«, sage ich und kratze mich an einem Dorn blutig.

Bradley schiebt sich vor, ich hinterher, er öffnet den Sack. Braune

Päckchen, regensicher umwickelt mit Schichten aus Isolierband. In den anderen Säcken ist Müll. Wir kriechen wieder aus dem Gebüsch, zurück an die Sonne. Bradley nimmt ein Taschenmesser aus dem Hosensack, klappt es langsam und bedächtig auf, öffnet damit eines der Päckchen. Alle starren ihn wie gebannt an. Ein weißliches Pulver. Er schnuppert, kostet, nickt.

Der Offizier hat keine Chance, zu fliehen.

Die Touristen müssen es hinnehmen, dass ihr Schiff heute nicht auf die Minute genau ablegt. Zuerst einmal wird der Kapitän mit einem Beiboot an Land gebracht. Er reagiert entsetzt. Man wird klären müssen, wie es dem Offizier gelungen ist, die Drogen regelmäßig an Bord zu schmuggeln. Der Container, aus dem er den Sack gezogen hat, besitzt einen doppelten Boden, das lässt sich gleich vor Ort feststellen. Der Hohlraum ist so geschickt eingebaut, dass sich der Behälter kaum von den üblichen unterscheidet.

»Mit dem Mord habe ich nichts zu tun«, winselt der Offizier, »ich habe nicht einmal etwas gewusst davon. Ich wusste nur, dass Mick aussteigen wollte, und das habe ich weitergegeben.«

»Wem?«, will Bradley wissen.

»Eher bringe ich mich um, als dass ich das sage«, jammert er, »ich bin nur ein kleiner Fisch, sie haben mich gezwungen, sonst hätte ich das nie gemacht. Ich habe Schulden, sie wollten mich töten, ich verteile ein wenig auf der Tour, nur weil ich muss. Sonst weiß ich nichts. Ich bin kein Killer.«

Zwei Beamte schieben ihn auf den Rücksitz eines Streifenwagens.

Mag sein, dass es stimmt, was er sagt.

Bradley gibt mir die Hand. »Danke. Die großen Fische im Drogengeschäft – die sind nicht bei uns, die finden wir auch nicht. Das Gleiche wird wohl für Mick Fishers Mörder gelten. Aber einen Lieferanten auszuschalten, das ist schon etwas. Auch wenn ich jetzt das FBI am Hals haben werde, unser Offizier ist Amerikaner, und bei Drogensachen sind sie sehr schnell da. Wer weiß: Vielleicht redet er bei ihnen.« Er lächelt.

Die Sonne ist untergegangen, ohne dass ich es bemerkt habe.

Thomas steht bei seiner Mom an der Bar, sie verarztet seine Wunden. Er ist zäh.

»Wir müssen schauen, wer die Drogen holen will«, fällt mir ein, »vielleicht kommt er bald, Sie sollten …«

Bradley schüttelt den Kopf. »Da kommt heute keiner mehr, es spricht sich zu schnell herum, dass wir mit Blaulicht da waren. Aber es ist uns nichts anderes übrig geblieben. Der Schwachkopf von Dienst habendem Beamten hat mir Ihren Zettel erst gezeigt, als ich mich zum nächsten Termin außer Haus abmelden wollte. Wir mussten so schnell wie möglich los. Vom Hügelkamm aus haben wir gesehen, dass die Besatzung der Maritim schon zusammenpackt. Also Blaulicht.«

Der Wagen mit dem blonden Offizier fährt ab.

»Ich wollte mit Ihnen noch über etwas anderes reden«, sage ich zu Bradley.

Er runzelt die Stirn.

»Hoffmann, der General Manager: Er hatte in der Mordnacht ein Gespräch mit Angela la Croix. Nachdem Big Tin sie geschlagen hatte. Zirka um Mitternacht. Warum spielt das keine Rolle? Es entlastet Big Tin, und ich habe den Eindruck, Sie glauben ohnehin nicht so recht daran, dass er Angela ermordet hat. Es war der Polizeichef, der so schnell wie möglich einen Schuldigen gebraucht hat. Und vielleicht gewisse Minister. Doledo, um genau zu sein. Er war für die Baugenehmigung des Pleasures zuständig, Big Tin hat bei ihm gearbeitet.«

Bradley sieht mich ausdruckslos an. »Woher wissen Sie das? Und um etwas klarzustellen: Wir unterschlagen keine Indizien.«

»War Martin Pollac schon bei Ihnen? Der Schauspieler, der im Pleasures wohnt? Er hat die beiden gesehen. Er kann es bestätigen, falls Hoffmanns Aussage Ihnen nicht reicht oder falls Hoffmann bereit ist, aus Gründen der guten Zusammenarbeit mit der Inselverwaltung Fakten zu vergessen.«

Bradleys Gesicht verschließt sich. »Lassen Sie uns arbeiten. In Ordnung?«

»Gar nicht in Ordnung. Es kann nicht sein, dass Big Tin wegen Mordes verurteilt wird, nur weil man den Fall abschließen will.«

»Sie trauen mir einiges zu.«

»Ich weiß von der Besprechung mit dem Justizminister, la Croix und Doledo. Ich traue der Justiz einiges zu. Übrigens nicht nur hier auf St. Jacobs.«

»Ich muss fahren. Und ich bedanke mich noch einmal ausdrücklich.«

»Was ist mit dem, der die Drogen übernehmen will?«

Bradley seufzt. »Also okay, Sie lassen mir ohnehin keine Ruhe. Wir haben natürlich zwei Beamte postiert. Sie werden die ganze Nacht über hier bleiben. Auch wenn ich wirklich nicht glaube, dass der Verteiler noch kommt.«

Er geht zu Rosemary, gibt ihr die Hand, klopft Thomas anerkennend auf die Schulter, will ins Auto steigen.

»Wir sollten reden«, probiere ich es noch einmal.

»Morgen, Frau Valensky, oder übermorgen.« Bradley wirkt auf einmal sehr müde.

Ich will selbst warten und sehen, ob der Drogenkurier auftaucht. Vesna ist auf meiner Seite, aber Thomas gelingt es, uns das auszureden. »Je mehr Leute sich am Strand herumtreiben, umso auffälliger wird es.«

Rosemary und Thomas essen mit uns im Golden Sand zu Abend, Michel scheint sich noch etwas mehr ins Zeug zu legen. Und endlich komme ich zu einem Hummer, eigentlich sei es ja eine Languste, erklärt er, aber hier hießen die eben »lobster«. Er hat sie gegrillt und die beiden Hälften mit einer Ingwer-Scotch-Bonnet-Pepper-Butter überzogen. Großartig, trotzdem nicke ich am Tisch mehrere Male ein.

Thomas bietet sich an, mich ins Hotel zu begleiten. Vesna ist das gar nicht recht. Doch ich stimme zu. Wir gehen zu Fuß, nehmen den offiziellen Weg. Mein Herz schlägt schneller. Ob das die Müdigkeit ist? Als wir die Auffahrt entlanggehen, sage ich möglichst unbefangen: »Man sieht fast vor bis zur Hauptstraße, wenn man im Aufenthaltsraum der Rezeptionisten sitzt.«

Thomas lacht leise. »Woher weißt du das schon wieder?«

»Die deutsche Praktikantin hat es mir erzählt. Wahrscheinlich hat uns jemand gesehen, als du mich damals …«

Vollmond. Was muss das für eine Nacht am Strand sein … Brems dich, Mira. Heute ist die Polizei am Best Beach und passt auf, ob ein kleiner Drogendealer seine Ware abholen will.

»Daran habe ich überhaupt nicht gedacht«, antwortet Thomas.

»Irgendjemand muss gute Kontakte zur Polizei haben. Oder zur ›St. Jack's Weekly‹.«

»Das ist in einem Hotel nie auszuschließen.«

Kurz vor dem Eingang bleibt Thomas stehen. »Danke für alles«, sagt er, und für einen Moment wirkt er, als ob er mich küssen wollte. Dann sieht er nach oben, dorthin, wo das Fenster des Aufenthaltsraumes ist, gibt mir die Hand und lächelt. »Heute ist Vollmond.«

[12.]

Ich habe Sie auch diesmal kommen sehen – mit Thomas«, sagt die deutsche Praktikantin stolz, als ich um meinen Schlüssel bitte.

»Wann noch?«, frage ich etwas scharf. Ich versuche mich zu einem Lächeln zu zwingen.

»Na damals, habe ich Ihnen ja erzählt, nur dass es damals viel später war, eher schon in der Früh, Thomas hat Sie aussteigen lassen und ist weggefahren.«

»Sie haben nur gesagt, dass Sie das Auto meiner Freundin stehen gesehen haben.«

»Als ich Ihnen unser Ausguckfenster gezeigt habe, habe ich Ihnen erzählt, dass ich bis vor zur Straße sehen kann.«

Wenn es so war, hat sie sich sehr unklar ausgedrückt. »Und warum haben Sie das dem Reporter der ›St. Jack's Weekly‹ weitererzählt?«

»Wem?« Sie ist ehrlich überrascht.

Wahrscheinlich weiß sie gar nicht, wer die Menschen sind, mit denen sie redet. Nicht besonders brauchbar als Rezeptionistin. Ihr Vater sollte sie doch lieber Medizin studieren lassen.

Ich beschreibe den Typen, sie schüttelt beharrlich den Kopf.

»Ich habe nur dem General davon erzählt.«

»Wem?«

»Hoffmann, wir nennen ihn General. Er will alles wissen, was passiert.«

»Und das war wichtig genug?«

»Na ja, ich habe mir gedacht, ich erzähle ihm lieber zu viel als zu wenig.«

Kann ich mir vorstellen. »Wissen Sie, wie gut er Doledo kennt, den Bautenminister?«

»Den großen Schwarzen, der in der Lobby mit Ihnen herumgebrüllt hat? Der ist immer wieder da.«

»Was haben Sie in letzter Zeit sonst noch gesehen und weitererzählt?«

Sie schmollt. »Ich bin keine Tratschtante, ich habe zum Beispiel nichts davon gesagt, dass der Barkeeper aus der Hotelbar mit einem Koch zusammen ist. Das tut man nicht.«

Ich werde in Zukunft noch vorsichtiger sein müssen. Dass sich Doledo und Hoffmann kennen, ist eigentlich klar. Man sollte nur wissen, wer wen …

Gute Nacht.

Ich hole mir eine zweite Portion Baked Beans und frage nach der Hot Sauce. Mein Plan ist klar: Ich nehme Martin Pollac ins Schlepptau und fahre mit ihm zu Bradley. Ende der Ausflüchte. Sollte ich herausbekommen, dass die Regierung tatsächlich eine ordentliche Untersuchung des Mordfalls verhindert, dann hänge ich mich an den aufgeblasenen Reporter der »St. Jack's Weekly«. Ich könnte die Story in dieser Form ohnehin nicht schreiben. Zu weit weg für das »Magazin«. Der Reporter soll schreiben, dass auf Bradley Druck ausgeübt wird, egal, ob Bradley mitspielt oder nicht. Big Tin ist sicher keine Zierde für St. Jacobs, und wenn ich so stark wäre wie er oder noch ein wenig stärker, dann weiß ich nicht, ob ich ihm nicht auflauern und einen Schlag auf den Schädel verpassen würde. Nur damit er wüsste, was Kopfweh heißt. Meine Aspirin gehen langsam zu Ende. Nach dem Aufstehen habe ich wieder zwei davon geschluckt. Aber irgendwie bilde ich mir ein, dass auch Baked Beans mit viel Hot Sauce beruhigend auf ein traumatisiertes Hirn wirken. Vielleicht suche ich bloß eine Ausrede, um mich mit diesem köstlichen kalorienreichen Zeug voll stopfen zu können.

Ich muss Pollac finden. Doch stattdessen läuft mir Hoffmann über den Weg. Da ließe sich einiges vorab klären.

»Haben Sie ein paar Minuten Zeit für mich?«

Hoffmann wirkt für einen Augenblick gehetzt, dann hat er wieder seine Frozen-Daiquiri-Augen. »Sie können sich vorstellen, dass ich …«

»Es dauert nicht lange.«

Er dirigiert mich zu seinem Büro im ersten Stock. Ganz in der Nähe habe ich mit Angela la Croix gesessen.

Hoffmanns Büro ist beinahe doppelt so groß wie ihres und hat einen atemberaubenden Blick aufs Meer. Es scheint hier keinen einzigen persönlichen Gegenstand von ihm zu geben.

Er bleibt mitten im Raum stehen und sagt: »Bitte?«

Ich erwidere seinen Blick möglichst kühl, aber freundlich. »Sie hatten eine Besprechung mit Angela la Croix – nachdem Big Tin, der Mann von der Wachmannschaft, den Streit mit ihr gehabt hatte. Aber die Polizei scheint dieses Indiz einfach zu ignorieren. Oder kann es sein, dass Sie die Besprechung verschwiegen haben? Vielleicht aus Rücksichtnahme auf … Doledo? Vielleicht wäre es an der Zeit, einiges in der Öffentlichkeit klarzustellen. Immerhin sitzt einer Ihrer Mitarbeiter in Haft.«

Wenn das möglich ist, werden seine Augen noch kälter. »Meine engste Mitarbeiterin wurde ermordet.«

»Eben.«

»Ich kann Sie nur bitten, Ihre Nase nicht in Angelegenheiten zu stecken, die Sie nichts angehen.«

»Ich bin hineingezogen worden – nicht zuletzt dadurch, dass behauptet wurde, ich hätte Angela la Croix getötet. Aus Eifersucht. Irgendjemand hat der Polizei erzählt …«

»Wen interessiert Ihre Liebesnacht mit Thomas Carlyle?« Er lacht spöttisch. »Sie werden es nicht wissen, aber Thomas Carlyle hatte schon so gut wie mit jeder Frau hier im Hotel eine Affäre.«

Der Stich sitzt. Konter. »Mit Angela war es mehr.«

»Glauben Sie? Mein Gott, sind Sie naiv. Vielleicht hätte er es in diesem Fall gerne gehabt, Aufstieg vom kleinen Strandbuben zum Ministerschwiegersohn. Er soll lieber aufpassen, ich habe gehört, er steckt tief drin in einer Drogenaffäre. Angela – sie hatte Klasse.«

Das hat er beinahe mit Temperament gesagt.

»Man hat gestern Nachmittag in der Best Bay einen amerikanischen Dealer festgenommen. Er kam von der Maritim III. Thomas Carlyle hat damit nichts zu tun.«

Mir kommt eine Idee. Hoffmann könnte selbst in der Bestechungsaffäre mit drinhängen. »Seit wann leiten Sie das Hotel?«

Mein Gedankensprung verblüfft ihn. »Wir hatten wie üblich einen Planungsdirektor, ich habe das Hotel kurz vor der Eröffnung vor vier Monaten übernommen.«

Zu spät also.

Er sieht auf die Uhr. »Ich hoffe, ich konnte Ihre Neugier ...«

Ich gehe zur Tür, aber ich habe Lust, den Schweizer Eisschrank noch einmal zu schrecken. »Nur eines noch: Haben Sie der Wachmannschaft den Auftrag gegeben, sich in der Mordnacht auf die Strandseite zu konzentrieren?«

»Was soll der Unsinn?«, erwidert er scharf.

»Es gibt ein Dienstblatt für die Nachtschicht. Auf dem steht Ihr Name.«

Ins Blaue getippt und offenbar getroffen. Er scheint sich Vorwürfe zu machen, an Angelas Tod mit schuld zu sein. Endlich eine menschliche Regung.

Ich werde schauen, ob das Blatt noch existiert.

Pollac ist ärgerlicherweise nicht im Hotel, er sei mit einer Gruppe von Gästen in den Regenwald gefahren, wird mir erzählt. Der Ausflug lohne sich, ich solle doch auch ...

Ich rufe den Reporter der »St. Jack's Weekly« an und bestelle ihn ins Hotel. Warum sollte ich ihn nicht gleich über das vertuschte Gespräch zwischen Angela und Hoffmann informieren? Er ist nicht gerade mein Fall, aber ab und zu kann ein Typ wie er hilfreich sein. Meine Andeutungen haben interessant genug geklungen, er verspricht, sich sofort auf den Weg zu machen. Ob ich von der Verhaftung in der Best Bay schon gehört hätte?

»Ich war dabei«, sage ich cool. Jetzt kommt er bestimmt noch schneller.

Ich warte auf der Terrasse, tatsächlich dauert es nicht lange, und der Reporter ist da. Er trägt ein T-Shirt mit der Aufschrift BIG THING und ich kann mir bei besten Willen nicht vorstellen, was er damit meint. Unter anderen Umständen hätte ich ihm das auch gesagt. Aber so schlage ich nur vor, am Strand spazieren zu gehen. Ich kann keine Zuhörer brauchen.

Ich erzähle ihm zuerst die Drogengeschichte. Kein Problem, die erfährt er von der Polizei auch, nehme ich an. Dann lasse ich die Bombe platzen: Hoffmann hat mit Angela noch eine Stunde nach ihrem Streit mit Big Tin geredet, und das soll jetzt vertuscht werden.

Er sieht mich groß an. »Aber wer ist dann der Mörder?«

Mit dieser Frage hat er ausnahmsweise den springenden Punkt getroffen.

»Wenn der Bestechungsskandal auffliegt …«

Er schüttelt den Kopf. »Würde ich ja gerne glauben, aber la Croix bringt seine Tochter nicht um, und Doledo … Ich weiß nicht …«

»Der Planungsdirektor des Pleasures-Konzerns.«

»Der ist längst woanders, aber … Ich werde mit Hoffmann über das Ganze reden. Ich habe einen sehr guten Draht zu ihm«, prahlt er.

Das Meer streichelt mit langen Wellen das Land, ein paar Strandkrabben laufen aufgeregt davon und verschwinden in ihren Löchern. Ich überlege: Was, wenn nicht nur ich die Eitelkeit des Lokalreporters ausnutzen möchte?

»Hat Doledo Ihnen von meiner Nacht mit Thomas erzählt?«

»Doledo? Was haben Sie bloß immer mit Doledo? Mit seiner Partie habe ich nichts am Hut.«

»Hoffmann?«

»No comment.«

»Doledo hat ihn darum gebeten, die beiden kennen sich gut.«

»Unsinn, Hoffmann hat so etwas nicht nötig.«

Liebe Güte. Dummkopf. »Hoffmann war es auch, der Ihnen vom Verdacht erzählt hat, Thomas und seine Mutter könnten in der Drogenaffäre mit drinstecken.« Ich sehe ihn gespannt an.

»Ich kenne Hoffman eben schon lange.«

»Und Sie glauben ihm alles?«

»Er hat ja nicht gesagt, dass er es weiß, es ist ein Gerücht. Aber er hat gute Quellen.«

»Er hatte eine Affäre mit Angela la Croix.«

Der Reporter nickt. »Natürlich, das weiß ich auch. Es war sogar viel mehr als das. Er hat sie geliebt. Glauben Sie mir, bei ihr ist er weich geworden. Geschmolzen, würde ich sagen.« Er lacht schmierig. »Kein Wunder, muss ich zugeben.«

»Und sie ihn?«

Der Reporter kratzt sich am Kinn. »Weiß nicht. Die war ganz schön berechnend. Was wohl nicht übel war für ihre Karriere.«

»Kann es sein, dass Sie nicht bei ihr landen konnten?«, erwidere ich spöttisch. Wie ich Männer hasse, die Frauen, die sie nicht haben können, heruntermachen müssen.

»Ich heiße ja nicht Thomas Carlyle.«

Mister Großspurig. Aber ich darf mich nicht ablenken lassen. »Hoffmann konnte Thomas nicht ausstehen«, probiere ich es weiter.

»Hmm. Ist doch verständlich, oder? Wissen Sie, üblicherweise ist Hoffmann sehr cool.«

»Obwohl Hoffmann Thomas also nicht leiden konnte, haben Sie ihm geglaubt und wollten das Gerücht, Thomas sei in eine Drogenaktion verwickelt, schreiben.«

»Hätte ja trotzdem wahr sein können. Jetzt schreibe ich es ohnehin nicht mehr, die Sache hat sich ja geklärt, auch wenn die Story …«

»Klar wäre es netter gewesen, einen ehemaligen Inselhelden als Drogenboss zu entlarven, nicht wahr?«

»Sie verstehen mich. Obwohl: Drogenboss – das wäre wohl zu viel gesagt für St. Jacobs. Man muss die Kirche im Dorf lassen. Thomas hat eben wenig verdient.«

»Schon vergessen? Er hat damit nichts zu tun.«

»Ja, ja, sage ich ja. Obwohl es sich in der Story nett machen würde, wenn man schreibt, dass sogar Thomas Carlyle unter Verdacht geraten ist, dann aber höchstpersönlich und unter Einsatz seines Lebens dazu beigetragen hat, den wahren Täter zu überwältigen. Das ist Spitze! Ja, so werde ich es machen. Und es gefällt auch unserem Chefredakteur. Sie wissen: Er ist über irgendwelche Ecken mit Rosemary und Thomas verwandt und hält ganz gern seine Hand über sie.«

»Interessanter ist, dass Hoffmann noch um Mitternacht mit Angela geredet hat. Wer hat Interesse, das zu vertuschen? Den Mord einem anderen in die Schuhe zu schieben? Der Mordfall Angela la Croix ist noch nicht geklärt«, erinnere ich ihn.

»Wäre schon cool, wenn ich einen Bestechungsskandal aufdecken würde. Für so etwas könnte man den Pulitzer-Preis gewinnen, meinen Sie nicht auch? Aber wie kommt man an Doledo ran ...?«

»Wie wäre es über Ihren Freund Hoffmann?«

Vesna stimmt mir aufgeregt zu. Hoffmann hat den Reporter benutzt. Kein Zweifel.

»Hat Hoffmann Bradley von seinem mitternächtlichen Gespräch mit Angela erzählt oder nicht?«, sage ich langsam. Wenn er es nicht getan hat ... Dafür spricht einiges, denn Bradley hätte eine Aussage wie diese nicht ohne weiteres unter den Tisch fallen lassen. Jedenfalls hat Hoffmann den Reporter dazu gebracht, ganz gezielt Gerüchte auszustreuen. Laut überlege ich weiter: »Wenn die Öffentlichkeit von der mitternächtlichen Besprechung erfährt, muss Bradley Hoffmann in die Mangel nehmen«, murmle ich, »aber wird er Doledo vorladen?«

Vesna wiegt zweifelnd den Kopf. »Auch Hoffmann hat mächtige Freunde. Und er weiß, was er tut. Das ist kein Dummkopf wie Big Tin und Freunde. Er rechnet.«

Es stimmt und es stimmt auch wieder nicht. Ich stehe mit Vesna auf der Veranda ihres Apartments und starre auf die Hinterfront des Pleasures. »Sein Schwachpunkt heißt Angela. Man muss ihm eine Falle stellen. Ein Brief von Angela an Thomas.«

Vesna sieht mich erstaunt an.

»Nein, nicht an Thomas, von dem hält er zu wenig«, korrigiere ich. »Ein reicher Liebhaber aus den USA taucht auf, Martin Pollac kann ihn spielen, niemand merkt sich sein Gesicht. Pollac erzählt herum, dass Angela ihm einen rührenden Brief geschrieben hat. Und dann hat er erfahren, dass sie ermordet wurde. In dem Brief steht etwas von einem Verhältnis zwischen ihr und Hoffmann und dass sie ihn nie wirklich gemocht hat, sondern nur mitgespielt hat, wegen des Jobs und so, aber jetzt reiche es. Es sollte auch etwas von Korruption drinnen stehen, der Name Doledo muss fallen. Wer weiß, wen wir mit dem Brief anlocken.«

»Und Pollac, ich meine ›reicher Liebhaber‹, erzählt das einfach so herum?«

»Er ist verwirrt, voll Trauer, und am besten: Er soll es der deutschen Praktikantin erzählen. Die trägt alles weiter. Hoffmann erfährt es noch am selben Tag, und von ihm erfährt es Doledo, darauf wette ich. Einer wird den Brief holen wollen.«

»Rezeptionistin erkennt Pollac.«

»Mit einer Perücke und Schnurrbart? Nie.«

Vesna nickt. Endlich eine dramatische Hauptrolle für Lilac. Man wird einen Weg finden, ihn zu beschützen.

Ich husche durch die Lücke im Zaun zurück, ich muss den Brief aufsetzen. Besser, er existiert tatsächlich. So hat Pollac auch eine Vorlage, an die er sich halten kann. Ich hoffe, die Regenwaldtour ist bald zu Ende.

Im Garten begegnet mir Silberanker und ein Zweiter von der Wachtruppe. Worüber hat Angela la Croix mitten in der Nacht mit Hoffmann geredet? Es hatte wohl damit zu tun, dass sie die Wachtruppe loswerden wollte. Doch Hoffmann denkt offensichtlich nicht daran, seinen Männern fürs Grobe zu kündigen. Das Dienstblatt. Darauf hat Hoffmann empfindlich reagiert. Ich halte Silberanker auf, er sieht sich um, es ist ihm gar nicht recht. Aber die Aggressivität der Burschen scheint gebrochen.

Niemand kann uns hören. »Danke, es hat geklappt. Der erste Teil ist erledigt, der Drogenkurier sitzt, entweder war er es, der Mick ermordet hat, oder jemand von seiner Organisation. Big Tin hat von einem Dienstblatt geredet. Ihr hättet den Auftrag gehabt, euch in der Mordnacht vorne an der Strandseite aufzuhalten.«

Silberanker nickt. »Ja, das ist richtig. Es hat in unserem Umkleideraum gehangen.«

»Wer hat es unterschrieben?«

»Keine Ahnung, das ist immer nur so ein Kürzel. Er oder sie. Von jemand anderem haben wir keine Anweisungen bekommen, nur von den Chefs persönlich.«

»Kann ich es sehen?«

»Ich weiß nicht ... Ich weiß gar nicht, ob es das Blatt noch gibt.«

»Bitte. Ich hab Big Tin geholfen.«

»Er sitzt.«

»Nicht mehr lange.«

»Okay, ich schaue nach, aber Sie bleiben hier. Wenn ich es finde, bringe ich es.«

Es dauert nicht lange. Das Blatt wurde von Hoffmann unterschrieben, bestätigen die beiden. »Ist das nicht egal?«, fragen sie.

»Die Uhrzeit. Wann habt ihr das Blatt gesehen?«

»Um Mitternacht haben wir Schichtwechsel. Das verschiebt sich meistens etwas nach hinten. Also kurz vor Mitternacht habe ich mir etwas zu trinken geholt, da war es noch nicht am Bord. Eine halbe Stunde später beim Schichtwechsel hat es dann da gehangen.« Er strahlt auf. »Ich verstehe: Wenn es die Resident Managerin unterschrieben hätte, wüsste man, dass sie um Mitternacht noch gelebt hat.«

Das weiß man ohnehin, aber alles muss ich meinen neuen Freunden auch nicht verraten.

Ein Rezeptionist hält mich auf. »Eine Nachricht für Sie.«

Der Reporter. Neuigkeiten. Ich soll ihn so schnell wie möglich am Hügel zwischen Best Bay und Shipwreck Bay treffen. Den Hügel kenne ich, da war ich mit Thomas, am Tag nachdem Angela ... Ob der alte Subaru den schlechten Weg bewältigen kann? Wenn nicht, werde ich eben das letzte Stück laufen. Neuigkeiten über den Mord an Angela. Da bin ich gespannt, ich werde mir jedenfalls anhören, was er zu sagen hat. Warum er es gar so geheimnisvoll macht? Ich stopfe den Zettel mit der Nachricht in meine Jeanstasche.

Ich treffe Bata beim Blumengießen, natürlich könne ich das Auto nehmen, die Drogensache sei ja großartig gelaufen. Ich nicke nur kurz und rase los.

Ausfahrt, Weg zur Inselstraße. An der Kreuzung drehe ich noch einmal um, zurück zum Pleasures, ich parke den Subaru direkt vor dem Eingang, jetzt bin ich es, die eine Nachricht hinterlässt, für alle Fälle.

Zurück zur Inselstraße, Siedlungen, Palmen, graue, ehemals bunt bemalte Holzhäuser mit handgeschnitzter Veranda und einer rohen Mauer aus Betonschalsteinen davor, fast hätte ich einen Hund übersehen, eine schreiend bunte Bar, Musikfetzen.

Baby, don't get lost,
On the road to nowhere,
Believe in the green flash,
And before night falls,
Come to me,
Come baby, come, come …

Zuckerrohr, an der Ausfahrt zur Best Bay vorbei. Der Reporter hat versprochen, dort, wo ich von der Inselstraße abbiegen muss, eine Zeitung in einen Busch zu stecken. Da ist die Zeitung. Obwohl ich den Weg schon einmal gefahren bin, hätte ich die Abzweigung übersehen. Vorsichtig den Pfad hinauf. Zweimal sitze ich mit dem Subaru auf, insgeheim bitte ich Bata um Verzeihung. Weiter. Dann bin ich oben. Ich sehe mich um. Ich bin allein. Kein Auto weit und breit. Der Idiot hat mich versetzt. Aber die Zeitung am Wegrand …

Auch heute ist es hier wunderschön. Unberührte Natur. Das Meer tief unter mir silberblau, wie flüssiges Blei, Sonne und Felsen und Gestrüpp. Zwei Pelikane ziehen ihre Kreise. Ein Geräusch. Erleichtert drehe ich mich um. Allzu viel Einsamkeit fernab der Zivilisation ist nicht meine Sache.

Hoffmann. Er fixiert mich. Er sagt nichts. Er kommt nur näher und drängt mich an den Abhang. Ich drehe mich um, rutsche auf dem sandigen Boden aus.

»Das nützt dir nichts«, sagt er.

Für einen Moment bin ich verwirrt. Wir haben den Brief ja noch gar nicht geschrieben. Der Idiot von der »St. Jack's Weekly«. Er hat nichts Besseres zu tun gehabt, als sofort … »Der Reporter war bei Ihnen.« Ich muss ihn in ein Gespräch verwickeln, lausche angestrengt auf ein Motorengeräusch. Nichts.

»Was hast du gedacht?« Er lacht böse und zerrt mich hoch. Ich mache mich schwer, solange ich liegen bleibe, kann er mich nicht hinunterstoßen. Fünfzig, siebzig Meter Felsen. Darunter das Meer.

»Die Voodoo-Puppe stammt aus dem Hotel. Bradley weiß davon. Die Nadel ist aus Ihrem Büro. Es gibt Spuren. Sie wollten ablenken.«

»Glaubst du, nur du kennst das Loch im Zaun?«

»Sie haben Angela ermordet«, keuche ich.

»Ich habe sie geliebt. Du hast sie Thomas in die Arme getrieben.«

»So ein Unsinn.« Ist es wirklich. Er tritt mich, ich bleibe liegen, er versucht, mich an den Abgrund zu schieben. Verdammt, wo sind sie? Sie sollten … Ich halte mich an einem Strauch fest. Er ist voll mit Dornen. Mit einem Schmerzensschrei lasse ich los. Einen Meter näher zum Fall. »Angela hatte genug von Ihnen«, ich stöhne es mehr.

»Ich habe ihr erzählt, dass er sich mit allen Frauen herumtreibt, ich habe ihr auch das von dir und Thomas erzählt, sie war so dumm.«

»Thomas weiß, dass ich hier bin«, rufe ich. Meine Stimme ist viel zu leise, ich habe Sand im Mund.

»Unsinn. Angela hat es ganz falsch gemacht, sie ist eifersüchtig geworden und hat sich ihm an den Hals geworfen.«

»Sie wollte alles ändern.«

Er heult auf. »Sie hat geglaubt, sie kann mich hinausdrängen, abschieben, zerstören, mir gedroht mit dem, was ich der Wachtruppe … Als ob sie nicht selbst … Sie hat geglaubt, sie kann mich einfach verlassen. Mich!«

Er schreit es dem Meer und dem Himmel zu, noch immer nichts, keine Chance auf Rettung, irgendwas ist schief gelaufen, ich muss weg hier, rapple mich auf, den Weg hinunter, er wirft sich auf mich, ich rutsche Richtung Abgrund, er gibt mir einen Tritt, ich rolle, die Felsen, ein Dornenbusch, ich kann mich nicht halten, ich höre das Meer tosen, oder ist es das Blut in meinen Ohren? Ein Auto? Ein Felsen, der erste, noch geht es nicht senkrecht hinunter, ich klammere mich an ihn, meine Hände sind blutig, ich darf nicht fallen, suche mit den Beinen nach Halt. Ein Busch. Man darf sich nicht umdrehen zum Meer hin, nur festhalten und auf ein Wunder hoffen. Hierher kann er mir nicht nach. Das wenigstens nicht. Ich werde fallen. Ich hätte Oskar …

»Nicht loslassen«, schreit Vesna.

Ich blicke abrupt nach oben und hätte beinahe mein bisschen Halt verloren. Thomas klettert herunter zu mir. »Nicht!«, will ich schreien, aber ich bringe kein Wort heraus. Er nimmt einen anderen Weg, ist dann fast neben mir, hält sich an einem Felsen seitlich über mir fest.

»Gib mir die Hand«, sagt er und streckt seine aus.

Es geht nicht. »Hoffmann«, keuche ich.

»Bradley hat ihn. Es kann dir nichts passieren. Du musst mir nur die Hand geben. Ich ziehe dich zu mir. Ab hier ist es ganz leicht.«

Ich bin nicht schwindelfrei, aber mir fällt nicht ein, was das auf Englisch heißt.

Thomas redet weiter. »Ich kann nicht näher zu dir hin, ich brauche Halt, um dich hochzuziehen.«

Ich bin nicht Angela, ich bin viel zu schwer. Dann strecke ich die Hand aus. Thomas umfasst sie so sicher, als ob es keine Zweifel gäbe. Er spannt alle Muskeln an, stöhnt auf, ich hänge in der Luft, schließlich finden die Beine den Felsen, um den ich meine Hände gekrallt hatte.

[13.]

Wir sitzen an einem Tisch der Glorious Sunset Bar und streiten, welche Languste die bessere ist: die von Michel oder die von Rosemary. Michel meint, Rosemarys »lobster« sei seinem um Klassen überlegen. Rosemary behauptet das Gegenteil. Ich meine, sie sind eben beide unbeschreiblich gut – jede auf ihre Weise.

Vesna schüttelt den Kopf und murmelt: »Gut ja. Aber lobster ist lobster. Weiß nicht, warum alle so ein Gerede herum machen.« Ausgerechnet bei karibischen Langusten schlägt ihre Abneigung gegen Meeresfrüchte wieder durch. Aber alles muss ich ja nicht übersetzen.

Die Sonne steht schon tief, die Pelikane jagen knapp über dem Meer nach Fischen. Thomas sieht mich an, als könnte sich unsere Zaubernacht wiederholen. Aber ich weiß, dass es so etwas nicht zweimal gibt. Vesna wird morgen heimreisen, ich habe noch drei Tage karibischen Urlaub vor mir. Mit Strand und Meer und gutem Essen. Michel und Rosemary wetteifern darin, mich zu füttern, ich werde zwei, drei Kilo zulegen. Und wenn schon. Hier in der Karibik ist das kein Problem, und daheim…

Man wird sehen.

Vesna holt einen Papiersack aus ihrer Tasche. »Ich habe Überraschung für dich, Mira Valensky«, sagt sie.

Ich bin gerührt, alle sind so nett zu mir. Ich liebe Überraschungen und spähe neugierig nach dem, was Vesna auspackt.

»Wir haben ganz vergessen, Ansichtskarten zu schreiben«, strahlt sie. »Alle sollen wissen, wir waren in der Karibik.«

Wenn ich etwas nicht ausstehen kann, dann ist es, Ansichtskarten zu schreiben, diesen Zwang, sich irgendetwas Originelles einfallen zu lassen. Oder soll ich etwa schreiben: »Liebe Eltern, es geht mir gut, Hoffmann ist in Haft, und das Wetter hier ist auch sehr schön«?

Bata muss meinen Blick gesehen haben, sie lacht mit ihrer heiseren Stimme. Die anderen fallen ein.

Ich nehme noch einen Schluck von meinem Mount Gay on the rocks, lache mit ihnen, seufze und angle mir die erste Karte.

»Lieber Oskar«, beginne ich.

[Anhang]

Einige von Mira Valenskys Lieblingsrezepten aus der Karibik

Die meisten der Zutaten gibt es inzwischen auch in Mitteleuropa zu kaufen. Eine große Rolle spielt in der Karibik die »Hot Sauce«, jede Familie hat ihr eigenes Geheimrezept. Die industriellen Produkte sind auch nicht schlecht, man bekommt sie in Fernost-Lebensmittelgeschäften.

»Scotch Bonnet Peppers«, milde Würzpfefferoni, hingegen sind kaum erhältlich. 6 Stück lassen sich durch ¼ gelben und ¼ roten Paprika ersetzen (wenngleich dann etwas vom einzigartigen Geschmack fehlt).

»Chives« sind ein Mittelding aus Schnittlauch und Jungzwiebel, je nach Rezept kann man an ihrer Stelle daher entweder kräftigen, dicken Schnittlauch oder zarte Frühlingszwiebel verwenden.

Klare Haifischsuppe

ca. 500 g Gräten, Haut, Kopf, Randabschnitte vom Hai
200 g Haifischfilet
200 g gelbfleischiger Kürbis (Butternuss- oder Muskatkürbis)
2 Karotten
1 Stange Sellerie
1 Tomate
2 Jungzwiebeln samt Grün
1 kleine Zwiebel
250 cl Weißwein
1 Esslöffel Öl
Salz, frischer Thymian, 4 Pimentkörner, schwarze Pfefferkörner, Hot Sauce
Frischer Ingwer
Karibischer Kokosrum

Gewürfelte Zwiebel und die weißen Teile der Frühlingszwiebeln in etwas Öl anbraten, Gräten, Kopf und Reste vom Hai dazu, mit dem Weißwein und der gleichen Menge Wasser aufgießen, mit Pfeffer, ganz wenig Salz, Piment, Thymian, Tomate, Karotte, Sellerie, den Randstücken vom Kürbis zum Kochen bringen. Wenn nötig, aufgestiegenes Eiweiß abschäumen. Nach 20 Minuten durch ein Haarsieb, besser noch durch ein Baumwolltuch, seihen, noch einmal aufkochen.

Frischen Ingwer ganz fein hacken, Haifleisch in ca. 2 cm große Würfel schneiden, Kürbis in ca. 8 mm große Würfel schneiden. In den kochenden Fond geben, mit Hot Sauce und Kokosrum abschmecken, wenn die Suppe wieder aufkocht, sofort vom Feuer nehmen, 3 Minuten ziehen lassen, mit fein geschnittenen grünen Frühlingswiebelringen bestreuen, servieren.

Diese Suppe lässt sich auch aus den meisten anderen Fischsorten zubereiten.

Klare Langustensuppe mit Reisnudeln

»Lobster« gibt es auf vielen karibischen Inseln tatsächlich noch frisch, wer dahinter allerdings einen Hummer vermutet, täuscht sich. »Lobster« sind in der Karibik wunderschöne, oft in allen Farben schimmernde, bis zu 3 kg schwere Langusten. Traditionellerweise werden sie im Freien auf offenem Feuer, das aus dem Unterholz erzeugt wird, in Meerwasser ca. eine Stunde gar gekocht. Das ist viel zu lange, auch wenn sie danach erstaunlicherweise noch immer köstlich schmecken können. Üblicherweise schneidet man sie nach diesem Brachialkochen in zwei Hälften, legt sie noch einmal auf den Grill und beträufelt sie anschließend mit einer Marinade, die zum Beispiel aus etwas Margarine, fein geschnittenem Ingwer, etwas Limette, geschnittenen Scotch Bannet Peppers und Knoblauch bestehen kann.

Besser tut es dem karibischen »lobster«, wenn man ihn nur zehn Minuten kocht und danach sofort, mit der genannten oder einer ähn-

lichen Marinade, knackt und verzehrt. Oder man löst das Fleisch vom Schwanz aus und sautiert es ganz kurz und zart in Butter, etwas Salz dazu, fertig.

Jedenfalls bleiben beim »lobster« eine Menge Schalen übrig, und daraus lässt sich eine wunderbare Suppe machen (selbst aus den Schalen, die schon eine Stunde kochendes Meerwasser ertragen mussten).

Schalen, Beine, Fühler, Flüssigkeit von einer großen Languste
5 Scotch Bonnet Peppers
2 Knoblauchzehen
6 Chives
2 Stangen Lauch
2 Karotten
20 g frischer Ingwer
3 Esslöffel Ketchup (oder ganz reife, weiche, süße, kräftig gefärbte Tomaten, aber wie oft gibt es die schon?)
Salz
10 Pfefferkörner
6 Pimentkörner
4 cl karibischer Rum
60 g chinesische Glasnudeln
5 Chives

Sollte bei den Langustenüberbleibseln noch Flüssigkeit sein, sofort in den Topf. Langustenschalen von allem säubern, was nach Darm- und Mageninhalt aussieht (das ist nach dem Kochen eine braungraue Masse, die etwas streng riecht, auch wenn man sie traditionellerweise mitverarbeitet). Beine und Fühler ein paarmal gleich über dem Topf, damit keine Flüssigkeit verloren geht, aufknacken. Langustenschalen mit Wasser bedecken, Karotten waschen, schälen, sowohl die Karotten als auch ihre Schalen dazu, Ingwer zwei-, dreimal samt der Schale schneiden, dazu, Lauch in grobe Stücke schneiden, dazu, mit Pfeffer- und Pimentkörnern würzen, Ketchup dazu, Scotch Bonnet Peppers halbieren, dazu, Knoblauchzehen und Chives (oder Frühlingszwiebel) dazu, ca. ½ Stunde kochen lassen. Rum dazu, noch einmal fünf Minuten durchkochen lassen, mit Salz abschmecken (wenn die Languste zuerst in Meerwasser gekocht worden ist und noch genug Flüssigkeit vorhanden war, braucht man meistens kein Salz mehr), durch ein Baumwolltuch seihen. Suppe erneut zum Kochen bringen, Glasnudeln laut Packung einlegen, mitgekochte Karotten in Scheiben schneiden, beigeben, heiß servieren. Mit fein geschnittenen Chives oder Schnittlauch garnieren.

Wer noch ungekochte Langustenschalen hat, der brät sie zuerst in wenig Butter und Öl an, bis sie schön rot sind, gießt danach etwas Rum darüber, flambiert die Schalen und verfährt dann gleich wie oben beschrieben. Ein tolles Aroma!

Falls einmal der Strom ausfällt (das kommt auf den meisten karibischen Inseln immer wieder vor), ist es ganz gut, auch ohne Kühlschrank und ohne Herd auszukommen …

Karibischer Bohnensalat

1 Dose schwarze Bohnen
1 Zwiebel
1 Tomate
400 g reife Papaya
Hot Sauce
1 Limette
1 Esslöffel Apfelessig
4 Esslöffel gutes, neutrales Öl
Salz

Bohnen in einem Sieb gründlich durchwaschen, abtropfen lassen. Zwiebel in feine Würfel schneiden. Kerne der Tomate entfernen, auch fein würfelig schneiden. Papaya schälen und in ca. 2 cm große Würfel schneiden. Aus dem Saft der Limette, Essig, Öl, Salz und etwas Hot Sauce eine Marinade rühren. Alle Zutaten vermischen.

Dazu passen zum Beispiel sehr gut Sardinenfilets aus der Dose. Man entfernt die Mittelgräte und richtet die Filets dann rund um den Salat an.

saltfish-rum-cake

150 g Saltfish *(Die Tradition, Kabeljau einzusalzen und damit haltbar zu machen, gibt es in vielen Ländern, die am Meer liegen. In warmen Gegenden war das Verfahren, als es noch keinen Kühlschrank gab, besonders wichtig. Und in der Karibik besitzen auch heute noch nicht alle Haushalte einen.)*

2 Eier
3 Esslöffel Mehl
1 Messerspitze Backpulver
Karibischer Rum
5 Thymianzweige
5 Pimentkörner
5 schwarze Pfefferkörner
1 Lorbeerblatt
Schwarzer Pfeffer aus der Mühle
2 Esslöffel Öl

Saltfish 12 Stunden in Wasser einweichen, danach gut spülen, in frischem Wasser noch einmal 12 Stunden einweichen, gründlich spülen, in frischem Wasser gemeinsam mit Piment- und Pfefferkörnern sowie dem Thymian und dem Lorbeerblatt kochen, bis sich das Fischfleisch leicht von den Gräten lösen lässt. Abseihen (den Fond kann man übrigens sehr gut zum Aufgießen von Suppen oder Saucen verwenden, also nicht unbedingt wegschütten), abkühlen lassen, alle Gräten herauszupfen. Eier mit Mehl, Backpulver und frisch gemahlenem Pfeffer mixen, zerzupften Saltfish einrühren, so viel Rum hinzufügen, dass ein dicklicher, zähflüssiger Teig entsteht (wer keinen Alkohol beigeben möchte, nimmt etwas vom Saltfish-Fond oder auch Milch). Ins heiße Öl runde Cakes setzen (ca. jeweils einen Esslöffel Teig), auf beiden Seiten goldgelb braten, heiß servieren.

Diese Saltfish-Cakes kann man sehr gut auf buntem Blattsalat anrichten. Man häuft marinierte Salate in der Mitte des Tellers und legt vier, fünf Cakes entweder rundherum oder schräg an den »Salatberg«.

Sehr gut passt zu den Saltfish-Cakes auch folgende einfache Sauce:

hot papaya sauce

300 g sehr reife Papaya *(wirklich reife Papayas sind übrigens fast immer rot, nicht gelb)*
1 Teelöffel Hot Sauce
3 Esslöffel Ketchup
1 Spritzer Limettensaft
Salz

Papaya schälen und entkernen, in grobe Würfel schneiden und mit Hot Sauce (je nachdem, wie scharf man die Sauce will), Ketchup, einem Spritzer Limettensaft und etwas Salz mixen.

Es geht auch noch einfacher: In großen Supermärkten gibt es inzwischen Papayasirup zu kaufen, man kann ihn anstelle der frischen Papaya verwenden. Soll die Sauce eher gelb statt rot werden, nimmt man gelbes Ketchup!

mahi-mahi-steak auf papayasauce

4 Mahi-Mahi-Steaks (ersatzweise Schwertfisch, Hai, Thunfisch)
1 Esslöffel Öl

20 g Butter
1 Zwiebel
4 Scotch-Bonnet-Pepper
2–3 Tomaten
500 g Papaya
1 Esslöffel brauner, unraffinierter Zucker
2 Esslöffel karibischer Rum
eine halbe Limette
30 g Butter
Hot Sauce
Salz

Zwiebel fein schneiden und in Butter anrösten, entkernte und fein geschnittene Scotch Bonnet Peppers dazu, weiterrösten. Würfel von geschälten, entkernten Tomaten (Tomatenstiele entfernen, am anderen Ende kreuzweise einritzen, für maximal eine Minute in kochendes Wasser legen, in kaltem Wasser abschrecken, dann geht das Schälen ganz leicht) und in Würfel geschnittene Papaya dazu, einen Spritzer Limettensaft dazugeben (nachdem man vier dünne Scheiben der Frucht für die Dekoration zur Seite gegeben hat), mit Zucker, etwas Hot Sauce, Rum, Salz würzen. Fünf Minuten kochen lassen, dann mit dem Stabmixer pürieren.

Mahi-Mahi-Steaks salzen, in Öl und Butter rasch auf beiden Seiten braten (das Innere sollte noch roh sein), für fünf Minuten in die Papayasauce (sie sollte am Herdrand warm stehen, aber nicht mehr kochen) einlegen. Fisch auf der Sauce anrichten, mit Limettenscheiben garnieren.

Junge Ziege in Limetten-Rum-Sauce

1200 g Fleisch vom Ziegenkitz samt Knochen (am besten Schlegel und Rücken, der Knochenanteil sollte ca. 500 g betragen)

2 Karotten
1 Stange Sellerie (oder ¼ Knollensellerie)
3 Zwiebeln
4 Knoblauchzehen
2 Tomaten
150 ml Weißwein
100 ml karibischer Rum
1 Limette
2 Esslöffel hitzebeständiges Öl (z. B. Erdnussöl)
80 g Butter
5 Scotch Bonnet Peppers
1 scharfer Chili
1 kleine Stange Zimt, schwarze Pfefferkörner, frischer Thymian, 2 Lorbeerblätter
Ziegenjus

(Dieses Rezept kann auch für andere Fleischarten verwendet werden, nur auf den Zimt sollte man klassischerweise außer bei Ziegenfleisch verzichten, dafür können zusätzliche Kräuter verwendet werden.)

Knochen, Sehnen, Fleischabschnitte in Öl dunkel anrösten, 2 grob geschnittene Zwiebeln dazu, weiterrösten, in Würfel geschnittene Karotten und Sellerie dazu, weiterrösten, Tomatenwürfel dazu, einreduzieren lassen, bis die Flüssigkeit weg ist, mit Wein ablöschen, mit Wasser aufgießen, sodass alle Knochen bedeckt sind, eine kleine Stange Zimt (sie wird je nach Intensität des Aromas nach einigen Minuten wieder herausgenommen), Pfeffer, Thymianzweige, Lorbeerblätter, 2 Knoblauchzehen dazu, offen kochen lassen, bis die Flüssigkeit auf ein Drittel reduziert ist. Danach durch ein feines Sieb seihen.

Schale einer Limette abreiben (oder mit einem Zestenschneider abnehmen), 1 Zwiebel und 2 Knoblauchzehen fein schneiden. Ziegenkitzfleisch in große Würfel schneiden und in der Butter anrösten.

Wenn das Fleisch Farbe angenommen hat, Zwiebel und Knoblauch sowie in dünne Streifen (»Julienne«) geschnittene Scotch Bonnet Peppers und den Chili hinzufügen, mitrösten, dann mit dem Rum aufgießen. Flüssigkeit auf die Hälfte reduzieren, mit so viel Ziegenjus ergänzen, dass das Fleisch 2 cm bedeckt ist. Limettenschale dazu und mindestens eine Stunde vor sich hin köcheln lassen (bis das Fleisch schön weich ist).

Einen Löffel Stärkemehl mit etwas Limettensaft und Rum verrühren, Sauce damit ganz leicht binden, aufkochen lassen, fertig.

chicken rosemary

Für die Marinade:
3 Esslöffel brauner Zucker
1 Zwiebel, fein geschnitten
2 Knoblauchzehen, fein geschnitten
2 Esslöffel karibischer Rum
2 Esslöffel Weißweinessig
Saft einer Limette
etwas Hot Sauce
1 Esslöffel abgerebelter frischer Thymian
1 Teelöffel frisch geriebener Ingwer
6 frisch vermahlene Pimentkörner (im Mörser oder zerklopft)

4 Hühnerkeulen (Ober- und Unterkeulen)

Alle Zutaten der Marinade gut verrühren. Je nach persönlicher Vorliebe abschmecken. Hühnerkeulen waschen, gut trocken tupfen, wenn möglich, 24 Stunden in der Marinade ziehen lassen.

Danach am besten auf einem Holzkohlengrill auf beiden Seiten bräunen, das Fleisch sollte noch nicht durch sein. Ersatzweise in einer Grillpfanne mit etwas hitzebeständigem Öl bräunen.

Für die Creole Sauce:
1 Zwiebel
2 Knoblauchzehen
6 Scotch Bonnet Peppers
1 grüne Paprika
150 g gelbfleischiger Kürbis
20 g frischer Ingwer
2 Esslöffel brauner Zucker
500 g ungewürztes Tomatenfruchtfleisch (frische Tomaten nur verwenden, wenn sie vollreif sind)
1 Esslöffel Rum
30 g Butter
1 Esslöffel Öl
Schwarzer Pfeffer aus der Mühle, frische Thymianzweige, etwas Hot Sauce

Fein geschnittene Zwiebel, Ingwer, Knoblauch in Butter und einem Esslöffel Öl anrösten. In dünne Streifen geschnittene Scotch Bonnet Peppers, Paprika und Kürbis dazu, mitrösten. Zucker dazu, unter ständigem Rühren vorsichtig karamellisieren. Mit Tomatenfruchtfleisch samt Saft aufgießen. Mit Rum, Pfeffer, frischem Thymian und etwas Hot Sauce würzen, durchkochen.

Hühnerkeulen einlegen, so lange köcheln lassen, bis sich der Knochen vom Fleisch zu lösen beginnt. Wenn nötig, zwischendurch mit etwas warmem Fond (oder Wasser) aufgießen.

Auch Fischfilets lassen sich gut mit Creole Sauce kombinieren. Dafür die Creole Sauce einreduzieren lassen, bis sie dicklich ist. Fischfilets (z. B. Red Snapper Filets) auf der Hautseite knusprig braten, dann mit der Fleischseite auf die heiße Sauce legen und einige Minuten, ohne zu kochen, gar ziehen lassen.

Aus Jamaika stammt eine der beliebtesten pikanten Zubereitungsarten von Fisch, Fleisch und Geflügel.

Jerked Schwertfischsteaks
(oder Hühnerbrust oder ausgelöstes Schweinskarree)

800 g Schwertfischsteak/600 g Hühnerbrustfilet oder Schweinskarree
2 Esslöffel hitzebeständiges Öl
1 Limette

Für die Marinade:
4 Esslöffel brauner, unraffinierter Zucker
1 Esslöffel Sojasauce
½ Teelöffel Hot Sauce (die Menge hängt davon ab, wie scharf die Marinade werden soll, außerdem variiert die Schärfe von Hot Sauce zu Hot Sauce – nicht nur bei der in der Karibik hausgemachten)
1 Teelöffel Salz
½ Teelöffel Cayennepfeffer
1 Teelöffel Piment
1 Teelöffel Thymian, abgerebelt
3 Knoblauchzehen, fein geschnitten
1 Esslöffel fein gehackter frischer Ingwer
Saft einer halben Limette

Alle Zutaten der Marinade gut vermengen, Fischsteaks oder in jeweils drei, vier Streifen geschnittene Hühnerbrustfilets oder das in Streifen geschnittene Schweinskarree auf beiden Seiten mit der Marinade einreiben. Es empfiehlt sich, Fisch/Huhn/Schwein zumindest eine Stunde ziehen zu lassen, aber man kann auch sofort weitermachen: Eine schwere gusseiserne oder gut beschichtete Pfanne mit dem Öl sehr heiß werden lassen, Fisch/Fleisch einlegen, auf beiden Seiten ganz heiß und kurz braten, die Hitze soll so groß sein, dass der Fisch/das Fleisch außen fast schwarz ist, aber innen noch zart. Auf vorgewärmten Tellern anrichten, mit Limettenscheiben garnieren.

Beilagen spielen in der Karibik eine große Rolle – schon allein deswegen, weil Fleisch, Geflügel, aber auch Fisch lange Zeit nicht üppig vorhanden waren.

Rice and Beans

»I love you once, I love you twice, I love you more than beans and rice« – karibischer Reim.
DIE Beilage in der Karibik!

1 Dose schwarze oder Black-Eye-Bohnen
300 g Langkornreis (es können aber auch alle anderen Reissorten verwendet werden)
8 cl karibischer Kokosrum
4 Scotch Bonnet Peppers
1 kleine Zwiebel
1 Knoblauchzehe
1 kleines Stück Zimt
40 g Butter

In der Karibik gibt es für Rice and Beans unzählige Zubereitungsarten. Auch die Wahl der Bohnenart variiert und richtet sich wohl meist nach der Verfügbarkeit. Neben den oben genannten Sorten werden auch noch Spalterbsen, rote Bohnen oder Kichererbsen verwendet. Ursprünglich begann man damit, die Bohnen über Nacht einzuweichen und dann weich zu kochen. Wer heute für das Gericht keine Dosenbohnen verwendet, tut es bloß, weil sie in der Karibik (und bei uns) mehr kosten als das getrocknete Produkt. Ursprünglich hat man die Bohnen also mit Wasser bedeckt (natürlich ohne Salz, das lässt die Bohnen niemals weich werden) und anschließend weich gekocht, dann hat man den Reis beigegeben, mit ausreichend Kokosmilch aufgegossen (die man im Notfall selbst hergestellt hat, das Prozedere ist im Krimi auf Seite 95 beschrieben), Gewürze wie Scotch Bonnet Peppers, unter Umständen auch Chives, Knoblauch, Ingwer, frischen Thymian, Zimt dazugegeben und den Reis weich gedünstet. Manchmal wurde danach, um das Ganze »more rich« zu machen, noch Margarine eingerührt (frische Butter gab es lange Zeit nur für die Upperclass, und sie ist auch jetzt noch ziemlich teuer). Schmeckt köstlich!

Aber es geht auch einfacher:

Zwiebel und Knoblauch fein schneiden, in der Butter ansautieren. Scotch Bonnet Peppers halbieren, Samen entfernen, in feine Streifen schneiden, mitrösten. Reis einrühren, 2–3 Minuten glasig werden lassen, mit Kokosrum ablöschen, eine Minute einreduzieren lassen. Die auf der Reispackung angegebene Wassermenge beifügen, salzen, Zimtstange dazugeben und Reis weich werden lassen. Dosenbohnen einrühren, eventuell noch einmal mit Salz, Kokosrum, Butter abschmecken.

Wer den Reis »pur« haben möchte, lässt einfach die Bohnen weg.

Wer keinen Alkohol verwenden möchte (obwohl er sich herauskocht), lässt ihn weg und gießt einfach mit so viel Kokosmilch auf, wie laut Reispackung Wasser nötig ist. Das macht die Sache allerdings kalorienreicher, aber darauf achtet man in der Karibik ohnehin nicht so sehr …

süßkartoffeln in der folie

4 große Süßkartoffeln
40 g Butter
Salz

Man bereitet sie gleich wie herkömmliche Folienkartoffeln zu: Süßkartoffeln gut abbürsten, mit jeweils 10 g Butter in Folie wickeln und fest verschließen. Im Rohr bei 200 Grad rund eine Stunde backen. Garprobe machen: Eine Nadel muss ohne viel Widerstand durch die Kartoffel gehen.

Folie entfernen, Kartoffel einschneiden, salzen.

Knoblauchbrot

Dünnes Baguette alle 2 cm einschneiden, mit klein gehacktem Knoblauch, der mit etwas Olivenöl und Salz vermischt wurde, in jedem Schlitz einreiben, im Rohr bei 200 Grad oder unter einem Grill wärmen, bis es außen knusprig ist.

Plantains in Mangosauce

2 Plantains (Kochbananen)
500 ml Mangonektar
1 Zwiebel
2 Knoblauchzehen
Hot Sauce
Piment
Salz
20 g Butter

Zwiebel und Knoblauch möglichst fein schneiden, in der Hälfte der Butter anrösten, mit Mangonektar ablöschen, mit etwas Hot Sauce, Piment und Salz würzen. Plantains schälen, und wenn die Flüssigkeit kocht, einlegen. Auf kleiner Flamme weich kochen (das dauert je nach Reife der Plantains zwischen ¼ und ½ Stunde). Plantains herausnehmen. Flüssigkeit weiter einkochen lassen, bis sie zur dicklichen Sauce wird. Wenn nötig, nachwürzen.

Plantains in 1 cm dicke Scheiben schneiden, in der restlichen Butter auf beiden Seiten knusprig braten, auf der Mangosauce servieren.

Bohnen mit Erdnüssen

1000 g dünne grüne Bohnen (oder Keniabohnen)
100 g ausgelöste Erdnüsse
2 Knoblauchzehen

evtl. Hot Sauce
Kokosrum
Salz
Backsoda
20 g Butter
1 Esslöffel Erdnussöl (ersatzweise ein neutrales anderes Öl)

Bohnen waschen und Stielansätze entfernen, aber nicht schneiden. Salzwasser mit einem halben Teelöffel Backsoda zum Kochen bringen (das Backsoda bewirkt, dass die Bohnen ihre Farbe nicht verlieren). Bohnen blanchieren, sie sollen noch bissfest sein, abseihen.

Erdnüsse mit dem Messer nicht zu klein hacken, Knoblauch fein schneiden (nicht die Knoblauchpresse nehmen, da geht zu viel Saft verloren und der Knoblauch wird beim Rösten zu leicht schwarz und bitter). In einer Pfanne Erdnüsse und Knoblauch gemeinsam mit dem Erdnussöl erhitzen und anrösten, bis sie Farbe annehmen, Bohnen und Butter hinzufügen, mit Salz, evtl. Hot Sauce und einem Spritzer Kokosrum abschmecken, gut durchmischen, 3 Minuten mit geschlossenem Deckel braten lassen.

christophene in butter

2 Christophene (gibt es bei uns bei einigen chinesischen oder indischen Händlern)
Salz
40 g Butter

Christophene schälen, vierteln, Kern entfernen. In Salzwasser bissfest kochen (dauert ca. ¼ Stunde). Christophene noch warm in dünnere Spalten schneiden (dafür jedes Viertel rund viermal der Länge nach schneiden). In einer Pfanne Butter zergehen lassen, kurz darin sautieren, etwas salzen. Alle zusätzlichen Gewürze und Zutaten würden sehr rasch den feinen Geschmack dieser Gemüsefrucht überdecken.

Desserts

Auf diesem Gebiet ist Mira Valensky leider ziemlich unbegabt (wie übrigens auch die Autorin), aber zum Glück gibt es in der Karibik jede Menge

frische Früchte

oder aber

Chutneys mit Käse

Als Abwechslung lassen sich Früchte und Gemüse, wie Tomaten, noch nicht ganz reife Papaya, Kürbis, Mango etc., mit gewürfelter Zwiebel, Knoblauch, Senfkörnern, Weißweinessig, 1:3 Gelierzucker und Hot Sauce zu Chutneys verarbeiten und warm oder kalt mit Käse servieren. Dazu zuerst gewürfelte Zwiebel anrösten, dann Früchte oder Gemüse beigeben, abschmecken und zum Schluss den Gelierzucker dazugeben, nur mehr kurz aufkochen. Der Reiz aller Chutneys besteht in der Kombination von süß-sauer-scharf.

Bananeneis

Reife Bananen mit etwas karibischem Rum und etwas Limettensaft pürieren, pro Banane 3 Esslöffel Obers verwenden, Obers schlagen, das Bananenpüree vorsichtig unterheben, in der Eismaschine cremig frieren lassen (oder ins Gefrierfach stellen und jede Viertelstunde umrühren, bis die Masse gefroren ist).

[Danke ...]

… an unsere Freunde auf St. Kitts:

Sue und Ray Wharton, unsere Gastgeber, die uns viel (und nicht bloß Idyllisches) über die Insel, ihre Traditionen und ihre Gegenwart erzählt haben;

Olivia, die geniale Köchin und gastfreundliche Besitzerin der Sunset Beach Bar, und ihre Familie (insbesondere Hanley und Clarissa, die ich irgendwann doch überreden werde, mit mir joggen zu gehen) sowie die vielen herzlichen und aufgeschlossenen Menschen, die wir auf dieser Insel kennen lernen durften.

Übrigens: Die schönen Seiten der Karibik, die ich im Roman schildere, haben natürlich viel mit St. Kitts zu tun, die weniger schönen sind frei erfunden (oder spielen sich auf ganz anderen Inseln ab).

… an Manfred Buchinger, bei dem ich nicht nur weiterhin in seinem Gasthaus »Zur Alten Schule« mitkochen darf (was sich auch in meinem Roman »Ausgekocht« niedergeschlagen hat), sondern der mich als Fachmann mit 35 Jahren Hotelerfahrung entsprechend gut beraten hat, wenn es um Details und alltägliche Abläufe ging. Er und das ganze »Schul«-Team tragen wesentlich dazu bei, dass ich die nötige Abwechslung habe, um mich dann wieder ruhig und ausdauernd dem Schreiben widmen zu können.

… an meine anderen Lieblingslokale: den Gasthof »Sommer« in Auersthal, das »Tre Panoce« im Veneto sowie den »Zuschmann«-Heurigen in Martinsdorf für viele schöne Stunden, in denen ich Kraft und Ideen sammeln konnte.

… an das Auersthaler Weingut Döllinger, dessen Weine nach wie vor nicht nur Mira begeistern (es gibt sie übrigens auch beim Buchinger).

… an meine Freundinnen Maria, Gerda, Romana und Joschi unter anderem dafür, dass sie mir auch in diesem Jahr bei zahlreichen Abendessen immer wieder zugehört haben, wenn ich laut über das Manuskript nachgedacht habe.

… an meinen Lektor Franz Schuh und das Team des Folio Verlages. Nicht nur für ihre hochprofessionelle Arbeit, sondern auch für ihr Verständnis und ihre Freundschaft.

Außerdem: ALLES GUTE dem Folio Verlag, er wird heuer zehn Jahre alt und ich hab das Glück, seit dem ersten Programm jedes Jahr mit einem Buch mit dabei gewesen sein zu dürfen.

Und dann danke ich natürlich noch Ernest für seine Geduld, sein Verständnis und dafür, dass er mich bei meinen Recherchen treu begleitet hat – was allerdings in der Karibik kein allzu großes Opfer ist …

Jede Küche ist voll von potenziellen Mordwerkzeugen ...

Eva Rossmann
AUSGEKOCHT
Roman
304 Seiten
ISBN 978-3-404-15447-0

Für Mira Valensky, Lifestylejournalistin und Freizeitdetektivin, wird der Traum vieler Hobbyköchinnen wahr: Sie darf in einem Gourmetrestaurant beim Kochen mithelfen. Es gilt nämlich herauszufinden, was in der Küche von Billy Winter, der neuen Chefin vom »Apfelbaum«, los ist. Salz und Pfeffer werden vermischt, eine Wassermelone wird durchs Fenster geworfen, sechsundvierzig Bürgermeister erleiden eine Pilzvergiftung – und der tschechische Koch verschwindet spurlos. Es herrscht weiterhin Hochbetrieb in dem Restaurant, doch Billy Winter bangt, im »Fine-Food«-Führer einen Stern zu verlieren – trägt doch das Küchenmesser, das in der Brust des Gastronomiekritikers steckt, ihr Monogramm ...

Bastei Lübbe Taschenbuch